刘建华 著

生命的辨识度

中国书籍出版社
China Book Press

图书在版编目（CIP）数据

生命的辨识度 / 刘建华著. —— 北京：中国书籍出版社, 2023.4
ISBN 978-7-5068-9392-3

Ⅰ.①生… Ⅱ.①刘… Ⅲ.①散文集—中国—当代 Ⅳ.①I267

中国国家版本馆CIP数据核字（2023）第068097号

生命的辨识度

刘建华　著

责任编辑	盛　洁
责任印制	孙马飞　马　芝
封面设计	春天·书装工作室
出版发行	中国书籍出版社
地　　址	北京市丰台区三路居路97号（邮编：100073）
电　　话	（010）52257143（总编室）　（010）52257140（发行部）
电子邮箱	eo@chinabp.com.cn
经　　销	全国新华书店
印　　刷	三河市顺兴印务有限公司
开　　本	787毫米×1092毫米　1/32
字　　数	360千字
印　　张	15.5
版　　次	2023年4月第1版
印　　次	2023年4月第1次印刷
书　　号	ISBN 978-7-5068-9392-3
定　　价	78.00元

版权所有　翻印必究

生命的辨识度（自序）

"嗯～咳～"，一声痰嗽有力地穿过暗夜的厚墙与犬吠的洪钟，让年少的我特别喜欢冬夜的宁静与温馨。每每此时，我就知道，父亲回来了。痰嗽声就是父亲的辨识度，这种声音不是疾病的表征，而是心安的糖丸。小时候，感觉父亲有忙不完的活，白天黑夜、晴天雨天、春夏秋冬，都发了魔怔般青睐父亲的双手双脚及聪慧头脑，他们成功拉近了与父亲的距离，却无情剥夺了我与父亲相处的时光。赣西乡村山多地小，坝子崎岖不平，所有的生活生产依靠肩挑背驮，用不到任何机械助力，人就显得出奇地忙碌。我翻看过父亲的大集体时出工事项，几乎没有哪种劳动不是人力。烧土灰、修圳割草、造林、担牛粪、担塘泥、揩秧田、扯秧青、犁田莳田、耘田扯稗、打农药打禾……看得我泪眼蒙眬、心痛无比。包干到户后，由于我家孩子多，父亲依然忙碌不休，在一起的天伦之

乐可谓是奢侈。夏秋两季农事太过苦累，小孩都要承担超出力所能及的劳动，彼时的我虽然可以与父亲在一起，但毒阳烧烤下的艰辛劳作，我没有丁点劳动美感，更谈不上天伦之乐了。唯有冬天农闲时光，才催生了我与父亲共处的强烈渴望。寒风漫起、山野萧瑟、村舍明暗、禽畜归栏，间或细细冷雨一撒，把调皮的小子们都赶回了家，我就愈发期待父亲的痰嗽声。父亲还是手艺人，冬天农闲时帮人家建房子，我们的学费就是他这一泥刀一粉铲给挣来的。有时我百思不得其解，我爷爷的爷爷的爷爷维翰是全村全族几百年间最有学识的名士，当地知府曾赠他"虎观奇才""成均领袖"等旌匾，一时风头无两。可是我父亲的爷爷却没落成长工，我爷爷三兄弟还算争气，通过精湛的泥瓦技术改变了家境，学徒遍布湘赣邻近三县，我家成了泥瓦匠世家。

　　泥瓦匠的重要标识是挎一个工具包，泥刀、吊尺、大小粉铲是标配，父亲的帆布工具包是参加国营"七一二"造币厂建设时所得，硬硬朗朗，十分扎实，陪伴父亲整个人生，为我家经济立下了汗马功劳，至今还保藏在老屋三楼农耕文化陈列室，看到了它，就看到了我父亲，它让父亲的辨识度抗住了岁月的侵蚀而日益清晰明亮。除了工具包，父亲的痰嗽声、明灭的香烟、洁净挺括的衣服、背头发型，都是他的辨识度。他告诉过我泥瓦祖师爷秘传的荒野夜行壮胆法，用手掌把额头上的头发往后扫三下，口念三声"南无阿弥陀佛"，点燃一根黄豆似大的香火，昂首挺胸不回望，阔步向家的方向奔去。这个秘传之法护佑了父亲六十多年夜行归家的平安之路，让我深信不疑，也让我在冬夜寒鸦声里，坚定地等待着那似霹雳、似清乐、似摇篮的痰嗽声。"嗯～咳～"一响，就会等来父亲的仆仆风尘、慈爱目光、奇闻趣谈，还有他专为小妹讲述的极为生动怪诞的故事，小妹在这特有的"摇篮曲"中入睡了，我获得了天伦之乐的极致满足。

　　说到摇篮曲，自然就想到了母亲。我今天特意问正值青春期13岁的儿子，"你觉得刚出生的婴儿是先辨识出自己还是别人，是先辨识出人还是事物？"他回答说是先辨识出别人，而且是先辨识出事物。我接着问他是先辨识出什么事物，回答说是奶瓶。我表扬他说，"你这方面达到了黑格尔和萨特的水平。"不论是黑格尔《精神现象学》中的奴隶主与奴隶的辩证关系，还是萨特《存在与虚无》中的他者"凝视"下的个人自我形象的塑造，都强调了"他者"对于主体"自我意识"形成的本体论意义。心理学认为，自我是个体对其存在状态的认知，包括生理状态、心理状态、人际关系及社会角色的认知。他者是相对于自我而形成的概念，指自我以外的一切人、事、物。列维纳斯在《总体与无限》中指出，他者同上帝一样具有他异性，可以绝对且无限地存在于自我意识之外。正是因为此，他者对自我的形成非常重要，在与他者的差异中，自我才有了真正的自我。

儿子回答中的"别人""奶瓶"对婴儿来说就是他者，婴儿在其成长过程中，不断地辨识他者，慢慢定义自我、建构自我和完善自我，这其实也是对自我的一种辨识。宇宙世界中的人事物变动不居、丰富多彩，对于他者的辨识是无极限的，穷尽个体的一生、穷尽人类的万世，也无法辨识清楚，所以，对于自我的辨识也是无极限，不能穷尽的。对于儿子"奶瓶"

的回答，我已感觉到了他青春期的困惑和害羞，他不说母亲的乳房而说奶瓶，也许是他被"事物"一词所限，没能想到母亲的乳房其实也是一种事物，也许是他被"性"的意识所惑，不好意思讲出"乳房"一词。我更倾向于后者，青春期的少男少女对两性充满着好奇与困惑，但限于社会规制与历史习惯，只能去偷看偷听偷学偷做，偷窥欲及偷食禁果也就不可避免，这种心理伴随人的一生，娱记对明星私事乐此不疲的挖掘就是力证。儿子不是不知道乳房这个事物，在他回答我的问题时，已非常清醒地知道自己处在他者的凝视中，这个他者就是父亲，在父亲面前提"乳房"一词终究有些难为情的。我不免对自己给儿子的性教育感到遗憾，其实我不少给他讲过女性特征的事，甚至以他自己为例谈到受精卵是怎么来的。可见关于两性方面的自我辨识和他者辨识实非易事，或许这就是个无解。

实在地说，在辨识他者的过程中，关于事物方面，我对母亲的乳房没有任何认知和记忆，婴儿时只知道是解决饥饿的工具，对于这个工具的形状大小软硬

色泽是没有任何认识的,还不如对彩色气球的认知,甚至不如对父亲帆布工具包的认知。记事后,大人也不便在孩子面前裸露身体,关于母亲乳房的辨识我想所有孩子几乎是空白(女儿可能要好一些)。母亲给我的辨识度既不是她的乳房也不是她的笑脸,而是她劳动的身影,拔秧苗割稻子拾猪草筛米谷等是母亲给我最强烈的印象,尤其是母亲上山把一捆捆的青草与竹子背回来,其辨识度达到了无以复加的高峰。常人半天只能弄回一两捆竹子,母亲变戏法似的可以弄回五六捆。母亲的吃苦精神可见一斑,同时也彰显了她那强健有力的身体。四十多年来,这就是母亲给我的最鲜明的辨识度,我也愿意如今八十多岁的母亲永远闪耀在这个辨识度中,它让我觉得母亲依然可以充满活力地护佑这个家庭。

在母亲的护佑下,我茁壮成长,从一个婴幼儿变成少年、青年,如今已是当门顶户的中年父亲。在这四十多年的成长中,我不断地辨别认识他者,不断地辨别认识自我,不断地辨别认识义理,使自己成为一个有辨识能力和被辨识能力的人。有辨识能力是强调自己的认识能力和识别能力，能够从纷繁复杂的万事万物中发现它们的一般特征和本质规律，明了它们的不同之处与功能作用，尽可能让合适的事物为自己所用，为自己的顺利成长和学业事业助力；能够从千百万人中去了解他们的性格、脾气与好恶，远小人亲贤人，向德才兼备的前辈请教，向好学亲善的同辈学习，向奋进明理的后辈靠近，使自己的人生路少一些坎坷多一些平坦。有被辨识能力是强调自己作为一个社会人的辨识度。辨识度是音乐中的常用概念，指音色本身的辨识度和歌曲处理方式的辨识度，音色是天然辨识度，如同一个人的外貌一样，长得很美或很丑都有辨识度。美的方面，如貌比潘安中的潘安、宋玉等，沉鱼落雁闭月羞花中的西施、王昭君、貂蝉、杨玉环等；丑的方面，如宋朝的黑脸包公、《巴黎圣母院》中的敲钟人卡西莫多等。当然，天然的外貌不是个体辨识度强弱的决定因素，主要在于内在的道德品格与才华能力，辨识度有一个美丑善恶的问题，人类历史长河中需要对社会发展有贡献的个体，他们无一例外都具备内在美的辨识度。秦桧、希特勒等有很强的辨识度，但那是恶的辨识度，被钉在历史的耻辱柱上。晏子、东方朔、左思、李贺、王羲之、苏东坡、文天祥等都是靠内在的品格和才华形成强烈的辨识度，这是美的辨识度，为万世所颂扬。

做有美的辨识度的人是每一个个体的奋斗目标。这就要求我们不但要能辨识他者，而且要能辨识自我，更重要的是要能辨识义理。义理是关于人事物的意义和道理，是合于一定伦理道德的行为准则。通俗来说，辨识义理就是要能辨识好恶美丑、真假智愚、公平偏私、正义邪恶，从而做一个对国家对社会对人民有益的人。

我的文章呈现了辨识自我、辨识他者、辨识义理的阶段性历程。未来岁月，我将依然在这些辨识中奋力前行，在无极限的辨识中锤炼自身辨识度。届时，遥远故土瑶溪的文岭之巅，应该会有滋润我灵台的一锥之地。

刘建华

2023 年 4 月于北京广渠门

目 录

生命的辨识度（自序） / 1

第一辑 辨识自我

莲花血鸭 / 3
永新师范四章 / 21
狼突故土 / 70
四十里街镇的女孩 / 74
情痛抚仙湖 / 84
听取蛙声一片 / 89
彷徨文岭 / 93
书法爱情 / 95
我的诗我的文我的圈层 / 99
故乡的清明雨 / 106
走出瑶溪大湾村 / 118

第二辑 辨识他者

那一片凤羽 / 137

边城满洲里 / 152

鼓浪屿的人 / 157

伤小西 / 166

四祭文稿 / 175

大湾纪行 / 193

成友宝的"爱恨情愁" / 198

火凤凰张斌 / 212

小锤敲过一千年 / 224

风险体验润泽云南旅游 / 239

锦绣象牙塔 / 252

六点网络 / 266

"昂玛吐"的世界 / 285

第三辑 辨识义理

瑶溪的雪 / 295

心中的快雪 / 301

研究院的入口 / 308

往事如风的碎片 / 313

大湾刘氏五修族谱自序 / 343

一潭真心 / 348
实体书店通向文化空间 / 361
底线是一种社会力 / 367
以正向亚文化引导负向亚文化 / 373
创造历史皆少年 / 378
少儿阅读教育是乡村发展的动力源泉 / 383
平台型媒体上的文化名家与Z时代 / 387
资源与创意齐飞 / 392
修辞在网络社会中的传播价值 / 399
奔向文明之光 / 406
一种乡村社会治理的《资治通鉴》 / 410
一种新的乡村发展推力 / 419
致所有 / 428

附　录
刘建华近期诗歌

新古体诗 / 435
现代诗 / 458

第一辑 辨识自我

刘建华书录（清）郑板桥《竹石》

莲花血鸭

第一辑 辨识自我

"村居原自爽，地又是莲花。疏落人烟里，天然映彩霞。"这是苏东坡的后辈同乡、清代莲花第五任同知李其昌进士给今天的莲花人民留下的重要文化遗产。闲适自然、朴素宁静的乡野生活让我们似乎永远走不出村居的命格。然而，村居生活又是令多少文人墨客所新奇所憧憬的。高鼎的"草长莺飞二月天，拂堤杨柳醉春烟。"郑板桥的"村艇隔烟呼鸭鹜，酒家依岸扎篱笆。"陆游的"花气袭人知骤暖，鹊声穿树喜新晴。"张舜民的"夕阳牛背无人卧，带得寒鸦两两归。"辛弃疾的"最喜小儿亡赖，溪头卧剥莲蓬。"翁卷的"乡村四月闲人少，才了蚕桑又插田。"王建的"斜月照房新睡觉，西峰半夜鹤来声。"王驾的"鹅湖山下稻粱肥，豚栅鸡栖半掩扉。"如此等等，一首

3

比一首质朴，一首比一首清新，一首比一首美妙，你能说村居生活不惬意吗？

然而，青年时代，我又是多么不愿意在乡村多待一刻多待一秒。身为乡村教师的我，暑假"双抢"季节就是我的苦难岁月。毒阳火辣辣的照进水稻田里，你得用血肉之躯把上万斤的谷子在一周内抢进粮仓，又得在一周内把千万棵的稻秧抢栽水田。割稻、束稻、运稻，脱谷、担谷、晒谷，犁田、耘田、莳田，所有这些农活，全靠一双手、一双脚、一副身板、一副肩膀、一把镰刀、一把锄头、一担畚箕、一担箩筐，踩着泥石交错的山路，收获农家微薄的希望。

与喜欢安详的祖先不同，外面精彩的世界搅得我心神不安，愤懑难平。我那羽扇纶巾的远祖啊，您为什么要选择这山沟的山沟避世，让我从出生时就陷入了地域差异的尴尬中；我那手提肩挑的父母啊，您为什么要山一重水一重的教子读书，让我从懂事时就矛盾在理想与现实的困惑中；我那山路十八弯的故乡啊，您为什么要桃源世界般的使人沉醉，让我从启航时就摇摆在满是陌生的河床上。希望的风帆一夜间豁然大开，我终于走出逼仄的大山，航行在广阔无垠的新世界。然而，我发现失去了一切参照，滚滚波浪令我浮沉于世，找不到任何可以喘息的空隙，找不到任何可以暂憩的支点，找不到任何可以倚傍的横木。这个时候，故乡的绿叶成了我的扁舟，故乡的稻穗成了我的船桨，故乡的泥路成了我的陆地。在这绿荫之下、稻穗之间和泥路之上，是陪伴我几多春秋的或卧睡或跃食或横行的鸭子，一种莲花山乡传统饲养的小麻鸭，它既是我们亲密的玩伴，又是我们梦幻的美食。

　　作为一种美食，鸭肴在中国有几千年的历史。科学家认为，鸭子起源于恐龙时代，祖先叫绿头鸭，被人类驯化后称之为麻鸭，这个麻鸭就是莲花血鸭的基础食材。鸭肴最初是与祭祀有关的，战国时期，屈原《楚辞·招魂》中的"鹄酸臇凫、煎鸿鸧些"让我们知道煲煮鸭肉的时尚，当然，主要不是喝汤而是吃肉，大抵是用以祭祀的方便罢。南北朝时期，北魏贾思勰的《齐民要术·养鹅鸭》和南朝虞悰的《食珍录》传语我们，当时流行的是"炙鸭"，也就是烤鸭。唐宋时期，烤、炒、煮、酱等技法使我们开始迈向鸭肴

第一辑　辨识自我

5

文化时代。明清时期，袁枚的《随园食单》风行天下，蒸鸭、鸭脯、挂卤鸭、干蒸鸭、野鸭团和徐鸭等各色别菜，标志中华鸭肴文化的成型与成熟。

鸭子全身都是宝，被不同地方的人们做成不同风味的特产。如雷贯耳的四大名鸭是北京烤鸭、南京盐水鸭、湖南酱板鸭和上海八宝鸭。然而，四大名鸭的说法绝然不会让人服气，福建的姜母鸭、广西的柠檬鸭、四川的甜皮鸭又该往哪摆呢？还有那些让人欲罢不能的鸭货如鸭翅、鸭脚、鸭头、鸭舌、鸭脖、鸭肠、鸭胗、鸭心、鸭肝等，它们又去哪找说法呢？当然，还有更重要的一道鸭肴，也就是我故乡的莲花血鸭，一道以花之君子命名的乡村美食，一道被列为江西省非遗的十大赣菜明珠，一道中国革命摇篮热血沸腾五行归一的不世珍馐，又该如何评价呢？

或许，莲花血鸭没有北京烤鸭的世界显名，没有南京盐水鸭的大众口碑，没有酱板鸭、八宝鸭的四季可待，但是，它的纯粹性、它的整体感、它的鲜活度，是无与伦比，独一无二的。它的纯粹性在于它对炊具、火候、佐料没有任何要求，无需闷火壁炉，无需酱葱椒桂，无需腌泡濡浸，无需火之文武，只要一炉柴火，一个铁锅，一身食材足矣。它的整体感在于它从来不离弃自身的任何部件，它是整体入食的，它的身躯、头、舌、翅、脚永远合一，从不分离，就连流经它周身的鲜血（血鸭之所以为血鸭的全部灵魂所在），也是永不分离，以集体的姿态迸发出无边的食力。揪住人们的口鼻，黏住人们的双眼，刺透人们的味蕾，酥软人们的牙床，穿梭人们的肠胃，拥进人们的血管，麻醉人们的神经，奴役人们的心脑，成为人们梦魇般的经久弥新的乡愁。它的鲜活在于它对时空的鄙夷，它从不追求万世存留，它从不在意驰骋远方，它从不留恋凡尘世界，它只在乎生命绽放一刹那的光芒。在它生命的六十天里，在它告别的六十秒里，在它美食的六十分钟里，它需要你的快速与干脆，需要你的豪爽与大气，需要你的舍弃与决绝。不论是鲜活的生命，不论是鲜活的舍离，不论是鲜活的美食，人们唯一要做的就是让它生命的光华全部入腹，哪怕超过一月一天一秒，都是对它鲜活使命的亵渎。

莲花血鸭因血之名，总是有很多忠烈和革命的美好传说。一说它与民族英雄文天祥起兵勤王慰问莲花义士有关，一说它与革命斗争时代我们的领袖毛主席有关，不论哪一种说法，都寄托了人们对忠孝节义的衷心礼赞，寄托了人们对莲花血鸭文化历史的美好追溯，寄托了人们对这片土地乡愁符号的精心营造。

莲花血鸭鲜嫩滑口、香辣醇美、生态健康，是一道开胃下饭菜。成本不高、要求不多、做法简洁，但凡温饱之家，都吃得起这道菜。它绝然不是富人的尊享，而是普罗大众的宠儿，哪怕是旧社会饥贫时代，平凡百姓也是有机会吃到血鸭的。在物质极为缺乏的时代，在猪牛羊鸡肉难觅踪迹的岁月，鸭子因其强大的生命力，从不与主人争食。只要有野外有草木有沟渠有水田的地方，就能见到顽强的鸭子在茁壮成长。它们不惧怕风雨雷电，不惧怕林密壑深，不惧怕疾病瘟疫，只要有一滴水一尘土一棵草，就有鸭们生命的海洋。小时候的我们，也时时得到鸭肴的馈赠。尽管我对血鸭不如其他人那么痴迷那么疯恋，我对连皮带骨头的鸭肉并不是那么的喜爱，但对血鸭的汤汁却神魂俱醉、如梦似癫。父亲炒血鸭时，我往往央求他把汤汁尽量多地保留一些。起锅后，我必先把一碗米饭倒在菜锅，让每粒米饭充分匀净汤汁，晶莹透亮且带着淡淡红褐色的米饭往往把二哥和妹妹嫉妒得无可无不可。在我得意洋洋的咂吧声中，第二碗米饭放在了桌上，我可以很有资格地端起菜碗，让汤汁在饭面上柔柔地画了好几个同心圆，待到渗透及底，在筷子的拨拉翻动下，铁锅里的大白米饭如同崩沙似地倏忽无影，留给父母的唯有铁锅周遭明晃晃的银项圈。

如此特别如此勾人如此低调的莲花血鸭，尽管是那么的纯粹简洁，但结构它的四种食材是绝对不能缺少的，即本土麻鸭、本土茶油、本土水酒和本土鲜椒。这四种食材经过莲花万年天地自然精华的氤氲和千年社会历史文脉的陶冶，已成为极富特色的自然与文化遗产，它们互透骨髓的相濡以沫，成就了极富特色的莲花血鸭。

莲花本土麻鸭到底源自何方，现在已无从考究，可以确定的一点是，它一定来自南方楚吴两地，很有可能来自邻居攸县。莲花地处吴尾楚头，与楚地湖南的茶陵、攸县有很长的交界线，三县之间经济社会往

来频繁，互通姻亲也是寻常事。我奶奶娘家就是茶陵秩堂，那里出过谭用式、萧锦忠两名状元，还有李东阳、刘三吾、张治、彭维新四大学士，据说民国时期首任国民政府主席谭延闿的父亲就迁自我老家桃岭村。至于攸县，我的几位同姓邻居，有两代人都是从攸县抱养过来做继子的。小时候去同学家玩，经常吃到他父亲从攸县老家带来的牛羊肉等我从未尝过的美食。现在的攸县麻鸭闻名全国，曾经一度消失的莲花麻鸭也多了起来，两县麻鸭的亲缘关系我是有充分相信的依据的。

正如莲花血鸭文化潜移默化在我们心中不可忘却一样，养鸭文化同样渗透在我80岁高龄母亲的脑海。她告诉我，莲花血鸭的食材一般为公鸭（母鸭是要养大下蛋的），一年养三季，分别是蚯蚓鸭、禾花鸭和秋鸭俚。

蚯蚓鸭主要在春天饲养。这个时候，万物复苏，大地回春，泥土松软，正是蚯蚓繁殖和活跃的天堂，户外泥土里处处是大蚯蚓。我们必拿个大木桶，在田埂和旱地里扒拉扒拉，拿起长筷子左一夹右一挑，蚯蚓就在桶子里左突右奔，锚定事先置放在桶中的土块，拼尽全力抢占山头，它们可能觉得，找到了泥土，就找到了安全。然而，这种短暂的安全往往梦碎于鸭子的大快朵颐中。吃蚯蚓长大的鸭子大约在农历四月份派上用场，除了栽种早稻改善伙食增强体力之外，蚯蚓鸭在日常祭祀中体现了后人对祖先的孝敬程度。春天是一个万物勃发的季节，蚯蚓又被称为地龙，有很强的药用价值，治疗心脑血管的药方中可瞥见它的大名。蚯蚓的疏松发散的药力自然为鸭们所承传，如果体质较弱甚或感冒的人吃了这种血鸭，反而会加重病症。当然，对身体康健的人就是大补了，所谓逢强愈强逢弱愈弱便是此理。

  禾花鸭主要在夏天饲养。望文生义，所谓禾花是指早稻抽穗开出的碎花。这种碎花密麻麻地包裹在还未灌浆的稻穗周遭，细细的、绒绒的、白白的、片片的。如同北京的"驴打滚"一般，黏黏的糖果外裹了一层蓬松的豆粉，风一吹，飘飘欲坠，让年少的我颇为之担心。后来才知道，这也是水稻自我授粉的一种繁殖方式罢了。当然，现在有杂交水稻，无需这种

自然授粉产量较低的种子，禾花也就不怎么受人重视了。然而，正是因了这种禾花，提醒我们将又见新血鸭了。看着在稻田下伸长脖子不断啄食禾花的鸭子，在对稻穗的忧心中，七月鬼节也来临了，我们俗称"接送爷爷奶奶"。这时候，家家户户要做血鸭欢送祖先亡灵。祖先们接回来同住了半个月之后，后人备了丰厚的纸衣纸车纸钱，备了好酒，备了血鸭，备了鞭炮，在我们的作揖跪拜中，火光中的祖先踏着风火轮，驾着轻烟回到了自己的世界。充分表达了自己的虔诚孝心后，我们开始心安理得地享用祖先"尝过"的血鸭与美酒。

  秋鸭俚主要在秋天饲养。它们在夏秋之际最酷热的时节出生，于秋高气爽、凉风习习的农历十月长大。农历十月也是大祭时节，先年逝去的亡灵在下一年十月的祭祀是极为隆重的。女儿要做满箩筐的糍粑回娘家，挨家挨户呈送，表达对邻里帮忙关照的谢意。新坟所需物件都要充分到位，点了香烛，烧了纸钱，放了火灯，算是与亡灵做了彻底告别。这个时候，又是血鸭的天下。秋鸭俚最为滋补也最为鲜美。人们不是一只一只地做，而是十几只几十只地做；不是隔三岔五地吃，而是整个月地吃。此时进补秋鸭，调理身体，为的是来年更好地从事农事活动。秋鸭俚虽然好吃滋补，但不易养成。小时候的秋鸭较为脆弱，一般是先用米饭喂养，待它们有一定的抵抗力后才散养户外，最难的考验往往在此时。有时候米饭不小心粘油了，有时候天气太过酷热，有时候盆里的水变质了，都会让秋鸭的生命戛然而止。看着那些不断减少的小鸭，我们的心情大抵是很糟糕的，然而乐观的母亲总是说："没事的，下次逢墟再买些回来。"事实果真如此，待到金灿灿的水稻延展我们的视野时，那些神出鬼没、振翅飞腾、嘎嘎鸣叫，被农人时时防范的秋鸭，证明了自己延续万年的活力与强大。

　　本土茶油是莲花血鸭的生命线。做出来的菜是活的还是死的，是生机勃勃还是暮气沉沉，是晶莹剔透还是晦暗无光，全靠茶油当家。茶油以其独有的香味浸润鸭肉，以其独有的功能卸掉烈火，以其独有的营养融汇食材，成就了让人百吃不厌的乡间名菜。当然，对茶油生产制作的要求也是颇为特别的。必有

的是海拔300至500米的黄土丘陵，必有的是传承千年的灌木类古茶树，必有的是代代相传的手工榨油坊。仅仅就榨油坊而言，莲花的茶油就不是任何地方所能比及的。每每入冬时节，传统的榨油坊就成为全村最重要的公共空间。这个时间定是男女老少所有人最开心的时光。秋天的收获，正等着茶油的到来。在小孩们踩在水力带动的转盘轮上转圈玩耍时，碾成粉末的茶籽，经过熏蒸、制饼、装榨等程序后，五六个大人甩着丈余长树木做成的撞击锤，在嗬哟嗬哟的撞击声中，只见大树肚子里几十个铁圈渐渐收紧，忽然，齐刷刷冒出了油珠，马上变成了油线，而后像雨箭一般射入底槽，汇聚成一条小河，在榨床上奔涌开去，最后在榨床的泄油洞骤然坠下去，一道金色的油瀑布全部收入桶中。油们在桶里依然喧闹不息，激荡不已，以挣脱束缚的态势，等着主人的奖赏呢！所谓这个奖赏，就是舀了几十瓢头批油倒进熊熊大火上的油锅里，把事先准备好的糯米饼、红薯片等食材投进去，金灿灿、软绵绵、暖乎乎的油饼出来了，一口咬下去，满嘴溢油，香甜可口，堪为人间仙品。对于大人们来说，烹制血鸭才是他们的中心工作，古树茶油炒制出来的血鸭不知醉倒了多少男人的刚强，也不知操碎了多少女人的柔肠。

　　本土水酒是莲花血鸭的核心灵魂。可以这样说，没有莲花水酒的血鸭绝对不是真正的莲花血鸭。血鸭最重要的佐料就是自身的鲜血，鲜血永葆液态的秘诀就是莲花水酒（当然也有用盐或其他材料确保血液不凝固）。与块状的南京鸭血粉丝不同，莲花血鸭的鲜血即使离开了主人的血管离开了主人的身躯，它还必须保持鲜活的模样，继续在主人涅槃后的新生命体中流动，在茶油柴火铁锅的帮助下与主人的新生命体缠绵交融，为人类做出新的奉献，奏响新的凯歌。莲花水酒分为冬缸酒和春缸酒，有着特有的生产过程。糯米是水酒的母亲，不能是早稻糯米，也不能是晚稻糯米，而是大稻糯米。早稻因时间匆促日照不够，总有发育不足的感觉；晚稻因土地肥力稍薄冷气侵袭，总有发育不良的感觉。大稻是一季性水稻，也叫中稻，一般种植在水源无法承载两季稻的大禾田里。有充分的水量，有充沛的阳光，有适中的温度，有充足的时间。必得等稻田的水干了,赤脚踩上去既硬又软,温润的泥土亲昵着粗糙的脚板,让人有春风十里和谐如玉的快感。镰刀月一轮轮挥过,金稻子汩汩涌出。一切是那么的从容,一切是那么的岁月静好。大稻糯米产量并不高,但农人丝毫不因此沮丧。他们欢欣地捻着一颗颗饱满的谷粒,还没沾酒,就已经醉了。冬的时令让大稻糯米迫不及待了,喊着叫着要父亲用酒盆装了山间清泉浸泡着。一个阳光灿烂烟火分明的日子,灶台的大蒸锅显了用武之地。被水泡得松软的糯米一桶桶蒸熟,成了糯饭。幸运的前三碗变成了垂涎欲滴的我们的零食,大部队则进入了列队的酒盆中,拌匀酒药,放置火塘,密封发酵,等待又一个涅槃后的新生命。生命的裂变在两周之后见效了,酒香一天比一天浓郁,一天比一天让人兴奋,一天比一天让人着急。但是,高明的酿酒师一点也不着急,父亲依然兀自忙着家内家外的事情。终于,父亲重视发酵的酒盆了,一下子摸摸它的体温,一下子闻闻它的气息,一下子掖掖它的被子,依然不疾不徐、成竹在胸。突然的清晨,母亲递给我一碗甜香的酒糟,我知道父亲的杰作面世了。第一个欣赏者也就是他的小儿被倾倒了，在我晕晕乎乎的日子里，父亲的冬缸酒春缸酒全部钻入大肚子酒坛，在大厅二楼上排了足足有近10米长。它们的使命一是帮助莲花血鸭光荣入世，二是作为父母和亲朋好友的生命火花，强壮他们的筋骨、增添他们的快乐、点燃他们的希望。

本土鲜椒是莲花血鸭的生命标签。俗话说，"四川人不怕辣，江西人辣不怕，湖南人怕不辣"。莲花县是江西与湖南的交界线，饮食文化的最大特征就是怕不辣，"无辣不成席"告诉大家莲花人有多爱辣椒。莲花血鸭是辣菜之王，几乎是一半辣椒一半鸭肉，新鲜的辣椒如同一个品牌标签一般，让人一打眼就看出这道菜是否是莲花血鸭。莲花人每家每户都种辣椒，我家的辣椒在父母的伺候下更是遍及屋前屋后，甚至偏远的开荒地也种上辣椒。春风拂过睡醒的土地，点种的辣椒秧苗破土而出，谁能料到芝麻般大小的辣椒种子竟有这么强大的生命力！几乎可以说是迎风而长、逆风而行，一天一个变化。秧杆越来越粗，叶绿越来越深，枝丫越来越多。一个入夏雨后的艳阳日，一朵朵白色的小花张开了喇叭嘴，拼命地吮吸着阳光雨露。一周过后，花包收缩，一条细小的黑尾巴拖在外面。再过个三五天，收缩的花包开始泛绿，很快出现了一个圆鼓鼓的绿球。往后就开始疯长起来，狭长的小辣椒伸展了自己的身躯，或横逸或直上或低垂，个个显出了自己的脾气。再过半个月，中型辣椒就跃跃欲试，勾引着人们的味蕾。这个时候，可不能着急，尚需耐心等待。老家传统的辣椒大体算是中等个子，长不及三寸，有点壮硕，但绝不肥胖，如同伺候它的农民主人一样，是身形矫健的山地劳动能手。不是朝天椒的那种死辣，不是菜椒"枉为做椒"的无辣，也不是或极长或极胖辣椒的怪诞离谱，而是一位普通寻常中庸规矩的辣椒君子，不长不短、不肥不瘦、不张不弛，可远观可亵玩。为了增加其辣度，母亲不断给它浇淋稀释的回龙汤，加上阳光的暴晒，当软软嫩绿的辣椒变成硬硬墨绿的时候，一碗香味四溢的辣椒炒肉片开启了我们味蕾的美好征程。很快，红艳艳的辣椒挂满了树的全身，万事俱备的东风终于齐活了，莲花血鸭揭开了全年的序幕。高高低低的嘎嘎声，噼噼叭叭的柴火声，叮叮当当的炒锅声，奏响鸭们涅槃的交响曲。袅袅的炊烟中，哗哗的流水中，默默的稻田中，静静的山林中，清清的蓝天中，世界万物都是礼赞鸭们的列兵，他们协同共心，服务人类的万世绵延，增强人类的生产活力，拓展人类的多元文化。

莲花血鸭就是这人类多元文化中的一员。它是一种饮食文化，蕴含其中的精神因子是中华民族的祭祀文化、英雄文化、革命文化和生态文化，共同浇灌莲花血鸭文化因子的成长成熟，促进莲花血鸭文化体系的成型成功，推动莲花血鸭文化产业的壮大壮实。莲花血鸭起源于民间基层，风行于普罗大众，认可于官方政府。省级非遗的十大赣菜之一，县委县政府的血鸭产业打造，各乡各村的养鸭热潮，彰显了莲花血鸭在新时代的新追求新目标新使命。立下莲花血鸭文化体系大厦建设的决心，梳理莲花养鸭史吃鸭史及血鸭相关行业酿酒、榨油、辣椒的历史，整理相关古代人物的观点、理论及文学作品，拓展现代文化名人对莲花血鸭的新理解新阐释，增加血鸭文化的长度宽度厚度，辅之现代融媒体手段的传播推广。我们有理由

相信，不久的将来，莲花血鸭定能跻身几大名鸭之列，"莲花一只鸭"定能成为江西一只鸭、全国一只鸭乃至国际一只鸭。彼时，"落霞与孤鹜齐飞、秋水共长天一色"定然是赣鄱大地莲花血鸭的文化符号、价值宣言与生命态度。

（本文原载于《新华每日电讯》2022年11月11日，光明网首页全文转载，中央纪委国家监委网站、学习强国、新华网、中国经济网、中工网、中国农网、中国青年报、东南网、荆楚网、齐鲁网、云南网、长江云、中国宪法传播网、澎湃新闻、封面新闻、上游新闻、腾讯、搜狐、网易等全文转载的主流媒体近100家。普通话、粤语朗诵版被光明网等近百家主流媒体转载。）

永新师范四章
纪念我们的青春岁月、母校及其他

一章：蒙初永师

"永新老大"是我记事起对永新的最初印记。莲花口音把"大"说成"太"，因此，年幼的我无从想到"老太"就是老大或大哥的意思，相反，当时觉得"永新老大"不是个好词，仿佛带有贬义。为何如此语，皆缘于印象中的永新人似乎与贫穷、可怜、落后相关。江西省的莲花县原来是永新县的一部分，在清乾隆年间独立出来另设县治，莲花人大多是从永新迁徙过来的，因此，称永新人为老大，莲花人为老二，是俩兄弟。

我读小学是在1981年至1988年这个时间段。

这是物质产品较为贫乏的年代，遑论精神享受了。当时，我们这些小孩如同极度饥饿的野兽，可以把泥土啃吃光。整个小村子所属的山、水与田野，但凡能吃的，都被我们这些饿兽消耗殆尽。不用说属于公共物的野果子、野味与水产了，即使私人种植的食物，不论如何地被看护管理，最后都要尽数入我们腹中（所幸，那时并不偷吃人们饲养的小动物，不然就成了偷鸡摸狗之徒了）。有两件事记忆犹新：一是偶然的机会，与同伴发现邻村人家菜园里隐藏得很机密的大黄瓜种。这条金灿灿的黄瓜能长到这个程度，不知躲过多少劫难，但最终还是未能逃过我和同伴（同伴叫仔反，是我的死党，部属，老搭档，但凡我行动之处，不会见不到他）的魔掌。窃喜之余，携之而去，坐在某家新建房子横梁上大快朵颐后，唯一的遗憾是黄瓜太老，皮太厚，肉太粗，籽太硬。二是与同伴在一个山坡中无意发现一块花生地，对于我们来说，花生是吃过，但从不知花生是怎么种出来的。大家找野果子，大半天，一无所获。懊恼之余，一小伙伴随手把花生苗拽了一把。"花生！"他兴奋地大喊了一下。顿时，山坡陷入过节般的快意沸腾中。在我们那里，花生因其稀有罕见，成为最令人垂涎三尺的珍品。在我们一天的上蹿下跳中，这块山坡上还没成熟的花生果就完全变为空壳。

正是因为花生，我才得以知道"永新老大"。每每在过节后，"永新老大"就会光顾我们村。这是我见到的最早的外县人，她们是商业贸易者，操着长长的腔调，挨家挨户询问："有鸡毛鸭毛么？"每每听到这个声音，小孩们便抓起一个装有鸡毛鸭毛的簸箕，争先恐后地跳将出来。用以换取"永新老大"的花生。眼瞅着商贩称花生的那一刻，真希望他能多给几个花生啊。在一颗颗慢慢剥着花生吃的时候，觉得"永新老大"就像神人，太了不得了。

当时，作为商贩的"永新老大"，被我们视为全部永新人的代表，以为所有永新人都是这个样子：穿着破旧，挑着箩筐走街串巷，食宿无常，收购被我们视为废物的鸡鸭毛，真是太穷太可怜了。其实，可怜的应该是我们，"永新老大"能够走出家门，从事商业活动，变废为宝，借以赚取利润，足见其聪明与胆识。事实也证明,改革开放后,永新的经济、文化、社会发展都领先于相邻的几个县市。

尽管从事鸡鸭毛商业贸易的"永新老大"给我的印象不是很好,但永新师范却在我们那里名头很大。可以说,村里人几乎是只知永新师范,而不知有其他的中专学校,无论一般高校与名牌大学了。在乡人眼中,永新师范是农村孩子尽快跳出农门的理想目标与最佳路径。还在读小学五年级时,家长、老师、亲戚、邻里,都已经把永新师范四个字深深烙入我脑海,使我不曾有任何打算与想法,上高中考大学根本就不在我的知识地图中。

在我关于永新师范的蒙初记忆中,影响最深远的是邻居家的永师学生。这位仁兄大名李金生,家境贫寒,两次中考进入永新师范,一九八七届毕业生。他在永新师范读书时,关于他及永新师范的轶事让我神往不已。据他的小妹说,永新师范校门口有一条大河,他哥经常去河边晨读。有一天,正在看书,突然一条五六斤的大鱼跃出水面,搁浅在岸滩上。这位仁兄从容取之,拿到市场上卖了个好价钱。于是,我对永新师范心生向往，希望自己天天在岸边拾到大鱼，好拿去卖钱帮衬家用。仁兄的母亲是个极有口才的人，在我们村的妇女中，恐怕没有哪个能在口舌方面占她上风。她去过一次永新师范，这在我们那可是见世面的荣光事。她说，在那里读书，吃饭不要钱，有公家发的粮票，还有各色各样的食物，最重要的是，那里有无尽的包子馒头。每每听到这，我便遐想绵绵，巴不得一头扎进包子馒头中，吃个痛快（后来在永新师范读书时，我每天早餐至少吃 7 个馒头。不过这不算多，我有个老乡贺向雄，据说他一次吃过 18 个馒头）。

最让我对永新师范充满强烈渴望的还是这位仁兄自己的现身说法。每逢暑假，他回到村子，劳动之余，便作起画来。这可是不得了的物事，我们村何曾见过这般景象。他在家里支了个大画板，旁边摆了红红绿绿的颜料，一番鼓捣后，神奇美丽的水彩画便跃然眼前。让我们这些小孩子们惊为仙人之作，艳羡不已。当时，我就暗暗下决心，进入永新师范后，第一要务是学会画画。我心想，他都会绘画，我得比他画

得更好。现在想来，我都很讶异年少的我竟然有这么大的好强心。在我的半生中，好强与竞争的确是一路伴着我走到今天。其实，人还是不要太好强的为好，不然，太累。进入永新师范读书后，我果然第一个报名参加了绘画兴趣小组。当时，我拉着同乡同班同学谭席彪，和他一块在吴仙文老师的指导下学习绘画。那时，大卫雕塑是我们素描最多的对象。可惜，在绘画方面还是没有超过我们村的那位仁兄，不过，在书法方面，自信比他要好些。

二章：逐鹿永师

据载，莲花县由垄西与上西合并而成。垄西隶属于永新县，上西隶属于安福县。由于垄西与上西离各自的县府较为偏远，视为蛮荒之地，管理多有不便，于是，公元 1743 年（清乾隆八年）割永新县 20 个都、安福县 12 个都，置莲花厅，于莲花桥（今琴亭镇）设治，名莲花厅，属吉安府，后来撤厅设县，沿袭至今。人们对莲花的描写是"七分半山一分半田，一分水面和庄园"。这的确是纯生态，但也说明莲花地处山野、偏僻与落后之状。

我出生在莲花县神泉乡大湾村。山沟里的山沟，偏僻中的偏僻，抬头触山，俯首贴田，真的是好一派"七分半山一分半田"风光。经济极为落后，文化气息几无，视野纵横在沟壑之中，志向拘泥于一锄头田埂、半团箕旱土之争。对于农家而言，读书固然是理应之事，但绝非自觉而为，更多的是一种习惯性的例行事务。确切而言，是国家政策所驱使。对大部分孩子（特别是女孩）来说，上学不过是例行程序，识几个字罢了。这种环境之下，教学质量、上进意识、尊师重教等等，就显得如此的不重要了。一批批孩子走进校园、离开校园、走进农田，实在是不足为奇。

我六岁入校读书，受此氛围所抑，学习热情不高，顽劣习性却长。整个小学阶段，本该五年的学习生涯，我却虚度了七年光阴。三年级留级，成绩如故，老师不忍再与我共处，被推向高一年级。到了五年级毕业班，依然冥顽不化，再次留级。无奈之下，我被父亲送到乡中心小学就读。我在三个小学念过书，本

乡小学几乎都成为我的母校。令人称奇的是，今天，随着适龄读书人口的骤减，本乡很多小学都撤并了，唯独我读过的三所学校还存在。应该说现在只有两所小学：一是中心小学，一是希望小学（希望小学是由我曾就读的大湾小学与永坊小学合并而成）。

　　进入神泉乡中心小学五年级复读，我的成绩之变化，用惊天骇浪来形容并不为过。我仿佛文曲星附体，成绩突飞猛进，鹤立鸡群，本校与本乡之中，无人能望我项背。我总结了下原因：一是我父亲振兴家族的不懈坚持，二是当年大哥考上大学对我的激励，三是我心智稍见成熟顽劣之性有所改变，四是在全乡教学水平最好的学校遇上了良师（良师中的数学老师大名陈日亮，是永新师范毕业的高材生，也是我七年读书以来遇上的第一个受过师范正规训练的老师，语文老师大名宁回仔，是个敬业的民办老师，后来也到师范进修过）。正是因为这些因素的汇合，才使我得以成功。假使当年我还继续在原学校复读，假使没有大哥榜样的激化，假使没有父亲的执着，假使没有这两位良师的教导，我也许已走进那七分半山一分半田的农家世界，变成一个道地的农民了。

　　进入初中，马太效应在我身上得到印证。强者愈强，我继续挥师猛进，所向披靡，无人敢敌。我知道，要进永新师范，不是一件容易的事，必须常备不懈，各科成绩齐头并进，才有成功的可能。可以说，我做到了这一点。尽管我所就读的中学整体条件都很差，师资力量薄弱，我也力争以更大的视野来鞭策自己。当时在县城一中教书的表姐不知是有意还是无意的一句话，"山中无老虎，猴子称霸王"，让我丝毫不止步于和身边的同学去比，而是要去与全县最好的中学、最好的学生比较。我想，我不能做那只沾沾自喜称霸王的猴子，而是要做群虎中啸声震天的一员。正因为此，我各科成绩得以百花齐放，文理皆优。于是，各种荣誉与头衔扑面而来，年年是三好学生，次次考试都是全年级第一，把与第二名的距离拉得老远老远。全校唯一的团员名额是我，就连学雷锋优秀道德模范也是我（说实话，在做好人好事方面我要比别人少些）。

　　在全校乃至全乡上下把我确定为进军师范苗子

后，我也不负众望，继续以高昂的姿态阔步前行。初中二年级，学校搬迁到"七一二"造币厂旧址办学。该厂坐落于神泉乡棋盘山脚下，由李先念同志亲自批准建厂生产。穷乡僻壤中这么个大型造币厂，让现代人多少有点不解，但在当时却平常不过。这是出于安全与国家机密的需要。当地人都不知道这个工厂到底在做什么，一度以为是制造枪支的。造币厂所属的棋盘山，有着辉煌的红色历史。红军长征后，有一部分军队留守，转入游击斗争。白色恐怖年代，当时的湖南省委书记陈洪时叛变。危急之际，谭余保将军挺身而出，召开了棋盘山会议，继续坚持游击斗争，成为毛泽东所说的"全国战略中的一个支点"。陈毅、曾山、项英等曾在这里战斗过。后来，该部改编为新四军，成为"铁军"中的一个营，奔赴抗日救国前线。

  我们学校搬到这个红色革命根据地与社会主义创业史旧址办学一年来，不仅没有学到革命前辈的艰苦战斗精神，反而学风日渐恶化。学生嬉戏于山水之间，聚宿于独院之中。没有围墙的校园，学生穿梭于光鲜亮丽的单元房之内，管理极为困难，整体学习成绩骤降。就连作为领头羊的我，成绩也不如先前，甚至在一次代数考试中，唯一及格的我也仅得 60 多分。这个现状如果任由下去，学校可能连一个师范生都考不取。此前，神泉中学已是连续两年遭人诟病。1989 年，我的上上届中考一败涂地，师范生没有录取一个，高中生也几乎为零；1990 年，我的上一届中考也不尽如人意，本来拥有的两个师范指标又被本乡在外校读书的学生抢走一个。如果我们这一届依然未见起色，学校领导与任课老师就颜面无存了。

于是再次搬家，学校迁回原址。这个决定后来被证明是正确的，学生恢复了正常学习规律，我的成绩也重回轨道，且不断提升。那一年，考上永新师范的有两人，我与谭席彪（谭席彪与我小学同学到师范，最后又一块回去工作）。高中生也考取不少，是近三年中最好的一届。后来我回忆了一下在七一二造币厂的一年，受环境影响，心思确实也有些波动。一是与同学在独门独院的屋子里住着，胡吹海侃，难免懈怠。另一个更重要的原因可能与青春时期的少年萌动大有关系。当时，我住在物理老师肖水林的旁边，他基本不在，我就独个在那看书做作业。后来，同班一个女同学也要来看书。于是两个人坐在一个书桌旁学习。孤男寡女，天天在一起，难免不产生些许情愫。女同学是我班最漂亮的，家庭条件不错，略施装扮，便远胜于其他女同学。说实话，我当时的确也对她有些喜欢，但仅此而已，从未表达过，也从未有所发展。然而，这对学习却大有影响。现在想来，非常庆幸学校的搬迁，不然，今天的我就不知其为谁了。

中考日子临近，备考气氛严肃而沉闷。我使出浑身解数，以求得更好的状态迎战。从我家去学校，一条羊肠小道而至，翻过两座山，约莫20分钟，就可到达。我每天早起，就去放牛，手握书本，一边学习，一边替家里做点事。为此，我经常被村人拿来作为教育自己孩子的榜样。手握书卷后山放牛大扇牛虻的情境，已成为经典影像，至今尚为村人所道。早餐后，就疾行于上学途中，手中还是拿着书本不忘看上几眼。那争分夺秒的场景至今历历在目，无法忘却。中午一般不回家，带菜就着学校食堂打来的饭，也能美美地享受饥饿的后果。有一次，慌急之中，把父亲炒好的全家人下饭的唯一一碗菜跌翻在地，急愧之下，我竟然早餐不吃，菜也不带，书包一挎，径自上学去了。后来，父亲小心翼翼地把菜从地上拾起，弃绝脏的，照样下饭，并托予我同班的表姐给我把菜送来。其实，当时时间也不是太紧，我是怕迟到，加上弄翻了全家人的口食，非常自责，准备以一天不吃饭来惩罚自己。可是，父亲却不能让自己的孩子受饿，尽管当时很痛惜那碗菜，但儿子都没吃饭就上学去了，想来，所有父母都不会无动于衷的。

对于学习，我二哥值得一提。他对我有几个方面的帮助。他是个运气极差的人。我读初一时，他读初三，成绩在班上应该是前五，当年中考名落孙山。第二年去外面打工半年，回到我大哥任教的学校复读，再考依然榜上无名。第三年又去复读，与我同届。不过我在本乡中学就读，他在外乡较好些的中学就读。他的不断失利其实在一定程度上也鞭策着我，使我如临深渊，不敢松懈。另一方面，他也与我就学习问题不断交流。在一次春种时，我俩在水田里插着秧苗，他很谦虚地向我请教。说学习上要多互动、沟通与交

流，这也使我增益不少。只是当时我还不大晓事，只知读书，不善于总结，未能示他以更好经验之道。二哥对我的帮助之二是，一起去干活，总是他帮我的多。由于家贫，我们经常要上山砍木头、伐竹子去卖钱，我却总是找不到合适的木头竹子。这时，往往是二哥帮我砍好，我只管扛回家就是。最重要的帮助是，由于我学习上的记忆力最旺盛的时候在凌晨之后，所以我就经常在12点以后看书，直到天明。每每晚饭一吃完，我便倒头就睡，叮嘱二哥12点后叫醒我。有时候二哥11点就想睡了，为了配合我的时间，让我睡好些，他坚持到12点，然后叫醒我。于是，我便在新的一天的凌晨，生机勃勃地学习进取。

  中考之日最令人难忘，这是逐鹿永师、最后决战的时日。我不仅要与本校同学决战，而且还要与全县所有学子竞争。也许是压力过大，我的心理承受能力较差，饮食起居都大异寻常。睡得不大安稳，尤其是吃饭，更是食之无味、形同嚼蜡，甚至干脆不想吃。当时，大哥是我们的后勤保障，安排我和二哥住在他同学宿舍，离考场最近。早餐尽量注意可口与营养，中餐在我表姐的单位解决。每餐汤菜齐备，表姐亲自动手，可谓色香味俱全，然而我却难以下咽。看着二哥大快朵颐的潇洒状，我无端地羡慕，好生佩服。心想：他都第三次中考了，难道就没有一点压力吗？

中考之后，我唯恐考得不好，愧对师友家人。于是，整个暑假，我与二哥跟着姐夫上山伐木。下山后，欣喜获悉：我被永新师范录取，二哥被高中录取。全家继大哥考上大学后，再次被荣光所包裹。

三章：求学永师

1991年9月的一天，我开始扑向永新师范。那是一个阴雨天，踩着泥泞到达东华岭。尽管如此，亦难掩心中兴奋。这是我16年以来第一次出远门，由大哥送我。先一天，宿于大哥任教学校（升坊中学，紧邻通往永新的319国道），清晨，天刚蒙蒙亮，我们就坐在了去永新的大巴上。那时感觉是要去一个很遥远很遥远的地方，永新与北京、香港、纽约等地似乎没有什么不同，在距离上都是一个概念：远方而已。大约是在沙市抑或是里田什么地方，连日阴雨使得道路坑坑洼洼，汽车无法通行。一般都是莲花的汽车在道路的一端，永新的汽车在道路的另一端，相互转载对方的乘客。我们背着行李步行，一会儿过田埂，一会儿爬山坡，一会儿走泥路。印象较为深刻的是过一片松树林，沿着小道蹒跚蜿行，眼光所至，尽是污水黄泥巴，连把行李放下来歇脚的机会都没有。大哥扛着箱子，我拎着大袋子，一路赶脚，重回公路时，我几近崩溃。估计花了约2个小时才走到道路另一端，然后坐上永新的汽车，到达县城车站。

这个时候，感受到了亲人的温暖。那些师兄师姐们，热情似火地帮我们背行李，拉我坐在接送的校车上，快意而去，转眼就到了学校。永新师范这四个金光闪闪的大字深深印在我心上，岁月倏忽离去了近20年，其他物事如云雾般朦胧，而永新师范却越发地清晰，伴随我一辈子的奋斗足迹前行。

注册完毕，直奔宿舍。大哥访友去了。我见室友不至，就独自绕校园走了一圈。一切都是那么陌生，一切又是充满着神奇。令我倾心的是一长溜的黑板报，出自学生之手的书法与绘画，便是我来到永新师范的第一堂入学教育课。形式生动，影响深远，受益无穷。

大哥第二天就走了，看着他的背影，我鼻子一酸，泪如泉涌。这是一个没有断奶的小男孩对家庭的依赖所至。从此，他就走出了父母兄姐的呵护，早早地踏上了征战人生的社会之旅。永新师范的三年学习，也不过是他的一个开始。然而，这三年，影响了我的人生轨道。单从丰富一个人的内心世界而言，我认为师范三年应该比高中三年要精彩得多。在此，我以感恩的心，模糊的记忆，枯涩的文笔，撷取三年生活的零碎影像，谨以志之。

1. 读报班会

来到永新师范的当天晚上，就是所有新生的第一个班会。我与谭席彪都分在九四届三班，班主任是张劲东老师。每个宿舍住 8 个人。回到宿舍一看，所有室友都在。相互认识了一番，喻湘根与周永辉来自安福，左寒卜、李晓军、马军华来自永新，赖贻开来

自宁冈，我和聂小松来自莲花。这8个人可谓是天之巧合，能说会道，各有所长，有很多轶事便是他们炮制而出。

班会上，班主任任命了一系列的干部。讶异自己怎么一个官帽子都没捞到的时候。张老师突然在黑板上写了两行字。第一行：刘建华推荐进入学校学生会（系地区三好学生），第二行：刘浩平推荐进入学校团委会（系地区三好学生）。张劲东老师着意强调，这两位同学是班上唯一的两个地区三好学生，因此分别推荐进入学生干部高层，为我班做更大的贡献。其实，我后来也没做什么更大的贡献，在学生会的生活部长岗位上，碌碌无为，仅善始善终而已。当然，对自己个人倒是有些贡献，因此入了党，进入一个更新的世界与境界。

班级两大巨头是班长张文军与团支部书记刘小梅。这两位老兄大姐在班上稍持重些，见识广泛，有胆有谋。张文军是全班的老大哥，成熟老练，为人较为谦和，对绘画特有专长。毕业后在广东任教，最近还出版了专著《小学语文作文评介》。刘小梅来自永新县城的干部之家，对永新师范驾轻就熟，如同自家一般，在班上侃侃而谈，形质俱佳，颇得同学之心。她现在南昌大学附小任教，工作成绩斐然。班干部任命后，班主任讲了些大家庭、团结、友爱之类的话，尤其是"班级进步我光荣，班级落后我可耻"之言，更是具有感召力，令我等群情激奋，期盼大业。后来，这话贴在教室墙上，与我们风雨同舟，直到毕业。张老师讲完话后，也不放大家离开，竟然出人意料地让团支部书记读起报来。《人民日报》上的文章被刘小梅清亮地大声读出，我们感觉新鲜且有趣。这也是我第一次看到《人民日报》，足见当时的我之封闭之落后。

2. 少年壮志不言愁

第一个学期开学不久，恰逢中秋佳节，全班所有同学都没回家过节。当时觉得不回家太正常了，因为距离太远，要大半天时间，而且花费钱财。现在感觉太不可思议了，两个县城大约也就40分钟可到，与现在离家几千公里的我来说，可谓小巫见大巫。

正因为大家都不回家，中秋晚会也得以举行，为现在的我们留下美好的回忆。那天晚上，皓月当空，在刘小梅书记的主持下，大家围桌而坐，吃着瓜果，喝着水，唱着歌。对家乡对亲人的思念之情油然而生。气氛接近高潮，我的同乡同学谭席彪离席而起，主动献唱了一曲《少年壮志不言愁》。他说，今天的情景相信多年以后诸位依然会铭记心怀，在这样一个美好的夜晚，这样一个友爱的班级，这样一个欢庆的时刻，我想以此曲表达对人生的憧憬与奋斗的决心，也希望与大家共勉。"几度风雨几度春秋，风霜雪雨搏激流"，让我们过早地成熟起来，过早地进入到社会的重压与角逐之中。现在想来，我们这一代没有经历过大学阶段的浪漫爱情生活，确是一大遗憾。读师范时不准谈恋爱，毕业在小学教书时没对象可谈恋爱。我们很多人的青春爱情就成为一个永远的逝去的旧梦。

3. 同手同脚

军训生活非常辛苦也挺新鲜。我们进入师范的第一个学期就接受大约一个月的军训。基本是以练队形、走步为主，连枪都没摸过，这也是一个遗憾。炎炎酷日之下，小年轻神闲气定地站着，一点也不嫌苦。教官甚为满意。于是，训练走步，这下可难倒了部分同学。"起步都走不好，怎么练正步走"，教官一声大喊，"XX，出列，起步走"。"怎么还是同手同脚？"刚开始，我还以为是"通手通脚"。心想，这"通手通脚"到底是指什么，又有什么错呢？在我纳闷之时，教官令我出列，在他的训斥高喊之下，我也走了个"同手同脚"，被同学笑话了一番。

最让大家捧腹的是戴小忠仁兄，我们认为他是天生的没有文体细胞的书生。不论教官如何地训斥，如何地苦口婆心，如何地开小灶指导，他依然如故地"同手同脚"，看着他一脸茫然的样子，我们都忍俊不禁。他自己喊着一二一，左手左脚竟然兄弟般的不离不弃，同时向前、摆后，当然，右手右脚也是如此。直到军训结束，他还是走不出个像样的起步走，教官也自叹不才，难以施教。不仅体育如此，戴仁兄的音乐也是五音不全，唱歌跑调，没有节奏感，节拍不准，八度不分，哆来咪一个调。这让音乐老师甘美华大为光火，最终也是无可奈何。戴仁兄自己更是苦恼不已。

不过，经过他的不懈努力，最终顺利通过全省中师素质评估测试。

4. 无名小路

音乐是人们心灵得以休憩的艺术。不论男女老少，不论何朝何代，不论何时何地，只要有人活动的踪迹，就会有音乐的倩影。师范生涯中，音乐是极其重要的精神食粮，也是聚集人心的艺术瑰宝。它使我们在精神娱乐生活极为贫乏，物质生活极为鄙陋，青春热血极为充沛的师范时代，有了一个发泄点，成为寄托我们美好梦想的平台。

团支部书记刘小梅与文娱委员赵春兰，非常热爱音乐，她俩是我们精神食粮的辛勤提供者。自己把歌学会，就来教我们唱。当时我还在想，她们是从哪学来这么多歌曲呀。第一首歌曲是《小路》，苏联卫国战争时期的著名爱情歌曲，描写一个女青年沿着小路送爱人上战场以及对爱人的思念。"一条小路曲曲弯弯细又长，一直通往迷雾的远方，我要沿着这条细长的小路，跟着我的爱人上战场。"我们经常在这歌声中遐思翩翩,希望有朝一日带着自己的爱人,共赴梦幻战场。另外一首印象较深刻的是《无名小路》,电影《中国霸王花》中的插曲。"林中有两条小路都望不到头,我来到岔路口伫立了好久,一个人没法同时踏上两条征途,我选择了这一条却说不出理由。"我们总是以这歌词来安慰自己,选择做"孩子王"这条路,也是说不出理由的,唯有坚定地走下去,才得以彰显自己的正确选择与崇高境界。

5. 女生风云榜

男生世界,女生是恒常且时新的话题。每每熄灯之后,宿舍窃窃私语者此起彼伏。按照学校作息规定,熄灯后,不得讲话,否则扣分,直接影响到班级排名。我是学生会生活部长,主管这一块。几层楼巡视敲打那些讲话者后,回到宿舍,禁不住广大室友的集体威胁,只好等同于群众,加入到高谈阔论的队伍中。

首先,不免对一天的奇闻趣事纵论一番。接着,规划了明天要做的事。最后,聚焦重点,讨论本班女生的各种正事与异状。不知不觉，又是老话重提，谁谁谁长得极其漂亮，班花当之无愧。当然，每个人对于女生排名难免有不同意见，少不了又是一番争论。无非都想把自己喜欢的女生排在第一位或者排名靠前一些。意见僵持之下，就激变出很多个排名标准。大浪淘沙之后，三大标准得以确定，每个男生都一定程度上得到满足。这三大标准是：相貌、品德、相貌品德的综合。当时，在相貌方面，似乎安福的赵春兰艳冠群芳；品德方面，似乎是宁冈的饶梅华领衔百娇；相貌品德的综合方面，似乎是永新的尹嫦娥独占花魁。当然，这个排头兵的地位并不是稳若金汤，时不时会有人提出挑战。比如在相貌排名方面，莲花的男生认为应该要树立其同乡孙丽梅的百花仙子地位。李晓军经常嚷嚷姜素琴怎么怎么地好。周永辉含蓄地表达出王小芹的可人之处。左寒卜说圣秀梅温柔美丽、婉转动人。马军华、喻湘根指出，刘小梅不可小视，要得到公正的评价、应有的地位。赖贻开则偷着乐，因为他的红颜知己尹嫦娥已是贵不可言了。在这，我想特别提到本班同学刘小芳，这个纯真而又聪明的安福女孩，这个经常称我刘哥的青春女子，这个被唱着村里有个姑娘叫小芳的同学少年，已早早离开人间，在另外一个世界亦有10多年之久。愿她的魂灵得以安息。

6. 三人行

就读永新师范的三年间，有个奇特且有趣的现象。每个班级固然是一个群体，在这个群体之下，又有很多个小群体。同学之间总是有玩得更好的、感情更近的伴，人数一般是两个，不超过三个。当时，我觉得很惊奇，因为读小学与初中以来，我玩伴总是很多，有七、八个之众。现在看来，正常不过，人们总是有个死党或者闺蜜的，说说悄悄话。人数多了，就无悄悄话或者隐私可言了。难怪后来的大学女生，经常称对方为老公老婆，无非是树立一个伴的角色，赖以排忧解难。事实上，这些女同学或者男同学之间，感情也的确是零距离，与夫妻之间的亲近关系并无二致。当然，我们从"三三两两"这个词语中，也可得知，古往今来，感情最亲密的玩伴人数，不过三两人耳。

我、赖贻开与聂小松，是标准的三人行。同吃同睡，形影不离。生活中，学习上，运动场，看见了一人就看见了三人。互敬互重，未有红脸之事。赖贻开喜欢运动，特擅篮球。经常带着我们去跑步、打篮球。有时候，带着整个宿舍沿禾水河环城一圈。大多时候，是带领我与小松出校门往宁冈的公路上跑步。他那矫健的身影令我们望洋兴叹。有时不想去跑，也得被他逼着起床锻炼。有一天，他咳嗽不已，检查结果把大家吓一跳：肺结核。乖乖不得了，赶紧治疗吧。缘此，我们知道氯霉素竟然会致聋。他这一得病，我们都不在意，丝毫不惧传染到自己身上，事实上我们也的确没事。只是后来就不大跑步了，经常拿他得病作为不跑的理由。跑步又怎样，还不是要得病。现在想来，这是不正确的。赖贻开的第二件奇事是他喜欢吃素，不爱荤。这可乐坏了我和聂小松。我们都爱吃肉爱到死去活来。当时菜里几乎不见肉。一份大蒜炒肉，最多三片肉，其他全是半生不熟的蒜苗。赖贻开经常把碗里的肉匀给我与小松，在我们眼里，他就是救世主啊。赖贻开的第三件奇事就是他还挺招女生喜欢，是我们三人中唯一有着恋爱经历的。据说他与尹嫦娥较为亲近，有多少情愫产生，我们就不得而知了。聂小松年纪最小，与我同乡，最大的特点就是喜欢笑。在任何场合都会情不自禁地笑起来。平常还好，上课时总笑，让心理素质稍弱的老师就受不了，以为自己哪里出了问题呢。音乐课是小松笑得最多的场合，有一次，甘美华老师实在忍不住了，就责问小松，"你总是笑，笑什么呢，有什么可笑的啊。"从此，上音乐课，小松不再笑了。真是挺可惜的。

7. 包干区

永新师范坐落在山上，苍木林立，浓荫蔽日，山势蜿蜒，路径曲致。美景的确是美景，但落叶也就多了，必得每天清扫。于是，各班都有一片劳动包干区。也就是说，某一地块就是你们班的责任地了，如若不干净，就得问责。我们班分成三个小组，轮流打扫，有时候还得大搞劳动，整枝叶，清淤泥。

我们班的包干区是高山哨所周边的区域，全是大树斜坡。打扫倒也不是太费事，就是阔叶多了，保

持干净就难了。我当时还兼任一个小组长，轮到我组打扫，有些同学不尽责，我就脸色一沉，尽显肃杀之光。男生尚可，女生就极不舒畅，劳动尽管搞好了，但是未见笑声。尹嫦娥对我好心建议，组长大人以后能否多多展颜，我等也能在快乐中劳动嘛。

　　说到劳动，在师范其实不少了。一会儿是学雷锋打扫汽车站，一会儿是去扫马路，一会儿是去清淤沟，不一而足。有两件事倒令我忘不了，倒也记不起。忘不了的是摘木梓。每每霜降之后，寒露之时，我们便拎着铁桶，遍布学校山野之中。第一年，我们没有经验，起得晚，去得迟，总是拣附近的小茶籽摘，这种米粒一般的物件，摘了一个上午，才勉强遮住桶底，而管理方却是按数量来论。人家一桶满满的大木梓，10分钟左右就完成任务，我们费时费力还不讨好，甚至被批评。第二年学聪明了，跑到老远的地方，尽挑大木梓，很快就盆满桶满，高兴而归。不过，有时也会带来问题，有些同学跑到老乡山上去摘，引得老乡上门问罪，学校领导又得解释半天了。另外一件事，是我记不起的，而且还是孙丽梅多年以后对我提及的。有次玩笑中，我对她说当年是如何地喜欢她。她很是不信，当即举例，斥我尽撒谎。说有次劳动栽树时，她跑过来请我帮忙挖树坑，我却无动于衷。如果真喜欢她，怎么会不帮忙呢，连老乡之情都谈不上，遑论其他。我好生茫然，至今都还想不起不帮忙的事。估计她可能是记错人了吧。

8. 晨练

读书时，最令人痛恨的就是早起锻炼身体。每天清晨，正当你美梦连连，酣睡醇香之时，就被无情地弄醒。然后快速穿衣、洗漱、疾走、出操、跑步。首先是电铃声把你吓醒，接着是喇叭中催人抓狂的《运动员进行曲》，最后是各年级组长此起彼伏尖厉的口哨。这三种声音至今都成为我挥之不去的阴影，每每听到这些声音，总是让我十分紧张，甚至痉挛。

这种紧张氛围中，难免发生很多意外之事。最让我心惊的，是一个学生在天色蒙蒙之中，为了抢时间，低头一路猛冲，不小心撞到一电线杆上，当场晕倒。这位仁兄倒是挺遵守纪律，不然也不会低头撞到

电线杆，这也说明永新师范当时管理之严。迟到就要扣分，扣分就意味着扣钱，学校把发给你的伙食费扣去一部分，对于大多数贫寒的农家子弟来说，不能不说是一个严重的威胁。早操后，天色才亮，相互之间也看得清楚了。于是，在年级组长的带领下，沿门前公路跑一个来回。当时的年级组长是吴朝云老师，是出了名的严师。以身作则，每天天不亮就骑着自行车来到学校，然后不厌其烦地催我们起床，有时甚至冲进宿舍把被子掀开，迫我们惊跳而起，再带着大家跑步锻炼身体。当时学生挺恨他，现在想来，这是一个多么尽责的好老师啊。

9. 百米冲刺

古人云，食色性也。说吃东西是人的第一特性与第一需要。俗语说，民以食为天。说吃的重要性排在第一。因此，无论从哪个角度来看，一个人想吃东西，本是无可厚非的。至于怎么吃东西，吃的结果如何，百态千状，也没有什么是最佳，没有什么是不好的。缘此，我们便可理解一切吃相了。

读师范的时候，同学们无论如何吃，也不足以为奇。奇的是为了尽快获得吃所表现的异状。早读下课铃声一响，几百人同时从教室涌出，无论男女，皆以百米冲刺的速度，沿着斜斜的长坡，直奔食堂，端的是气贯长虹，的确够引人注目。奇异之一是在这个百米冲刺中，无一人表现出矜持态，大家都亡命地前奔，气喘吁吁地排好长龙，有些同学甚至一不小心直接冲到厨房重地，被大妈们赶出来，反而排在更后面，神情沮丧得很。可以毫不夸张地说，只要你迟缓三秒，排在你前面的人将有10人之多。奇异之二是这些年的百米冲刺中，竟然没有一人跌到受伤。这也确实够惊人，不然不知要发生多少踩踏事件，后果不可设想。究其原因可能是当时伙食较差，没有一个胖人，另外是每天的晨练把大家都变成长跑健将，这百米冲刺当然是恰如闲庭信步了。奇异之三是这百米冲刺是如此有节奏感，大家异脚同声地踩着"咔嚓咔嚓"的节奏，动听得如一支美妙的晨曲，更激发大家无穷的食欲。

当时，谁也不以这百米冲刺为意。现在认真思考下，为什么同学们要百米冲刺去食堂呢？首先，是

第一辑 辨识自我

饥饿所致。同学们晚餐本就没吃饱，睡得也不算早，又没零钱吃夜宵，或者说想吃夜宵也没地方可吃，第二天六七点就得起床，慌急忙乱地奔出宿舍，做完早操，还得跑步，最后要泰然地坐在教室享受四十分钟的精神食粮。这么一个过程，任凭谁都得饥肠辘辘，所以必须尽快去吃东西。其次，永新师范的学生绝大部分来自农村，跑步回家吃饭本就是常事。我们这些来自农村的学生，跑步吃饭是天相。在家玩耍时，母亲一喊吃饭，就连蹦带跳地跑回家。或坐着、或蹲着、或站着、或走着吃饭，不一而足，已成习惯，百米冲刺式地吃饭也就不足为奇。那些来自县城或者稍矜持些的女孩，开始可能也没有跑，而是慢慢地踱步。但是一看身边的人都跑动起来，等你到达食堂时，不是继续被等待的饥饿煎熬就是干脆连吃的都没有了。于是，几天下来，也发起急来，看到身边的人在跑，刚开始是加快脚步，最后索性彻底甩掉矜持，加入到百米冲刺的行列中。最后，也就是最根本的原因是食堂太小，打饭速度太慢，才逼使大家都争先恐后地跑起来。由于食堂小，窗口少，工作人员中老年较多，动作迟缓，同学们往往要摆出几条百米长蛇阵，蜿蜒盘旋地等着。这几条长蛇要摇曳近一个小时，才逐渐淡去。

10. 守夜

这个守夜不是大年守夜，确切地说，应该叫晚上值班。永新师范值晚班有两种形式。一是晚自习时，宿舍人员当值，由本班全体同学轮流值班，直到晚自习结束，一个人即可。二是就寝后，整个男女宿舍区的通宵值班，由全校学生轮流当值，一般是8个人。前者属于常态，且一个人较为无趣，不值一提。后者是非常态，每个人一年也就轮值一次，虽然要熬夜，但极为有趣，因此颇受学生热盼。守夜时，不仅可以放浪形骸地玩乐，更重要的是男女搭配，能与自己喜欢的女生在一起，唱着"夜半三更，不盼天明"的歌曲。

通宵值班分上半夜与下半夜两个时段，每个时段4人，一般是两男两女。男生不够时，有人就自告奋勇，从上半夜守到下半夜。女生不够时，也有男生死乞白赖地求女生献爱心参与守夜，一般无人响应。

四个男生气不过，买了更多好吃的，口中说道，"女人是祸水"，气闷闷地走了。

三年中，我一共守过三次夜。有一次，安排我、聂小松、孙丽梅、周金怡守下半夜。这四个人都是莲花老乡，操着满口莲花腔，交流更通畅。一看此名单，我与小松一阵窃喜，对安排守夜的李小强更是感激，不免大大称赞了他一番。待他自得地走后，我与小松开始酝酿买些什么吃的，值班时玩些什么，足足兴奋了好几天，仿佛期待过年。当我们抱出七零八落的小吃时，孙丽梅与周金怡大为惊讶，心说这两个穷小子打算半个月不吃饭了吗，这么浪费。于是，开始玩牌，那会儿好像时兴双扣什么的。围绕谁对谁的问题，又是争执了一番。孙周说就女生对女生，男生对男生吧。一听此话，我与小松急了，这不白费心机了吗，死活不肯，不然就不玩了。女生没法，只好任我们安排，男女搭配，说笑之中，不知不觉就守到了天明。

守夜主要是起着安全监护的功能，如同群雁休息时，总是会安排几只大雁守护，保卫大家。我们这三年中，由于守夜尽责，偷盗事件基本没有。但也出了个怪事，应该说是属于监守自盗吧。一个晚上，守夜的男生春情萌动、热血沸腾，禁不住溜到女生宿舍。这可不得了，处理结果好像是开除。公告中写着"XXX由于深夜摸女生大腿，予以开除"云云。当时我们百思不得其解，干吗去摸女生大腿，这也要开除啊。现在想来，情节肯定较为严重，其实，男女搭配守夜还是有道理的，如果四个人不都是男生，此类事件就可避免了。

11. 野炊

读书期间的户外活动，极受同学热捧，尤其是到校外郊游踏青什么的。我班大概开展过两次郊游活动。一次是攀登南华山，离学校较远，大家基本什么吃的都没带，估计有点饼干之类的东西，但也意趣横生，欢心喜悦。一次是去郊外的山上野炊，这是一生中最值得回味的活动。班主任张劲东老师亲自带队。团支部书记刘小梅等人极为活跃，大到行程路线，小到炊具菜品，都是她们精心组织，妥当安排。

阳光灿烂的一天，我们背着锅盆碗筷与各色菜

品，开路了。团旗招展在前，同学们嬉笑追打着后跟。不知翻过了几道山岭与沟渠，我们来到了一块开阔的山坡上。分成两组，男生埋锅造饭，女生切菜掌勺。整个山岭芳香四溢。我们这些闲事官按捺不住，不断叫嚷着开饭开饭。班主任讲了几句话，大概是团结友爱之类的，就开始用餐了。"怎么红烧肉咬不动？""哎呀，豆芽太咸了。""咦，饭，饭怎么都没熟呢？"于是，我们几个饿鬼就首当其冲地挨批。"让你们叫，现在吃生的吧！"后来总结了下，一是做饭经验不足，二是大家都想早点吃饭时间匆促，三是海拔高了点，饭菜不容易熟。

野炊后的一天，班主任神情凝重地拿了一摞照片开始训话。只见他左手拿出一张合影，右手持一把剪刀，把两个人剪开了。原来，这是班长张文军与文娱委员赵春兰的合影。班主任说，合影其实没什么，问题之一是只有男女两个人合照，不大合适；问题之二是女生还把手搭在男生肩上，很是不雅。之所以剪开，是因为，独处之人，特别是在夜深人静时，拿出照片端详，会想入非非，造成恶果。在班主任的教导下,我们点头称是,张与赵充满负罪感地从老师手上接过各自的一半照片,表示要接受批评,不敢造次。现在想来,班主任把学生想得也太脆弱了,其实大家都比师长们预期的坚强得多。

12. 上讲台

"中等师范是小学教师的摇篮"。走进永新师范,扑面直至的就是这块标牌。永新师范三年学习结果很明确,即成为合格的小学老师。"孩子王""万金油"是我们的自称。现在来看,这真的是很令人唏嘘,我们这些最优秀的初中毕业生,自从一脚登上东华岭,命运由此定格:三尺讲台就是我们人生表演的舞台。

为了成为合格的小学老师。我们要接受很多训练。除了增进知识,更重要的是上讲台的经验学习与技能训练。先是去县城小学听课。大家扛着椅子,蜿蜒行进在去城厢小学的公路上,确也是一个奇景。接着是全班分组进行讲课训练。四五人一组,找一个空地,搭一块小黑板,一个个登台讲课。大约30分钟的讲课,我讲到20分钟时,竟无话可说,把内容都讲完了，只好宣布下课。一女同学马上严肃地对我提出批评，说你要是在正式课堂上这样讲课，怎么成为一个老师呢，无论如何要千方百计讲完一堂课。我顿时脸红耳赤，羞愧难安。她的话深深印在我心口，催我上进，最终成为一名合格的小学老师。我在毕业后，所任教的班级曾获得全乡期末考试五连冠，口碑颇善，并因此被中学校长赏识，调入中学。

分组讲课训练后，便在班上登台试讲了。36个人轮流讲，一个晚上大约安排3~4人，主要是讲语文与数学。我的课被同学赞之通俗易懂、妙趣横生。并因此受文选老师吴小京委托，在她外出时，代替她上一堂文选课。我毫不犹豫地答应了。一是因为我文选成绩很好，二是我的上课能力得到学习委员尹玉蓉的力证与举荐。于是，开始备课，正式荣登讲台，给本班同学讲授文选课。怕课堂冷场，我特意安排了几个死党做托，举手发问。看着聂小松装模作样地提问，我暗暗发笑。这堂课其实并不成功，姜素琴告诉我，你上课太严肃了，平常的风趣幽默哪去了。后来我总结了原因，一是我知识储备不够，很难驾驭这种课程；

二是前期准备不足，主要是吴老师走得太急，没时间给我辅导与帮助，我的备课太过简单；三是上课经验不足，在同学面前依然有所紧张，放不开手脚。

读书生涯中，我还给同班或同届同学讲过两次课。一是在江西教育学院读书时，给1999级外语专科的同届同学讲授马克思主义哲学课。近200人的大教室，我长袖善舞，口若悬河。任课老师对我的评价：风度翩翩、风流倜傥。同乡同学谢玲对我的恭维：比老师讲得还好。二是在云南大学读研究生时，给同班同学讲授过一次。任课老师的评价是：果然风度翩翩，潇洒自如。现在，常年不讲课，口笨脑笨，几近于木讷了。

13. 素质过关

师范学校特别注重素质教育，为的是要培养"万金油"式的全能小学教师。语文、数学、历史、自然、音乐、体育、美术，我们要样样精通，不可偏废。尤其是在素质能力方面，如书法、绘画、唱歌、弹琴、体操、舞蹈等，更是重视，以备各种竞赛与评估。我

们这一届毕业那年，就不幸撞上了全省中师评估。其实，这对于我们个人能力提升来说，大有裨益。在学校严格的强化训练下，大家的素质能力都提升到一个新的层次，最终顺利通关。

学校对学生的素质训练具体体现在简谱、视唱、风琴、三笔字、雕塑、舞步、列队等方面。为了练习风琴，大家天不亮就去抢占位置，中午也不休息，真可谓是昼夜不分勤习不休。谭席彪为了提升自己，酷暑正午于琴房苦练。闷热之中，信步到琴房后院纳口凉风。忽见一对男女抱在一起，把他吓得大为失色，蹑手蹑脚地倒退几步，转身飞奔而出，如同被神怪惊了，半天才回过神来。他何曾见过这等光景啊！

在吴仙文老师的指导下，我们找来湿泥巴，又是拍又是捏的，把它大体弄成个粗坯，风干，再根据各自的设想进行雕刻。一番折腾，我们教室突然鸡鹅成群，狗跳羊叫，煞是有趣。书法老师王凤兰更是吃香，全校毛笔字、钢笔字、粉笔字、钢板字都是由他指导，在我们眼中，他乃神人也。体育课上，依然是刘小梅等人的大舞台，她们不知从哪学来这么多游戏、舞步、儿童舞蹈，像小老师一样，极其认真而富有成效地教化我们。记得儿童舞蹈的歌词有这么一句，"星星闪闪多么美，多呀多么美"。随着节奏，我们像儿童一样比画着天真幼稚的动作，竟然也像模像样，最后都顺利通过测评。到神泉希望小学任教时，我还把这个舞蹈教给自己的学生，流传很长一段时间。今年过年，曾是我学生的外甥女还跟我说起此事，我都不会唱这歌了。看来，这个星星之火，还真的燎原了。

14. 实习与姑舅

经过近三年学习，在最后的一个学期中，我们终于等来了梦里想她千百度的实习生活。原则上，各县学生回到各县实习。整个九四届，莲花的学生约30人，由我们班主任张劲东老师带队，分别在城厢小学与琴亭小学实习。城厢小学条件好些，或许是班主任的私心，我们班的8个莲花学生就分在城厢小学，四班与二班部分学生也在我们这个队。我担任实习队副队长，主要任务是做好大家的后勤工作。实习队又根据不同情况三两人一组，下到三年级四年级各班实习，

轮流讲授语文与数学。我与刘浩平分在一组，两人竞争心都较强，此前在一块儿学计算机打字时，也是你追我赶，最后打字速度不分上下。这次又分在一个班，不知过招了多少个回合，能力都得到极大提升。

　　后勤工作非常有意思，我不断指派大家去买菜，自己却从未去买过。借此机会，我不但与本班同学增进了友谊，而且也与外班同学深化了认识，服务工作基本得到肯定。姜素琴后来在毕业留言中说，"多谢你在实习时的故意刁难，才突显出你作为莲花人应有的幽默，并增进了我俩之间的感情"。贺婷则在留言中说，"我不同意队长你在实习时说的戴眼镜不好看的观点，我认为队长你该要配一副眼镜，这样你的世界将会更明亮"。体育班的外县学生则对我大加表扬，说队长如此厚道、随和云云。班主任张劲东老师唯恐同学们在伙食上吃亏，所有与钱相关的事情都由我们自己来，不让厨子插手，米也都要自己称过，真可谓是慈爱的大家长。鹅肉是我们吃得最多的一个菜，用餐时，大家围桌而坐，风卷残云后，饭菜所剩无几，大家吃得饱又吃得好，真的是极其节约。

有一天，班主任略带戏谑地告诉我们：你们都做叔舅或姑姨了。我们大吃一惊，不明就里。原来学校发生一件大事。本届体育班的一个男生与下一届的女生偷吃禁果，产下一女。这一消息犹如晴天霹雳，震得大家一个礼拜都还回不过神来。各自喃喃自语，怎么会这样呢？后来，这两位同学被学校双双开除，令人好生叹息。

15. 面向农村

在永新师范操场的台阶上面，立着几块大铁牌，写着"面向农村"的标语。原来，我们上师范跳出农门其实是一个不能实现的梦想。有人在写关于永新的小城故事时，有这么一句话，"永新师范是农家子弟洗脚上田的地方，我的几个同学都在这里实现了梦想"。其实，这话并不正确。农家子弟的确是想跳出农门，却不知道，三年后，他们还是要回到原来的地方。转了一圈，看了下外面精彩的世界，人生观、价值观、世界观都稍有熏陶与改变，就被打回原形，将在老家农村小学度过自己的一生。

一直以来，我们都被面向农村的口号浸染着，最后，果真毫不犹豫地返回故乡。当我们在做着不为世人道的小学教育工作时，微薄的薪水令我们恋爱无路，成家无望，更谈不上事业发展。我那些初中同学，考上高中的最后上了大学，没有考上高中的，在外面打工，也是身价不菲。每每想到此，我自尊心大为受挫，郁郁不欢，前路迷茫，我犹如一只困兽，焦灼不安，不能自已。

毕业的最后一次大会，好像是肖章洪老师在给我们讲话。说你们九四届同学非常幸运，上班就可以每月拿200多块钱了。原来是这一年工资大涨，上一届毕业生开始工作时，每个月就100多元，从我们工作这一年开始，工资几乎翻倍。毕业之年，正是我入党之年。经组织授意，我写了篇《立志面向农村》的宏文，在喇叭里高调播放。然而，我却不知道命运前路还有这许多的艰辛，不是我立个志就能应对得了的。在农村工作五年后，我没能恪守我的誓言，离开了农村，走出了江西，漂荡在思乡之魂的异地。我莲花的几个同学也没有驻守在农村，大多进了县城，或者跳离了教师阵营。

四章　相忘永师

写小城故事的朋友很是骄傲地评判永新师范，说"永新师范已经翻过了一页"，不复存在。这很是令人伤感。在局外人看来，真的是轻轻松松翻过去了，而对于大多数永新师范这些局中人来说，哪能这么轻易翻过去。中等师范是历史特殊的产物，十七八岁少男少女们注定在这里留下的故事也是特殊的，其价值与意义也具有历史特殊性，与同龄的高中生对母校的感情迥然不同。这些年龄段的师范群落如同楼兰古国一般，虽然不存在，但却吸引着一代代历史学家和人们的目光，痴迷于其神奇动人的传说。"中等师范传说"将成为人类教育文化中的宝贵财富，为这个世界增添更多灿烂迷人的色彩。

当载着毕业生的汽车缓缓前行时，送别的与被送别的同学泪眼蒙眬，伤心不已。看着这些同人的悲状，我大有不屑之色。今天，重温这段历史，其实应

该是我错了。我不知道是他们太过感性抑或是太过理性，怎么就知道自此一别，就无缘再见呢。事实的确如此。我们中有很大一部分同学近20年来再也没见过面，有些甚至一生都见不着了。永新师范这个母校，大部分同学毕业后再也没回来过，当回来时，她已不复存在，成为别人的母校了。

我总算幸运，毕业后回过两次母校，见到过母校切近的真的容颜。第一次是1994年由于组织转正的事回到学校。找到肖章洪校长，一说此事，他马上帮我办理，并安排住在他家。其实，肖校长当时对我并不熟识，此前也没交谈过。但他却对这样一个陌生的学生如此热情，使我感佩不已。肖老师请我吃晚饭，而我由于不好意思还是其他什么原因，却爽约了，害得他全家一阵好等。回到莲花，给肖老师写信以表谢忱。不久即收到他的回信。此信被我视为珍贵的历史文物，像一盏精神明灯，照耀我前进的方向，鞭策我不断奋斗！在此，愿把肖老师近20年前的复信奉给大家，一同分享。

"建华，你好！来信收阅。你在本校学习期间，各方面表现突出，给师生留下了好印象，也给我留下了好印象。希望你走上工作岗位后，继续努力，不断奋发，争取取得优异的成绩，成为一名有名望的小学教师。你的组织关系介绍信，现寄给你，你再到莲花县委组织部去转到你乡党委。祝前程远大！老师：肖章洪。1994年10月20日"。

　　第二次回永新师范是2004年，那是我们毕业十周年聚会，正值永新师范撤并之时。大约是暑期，我们重聚母校，亦还可以看到母校的原样，"永新师范"四个金字尚在闪闪发亮，只是人去楼空，整个校园极其寂静，了无一人。我知道，永新师范已矣。

　　一个实体的永新师范学校被人们忘记了，一个虚拟的永新师范精神家园重建了。在肖章洪老师不遗余力的运作下，永新师范的博客像一个母亲，把失散的孩子逐个地找了回来。我们必须承认，随着时间的流逝，永新师范必将为世人所遗忘。伤慨之余，不禁发问，我们的母校真的就流水落花春去也吗？答案是肯定的。尽管我们有一个精神家园，但是，随着所有永师人的老去，又还有谁去光顾这精神家园呢？唯一的路径就是让永新师范因她的孩子而名垂青史。这就需要我们的努力，需要我们中的兄弟姐妹以自己的不朽功绩，反哺母校，光映母校。那样，永新师范就会真正聚化为精神符号，成为宇宙中璀璨的一员，星光明亮且又永恒。

（本文原载于《东华岭上那些时光》江西高校出版社2003年9月。）

学道须当猛烈,贤如颜子方贤。姑初守道且擒拳,终当放心不可使,铁杵磨成针,毫厘相侵。

刘建华书录（元）王惟一《西江月·学道须当猛烈》

狼突故土

1975年12月，一个蜡梅怒放的寒冬，我不愿留恋天堂，在母亲的痛苦中来到了人世间，来到了红色革命赖以发源壮大的地方——地处罗霄山脉的井冈山脚下。于是，我开始了自己在人间的生命之旅。

由于是属于老幺之类，所以，我的童年是无拘无束的，自小就形成了个性极高的野气。结果，在玩伴中充当统帅的我，却在学习成绩上一直不尽如人意，小学阶段与留级生这个称号总是相伴随的。回想起来，那时很有价值的收获一是发展了个性，更重要的一点是那时读了很多历史文化小说，为以后的人文素养做了早期的准备和积淀。记得是在小学三年级时期，大哥的小人书和叔叔的历史小说总被我偷取过来，书一到手，便如痴如狂的阅读，《西游记》和《隋唐演义》便是那时不自觉地读下来的。

小学五年级，作为一个留级生，我突然在学习成绩上飙飞，那时候才感觉到优等生的好处。因此，后面的学习热情便一发不可收拾，一直到初三，本校本届同学竟无人能出我右。我一直以鹤立鸡群的身份深得老师、同学的宠爱，幸运的是，当时竟无一人嫉妒。

1991年9月，在老师、同学、亲戚、父母兄弟的共同希冀中，我不如我愿地如了他们之愿——到江西永新师范学习。当时，那可是最了不起的事情，这可是跳出农门的最快最好的捷径，于是，我没有了高中之梦，没有了大学之梦。

师范三年，是管制性的学习时期。传统的学科成绩在其次，素质方面的学科倒是特别推崇——如书法、绘画、音乐、雕刻等。于是，我开口便谈羲之，闭口即思苏轼，"颜筋柳骨"便是我们经常谈论的话题，大卫像便是平时的素描之作，董其昌、石涛、潘天寿便是心目中的神圣，五线谱上的豆芽符便时时跳跃在我们的生活之中。如果要感谢这段时光的话，我现在能够以书法为特长，并能挥毫泼墨的技能也许是我在同辈之中最引以为傲的收获。

1994年，19岁的我走向教师岗位，为人师表。其实，我那时应当还是个大孩子，怎么能够为人师表呢？在一再的信口雌黄的狂妄下，我竟然做了五年老师。还好，家长和学生对我很看重，以能在我手下读书为荣。可是，我知道自己的斤两。如果真要做个评价，我不能算是很合格的老师。但是，比较起我的同事来，我还算是个敬业的人，因为我不喜欢当时（现在也是）很风行的赌博。

不能做合格的老师，我于是想走其他的路径。我尝试过经商，但以失败而终结。一再思索之后，我想自己必须走出去。于是，1999年9月，我来到了南昌，来到了江西教育学院外语系，开始了艰苦而又充满希望的再求学生涯。正如我曾在一文章中写道："执教五年，感于家乡之贫瘠，愤于同道之流毒，叹于乡亲之忠愚，因屡起另辟蹊径之思……"这一阶段的航向迷失和思想彷徨在我的散文诗歌中可窥一斑。

2001年7月离开教育学院，远赴姑苏城，延续我几年来的考研之路。南昌至苏州的这三年，我一直处在困顿窘迫之中,"几回梦惊痴妇声,潸然竟无狐悲泪""忍看闲云忆太白,戏谑茅棚愁范生"都是那时我真实心情的写照。

2002年4月,正当我"凄风清雨乱城府,醉罢欲歌泪先流"之时,地处彩云之南的云南大学向我深情召唤,该校新闻系的曹老师一个不经意的电话改变了我的窘境。当时,我还在复旦大学购买参考资料,准备作来年的复旦考研之搏。于是,2002年9月,我开始了传播学硕士学位的攻读。

幸运的是,我无须在考试中浪费那么多无谓的精力和才能,我可以尽自己最大努力展示所有的才华,做自己喜欢的事。于是,就有了这么些或长或短,或优或劣的文章。

今天,把这些文章整理成册,这有点类似于印刷业不发达时的古人做法,但只是自我欣赏之余,逞自耀之心给自己所爱戴的师友作个留念罢了。无他!

(2004年12月于云南大学。)

四十里街镇的女孩

娟子大约算是我所谓的初恋,在游学的艰难岁月,她是我孤寂而彷徨的心灵暂可存放的人。

或许是冥冥之中的感应,抑或是召唤,今年七夕,我突然无来由地想起她,一位女同学告诉我:她早已于两年前离世了。

一个非常优秀且漂亮的女孩,一个牵引我心弦十四年之久的女孩,一个纯真而又灿烂的生命,在人世间轻轻掠过20来年的时光,就这样倏忽而逝,令人极为惋惜,我瞬时陷入无边的恍惚中。

有人说我是一个感性且多情的人,也有人说多情自古空遗憾,更有人说:越是理性的人越是感性。对最后一种说法,我深以为然。因为先有理性的认知,了解身边的各色人等,选择值得自己去爱的人,才会认真地去喜欢他/她，爱他/她，为他/她甘愿贡献自己的身心。如此，才会有真挚情绪的感性化表达，才会是一个面对各个历史节点而勇于承担的人，才会是一个坦荡而又真诚的人。我以为，与其做一个刻意掩饰自己过去的虚妄主义者，不如做一个认真对待每个历史节点的所谓多情人。

娟子就是我生命历程中某个节点的提示或者说标签，她能再现那个节点我的全部景观，时光流转，但所有的喜怒哀乐依然会因为她而变得鲜活与清晰。可是，现在，她走了，带走了我的一个节点，留下的是我轻轻的怀念。

娟子是娇小可爱型的女孩，很能击中我少年审美的心弦。一袭长发掩映中，皎洁的鸭蛋脸时不时告诉我们，她的与众不同。嘴角些微上翘，略显娇嗔之状，然而带笑的酒窝会挑破她的所谓严肃，给人以亲近与安宁。最美的是那双眼睛，那是一种与人细语的眼神，充满活力而又不显挑逗；那是一种平和冲淡的眼神，与世无争但又不失坚韧；那是一种灵山空谷的眼神，曼妙聪慧却并不不食人间烟火。正是这双眼睛，

洞开了我陈久的记忆，可以让我最后一次品味那时幸福的点滴。因为，从此，它们将随这双眼睛遁入无极限的天堂中，无可触摸。

1999年，我走出了让我困顿迷茫的莲花县，来到南昌，于江西教育学院学习外语。彼时，全班共有六十名学生，男生十人，女生五十人。在第一个学期的精读期中考试中，我倒数第五，很庆幸不是倒数第一。正当我还怡然自得时，娟子对我说，"你得要努力呀，若有不懂的可以问我。"我当时实在很讶异，心想，这个陌生的小丫头倒还蛮热心，不过，也不能让她小瞧咱。于是对她说，"唉，我来这之前只认得'猪''狗'之类的单词，能这样也不错了。"她估计在想，这家伙咋这么容易满足呢，也不说话笑着走了。从此，我记住了这个脸有酒窝眼含笑的女孩。在她的影响下，我矢志学习许国璋英语、新概念英语、大学英语、精读与泛读教材，在我囫囵吞枣的攻击下，里面的生词全都成为我的好朋友。记得新概念英语中有一篇课文，讲的是对人生成长的态度，每个人的成长是以一些珍贵东西的失去为代价的。上学的代价是离开家的温暖与父母的呵扶，结婚的代价是失去与父母相处的空间，最后依次是父母亲的离世、兄弟姐妹的离开、伴侣的离去，如此等等。个体生命如同小溪一样，在千折百回的旅途后，最终要融入大海中。两年后，全班通过英语六级考试的有六人，我和娟子都名列其中。

为了感谢娟子，我想请她吃饭，被婉言谢绝，请她唱歌跳舞，也予以驳回。无奈之下，在一个月明星稀的晚上，约她去散步。她答应了，我欣喜若狂，陪着她绕着石泉村周边的大马路走了近2个小时。一路上，我们漫无边际的聊天。在谈到今后的打算时，她说准备继续在本校攻读外语专业本科，将来是否回波阳教书现在也说不定。不过，我清楚地记得，彼时她还没说要考研的事。有好几次，在没人的路边，我真想拥抱她，表达自己的爱慕之情，但这个冲动最后都被那个死要面子的虚荣心与天生的胆怯所扼杀。嗫嚅半天，始终未能吐露自己的心声。娟子表现得很平和，微笑的眼神中看不出内心丝毫的波动。那个夏夜，她穿着裙子，在很多蚊子的轮番进攻下，终于要回宿舍了。依依不舍中，我对蚊子萌发出一种无端的情绪，既恨又羡，真希望自己也成为蚊子，至少能获得与娟子亲密接触的机会。

　　说到考研，教育学院曾经有着极其浓郁的氛围，一段时间内吸引了全省很多优秀青年来此进修、学习，并因此带动石泉村住宿与餐饮业的发展。很感谢教育学院的开放与大气，允许来自四面八方的、本校的与非本校的学生来此学习。本就不大的教学楼与图书馆显得更为拥挤。不论是酷热的三伏天还是酷寒的三九天，教育学院的每个角落都是看书考研的学子。他们经常从一个教室被赶到另一个教室，一个上午约莫要换两三处地方，用车水马龙来形容并不为过。于是，图书馆自习室就成为兵家必争之地，因为在那里可以相对稳定地学习一整天。每天早晨，图书馆前人山人海，门一打开，人流如同决堤的洪水，一泻千里。开门人必得迅捷闪在一边，不然，就会被人流淹没，情势极为危险。在这个洪流中，男生女生都得奋力往前冲，稍有停步就有可能踩倒在地，幸好这些年没发生什么大事，但受伤流血之类的小事在所难免。娟子从来不去助长这股洪流，没地方看书的话，她就拿着书在树下路旁边走边读，有时就是专门练听力，平静如水，心无旁骛。

石泉村是一个城中村，村民纯朴但却略显懒散，考研部落的诞生更是加重了他们的惰性。每户人家都有个独门独栋的高楼，稍作装修，便成为考研部落的栖息地。感谢石泉村民的宽厚仁和，不仅提供住所，而且备有价廉物美的伙食。我和双来住在一屋，此后还有李兵、方宏等同学。每每吃饭，我们必拿个巨碗，去老百姓家打饭，3块钱可以买半脸盆多的饭菜，以填充时时饥饿的肚子。今年春天，重回江西教育学院，我徘徊在石泉村纵横交错的小巷中，想找回故旧的回忆。视线所及，石泉村竟然没有一点变化，十四年过去了，非但没有发展，反显得更为破旧不堪。我长舒一口气，放弃了对她美好搜寻的努力，准备离开。

突然，娟子的形容如同电光石火般，在我眼前闪现，激发了我对这个小巷的爱的回忆。一个烈日炎炎的午后，我正准备去教室，突然瞥见一个很像娟子的女孩。她坐在自行车后座上，手臂环抱着男孩，头

轻轻依偎在他身上，很幸福的模样，朝小巷深处驶去。顿时，我如同被《画皮》中的恶鬼掏去了五脏，心智大乱，一阵眩晕，半天，才约莫听到慌落落的心脏在毫无规则地颤动。"死也得死个明明白白"，自行车逝去老远，我终于坚决地想到这句话。于是，我疾步向自行车奔去，我犹如"谍战片"中的暗探，既要锁定目标，又不能让对方发现自己。一路上，我一会儿快走，一会儿小跑，一会儿闪在障碍物后，而自行车上的两位却如同百年夫妻，即使不语也能交流彼此的心怀，一种默契的幸福更增添了我无边的烦躁。终于，到了目的地，女孩下车，转身上楼。我极为痛苦地准备接受现实，却发现不是娟子。欣喜之余，我对着古巷大嚎了几声，一种最后搏杀的情势突然急转直下，令我感到空前的疲惫，但又充满了希望与幸福。至少，我暂时可以一如既往地去追求娟子——我宁愿活在希望的虚幻中！

两年学习生涯很快结束，我考研败北，准备赴苏州游学，继续下一年的考研大战。娟子选择了专升本的深造，依然在教育学院攻读英语文学学士学位。在苏州大学的一年中，娟子是我的精神寄托，我经常给她打电话，每次都是拉三扯四地说些不着边际的话，但从未向她勇敢地表白过。2001年的暮冬，在苏州大学校园中，我冒了严寒，立在电话亭给她打电话，问南昌的气候与温度，一听已零下2度，我就着急地告诉她，一定要注意保暖防寒。因为，我知道，她似乎总是不知道爱惜自己，一味拼命学习，每到冬天，一双手肿大得如同胡萝卜，甚至破裂，我还笑她的双手又胖又短，很是丑陋。彼时，还以为仅仅是血流不畅的缘故，现在想来，这也许是大病的一个征兆吧。

2002年夏天，考上研究生，我踌躇满志地向波阳进发，准备去寻找四十里街镇的那个女孩，向她诉表衷肠。先是从莲花县坐大巴到南昌，再坐早班轮船从南昌渡往波阳。这是我平生第一次坐小轮船，航行在鄱阳湖中，船犁劈开的水波翻滚着向周边退去，我立在船头，遥想当年朱元璋与陈友谅在鄱阳湖大战的情状，不免也豪迈许多，憧憬着此次波阳之行的美好蓝图，甚至生发出将来在鄱阳湖不断往复的幻想。

到了波阳码头，我很清楚地记得是沿着悬浮着的木桥跳跃着回到陆地。一路上，似乎还看到了波阳师范学校，就联想到娟子在这里就读的场景，因为我也是中等师范毕业，很熟悉师范学校的学习与生活，不免对波阳师范多出几分好感。坐着中巴车一路前行，到了四十里街镇，一打听，原来离曹家村还远了去呢。没有其他交通工具，三轮摩的是唯一选择。快到娟子家门时，我才电话告诉她我的到来。对于我这个不速之客，不知娟子是怎么和她家人解释的。我也不管其他，硬着头皮进去。还好，娟子一如既往地微笑迎我，她的家人也很热情。拜见了她80多岁高龄的奶奶，还有她温和善良的母亲。娟子陪我去村前村后转，看到了鄱阳湖岸芦苇的风姿，听到了浅滩翔鱼的音乐，嗅到了水稻田新苗的芳香。几群大雁高飞低旋，于湖光倒影中，掩藏了其常有的骄傲；几处天鹅或立或卧，于黄昏薄暮中，却彰显出娟子惯有的洁白纯朴。

　　在娟子家住了一天，第二天便陪她回到南昌。一路上，心虽似春水，却面有忧色。我知道，离娟子的心还较远，但并未绝了我的希冀。此后经年，电话渐少，2003年还试图帮她调剂到我所在的学校读研究生，但上天不怜痴情人，分隔千里，日渐疏远，最后竟自断了联系。近两年，对伊的思念重起，且愈来愈盛。一个毫无预设的七夕之日，终于忍不住问了她的近况，却惊悉斯人早已前年辞世，留下一个女儿，也留下我对她的一段铭心记忆。

伊人虽逝，仿若在世。我想，是可以了却一段美好情感的时候了，放开手，随她一起飘向天堂吧。

（本文原载于《中国青年作家报》2022年10月18日，获2014年搜狐纸磨坊与文学群情人节征文二等奖。）

情痛抚仙湖

　　一个男人和一个女人同时伤害了他们最熟识的男人。

　　这个伤者就是我。一个极具自信心和好强心的情感化的人，一个被传统道德和浪漫情怀相互压挤下极富矛盾冲突的人，一个傲视一切的人竟如此轻而易举地败了。败得是如此的一塌糊涂，不可挽救，难以收拾。

　　女人是我喜欢的人，男人是我所谓的哥们。没办法，我选择了逃离。

　　奔逃到另外一处房间，我还是难以平静。每次晚上惊醒之后，竟再无法入眠，一阵阵剧烈的痛楚在撕咬我的心我的肝，这该如何是好？

　　于是，我开始了再一次的奔逃。由于报社要做一个采访，我与同事驱车驶往江川，来到了抚仙湖。到江川时已是傍晚，看不清抚仙湖的颜容了。

与当地县局领导用过晚餐后，就一起去了KTV。一位姑娘的甜歌触动了我情感的防线，一曲歌毕，竟使我深陷其间不能自已，唏嘘不已。同事知道我的情感痛楚，为了让我开心，鼓动我与姑娘合唱杨钰莹的《心雨》。一句"因为明天，我将成为别人的新娘"最终使我的情感洪水决堤而泻。短短几天之内，我竟再次泪流满面，情难以却啊。

趁着他人唱歌之际，我步出包厢，凭着阳台上的栏杆把我的视线投向远处。一座浮灯孤寂地漂在茫茫的湖面上，那就是孤山，来时同事告诉我的。

孤山上有点点灯光，偶尔伴随几疏钟声，可是却非常静谧，她的幽深安宁了我狂乱躁动的心灵。

感受着那天然的怡静和纯洁，我不禁惶恐起来。如此美妙、舒缓的清心之处，怎能让我这个尘世浊物在此大放悲情，这岂不玷污了这处神奇迷人的圣洁之地？

于是，我哀求抚仙的宽恕，诚请孤山的垂怜。

不要让我这个伤痛之人再次负上不可饶恕的情债。

我不敢再与孤山对望，怯情与抚仙湖低语。我悄然退离，掩进了包厢，淹没在众人的情怀宣泄之中。

交谈之中，知道姑娘来自黑龙江，学公关的，是一个非常漂亮迷人的女孩。在拿出各自的身份证后，竟吃惊地看到两个人的名字是一模一样。我感慨世间却有如此的缘情，竟然在我感情低谷之时遇上一个与自己同名同姓的遥隔几千里的北国女孩。

几曲歌罢，几轮舞休，我竟生出对姑娘依依的情愫。我感谢她能够在我困顿窘迫之时给予我几丝甜语，些许安慰，让我暂离那情感的魔窟。于是，我入眠在对姑娘的感激与抚仙湖的期待中了……

第二天，我终于见到抚仙湖的芳容了。虽然是放晴之日，只是由于近来一直阴天，雾蒙蒙的云气总是阻遏着阳光，迟迟不让她与我们谋面。

静立湖畔，极目远眺，就是看不清距离并不遥远的山峦。然而这却又有另外一种景象，我感觉这湖面是无边无垠、水天相接的，似乎可以乘舟遁向水天的边缘然后再慢慢地逸上碧空了。

几十分钟的相持之后,阳光终于可以轻抚湖面了。渐渐地,近处愈来愈清明,水波越来越灿烂。于是,我看到了鱼在游弋,他们翻腾起湖面的小碎花,稍远的湖面,银光闪闪,姿态万千,经过阳光的几分折射,五彩的光芒醉人在其间。

这湖水清澈得令人惧怕,惧怕自己的污渍会玷污她的洁玉,惧怕自己的浊事心迹会就此原形毕露,惧怕自己不可告人的情结会因此而失控,被她所同化。

当然,我希望她圣洁、清明剔透的水波融化我污浊的尘事,抚平我痛楚的伤口,消解我激荡的悲情。然而,这却是很不公平的,抚仙湖的圣洁不应该被践踏啊。

我猛然醒悟,抚仙湖历经千百年都是如此的清澈,如此的玉洁,她岂能轻易被我们这些浊物所沾污!因为她有极其宽阔的心胸和沉稳的涵养来包容我们,消融我们的痛楚,抚慰我们的伤口,送给我们以温馨和希望,赐给我们以安宁祥和……

别离了抚仙湖,车速在加快,抚仙湖的水顿时动感起来,只见近处的水波和浮萍在朝我们相反方向奔去，远处的水波和浮萍在以我们相同的速度和方向朝前涌去，整个湖面就像一个飞盘一样在旋转着。

这些浮萍似乎在尽力洗刷什么。哦，我顿悟了：这个飞盘不正在洗尽我倾倒在湖里的污浊和悲情吗？千百年来，她就是以自己善良的胸怀和乐观的生活态度在不断地消融我们的忧愁、痛楚、伤悲，展现给我们以一种圣洁、清新、靓丽的风采。

（2003年10月于昆明抚仙湖畔。）

听取蛙声一片

我一直以为，我这个农村出生的人并不是爱劳动的。由于是老幺，大人们从未循序渐进地让劳动的艰辛潜移默化在我的意识中。所以，当有一天，我的兄姐们都有了自己的小家之后，我才可算是家里的劳动主力了（其时，19岁的我刚从师范毕业，在老家的一个村小教书）。每年的暑假，都是我最不愿意看到的日子，在一般习惯期盼假期的人们看来，我就要与学生们一块享受所谓的假日生活了，然而，这对我来说却是个厄运，我要参加乡村的农事活动，在烈日炎炎的炙烤下忙碌于金灿灿的稻田里。

每每此时，我就怀疑稼轩老夫子的长短句，什么"七八个星天外，两三点雨山前"、什么"稻花香里说丰年，听取蛙声一片"啦全是胡言。我就不信，如果叫辛稼轩像我这样在农田干几天活，他是否还有这种心情去唱吟那美好的农田生活。

或许是我的"胸有大志"，或许是我的懒于劳作，或许还有其他的原因，1999年暑期结束后的一天，我逃离了我的学校，逃离了我的稻田，逃离了我的故园，在嘈杂的都市中开始了我多年的游学生活，以至于每年的暑假对我来说都是形同虚设，它就像每周的周末一样，在我看来都是毫无价值和意义的——因为我每天都要在书本上耗尽我的时光和精力。

这样的生活一直延续到2002年，是年9月，我又以一个学生的身份，在云南大学新闻系开始了新的求学生涯。于是，我又有了一年一度的暑假，那是许多学生朝夕以待的事情。暑期将临之际，他们往往会为怎样安排自己的假日生活而发愁：是出游还是看几本好书，或者去参加一些社会实践，抑或是去做一些福利工作？

其实，我同样也会去期待暑假的，只是没有他们那种激动，没有他们那份诚挚，也没有他们那么急切。我只有一种淡淡的、悠长兼无奈的期待，我知道，暑假生活不是我所能自主的，我必须要去延续一以继往的打工生活，只有任假期休闲作为一种怀念和向往而已。

不过，我也愿意这样的安排，因为，除此之外，我不知道自己要去做些什么。

离开故土那么多年，再没有一年的暑假是在家乡农田中度过的。我有点想念那种生活了。终于，不知从哪天起，我的梦里会经常出现稼轩先生描写的"稻花香里说丰年"的画面，我有一种强烈的思乡情绪——与我的老父亲、老母亲去收获自家农田的喜悦。

然而，当我发现自己还是非常挚爱劳动的时候，故园却不给予我机会了。家乡的人们与从前的我一样并不是特别钟情于金灿灿的稻田了，当我的暑期到来之时，他们也依然在休闲着，只是在更晚的金秋才会有一些较少的农事活动。然而，我却无法参与进去，因为，我的假期已经结束，只能遥想故土那"七八个星天外"的田园生活了。

我想，是不是因为自己从前对劳动的不热爱，我的故园要惩罚我，只让我在梦中不断重复乡村那美妙而动听的"蛙声一片"了呢？

我是愿意接受这个惩罚的。只是我希望，但愿故园不要抛弃我，因为，我的根深埋在那怡人的"稻花香里"呵！

（2005年7月于云南大学。）

彷徨文岭

本该是月若和氏、清辉四泻的晚上，今儿却隐逸了她的洁玉。正如昔日热闹的今晚，现也是凄清冷落了。

独出园门，漫步在文岭的夜色中。那茫茫的夜空，墨云浮动，编织了一道深沉的夜幕。我凝思着，她们为何也来光临这中秋呢？是否在惋惜人间逝去的金秋热闹，感慨古事的变迁，来与那孤独人为伴吧？

此时的心情，仿佛与那夜景相融，觉不出一丝冲动，悠悠的，淡淡的，有一种闲适感，却更多的是幽幽的思绪。那溢出灵神的心思，渗透了夜空的每一角落，苍穹给予我以无限，村落警示我以实在，那零乱着灯儿的房舍，也与那墨云依偎着，像是沉寂了几个世纪的偏隅，给人以凄清深邃。

步入文岭曾经热闹的偏隅，如今道是"落花流水春去也"，繁花已逝，旧物依然。徘徊其中，觅寻着往日的感情，丝丝的，点点的，却是再也找不着那感觉了，才道是"古人不见今时月，今月曾经照古人"说的有几分哲理了。但今日却是无月的中秋，村落的孤寂，更添了我几分哀伤，连今月照今人的恩赐却也不能领略了。

凉风漫起，秋寒浸骨，觉得时光已逝去了很多，思前虑后，略有点穷途末路之感了。自己热闹着的二十四金秋，如今做出了点什么，收获了点什么呢？或许今月有意，不予见我，那是警醒我罢了，不要沉浸在往日的热闹中，应合着时代的节拍，找到自己的立足点，唤醒自己的勇气和信心，到另一层次找到自己的热闹，自己的情思，自己的感觉。

今夜无月，但却觉心灵深处有一道清光抚人。今夜有云，却以为她们隐隐地感觉不存在，只觉着心神渐明，思绪翩翩，那中秋月夜临近心间。

（1998年10月于故园大湾文岭。）

书法爱情

历史往往有惊人的相似之处，20世纪初期的胡适之先生提倡历史的文学观，他认为一部中国文学史也就是一部活文学逐渐代替死文学的历史。由是，白话文代替了文言文而成为文学创作的语言风格。同样，在21世纪初的今天，伊妹儿通信方式也逐渐挤走了纸笔通信的时代而成为人们最为平常的生活方式之一。

身处电子通信时代的我，自然也成天在网上收发邮件，并乐此不疲。偶一日，如获至宝地探听到了倾慕已久美人的伊妹儿，便冲向网吧……然而，一封封热血沸腾的情感邮件换来的却是让人沮丧的回信："尊敬的刘先生，这是我今天收到的第n封邮件了，为了尊重你起见，我还是大概看了信的内容，我总是

纳闷，你们这些先生们难道就没有其他可说的话了吗，怎么都是一样的内容呢？顺便奉上一言，上网收费还是挺贵的嘛，现在街上还有那么多乞丐，如果先生觉得钱无处可花，去献献爱心倒不失为一件有意义的事情。"

本想借光线电子联就与美人的神经，然而却犹如一个破碎的魂灵和水晶一样，我万丈的情焰顿时熄落下去。我试着再发了几个伊妹儿，但就像泥沉大海、沙流漏斗，竟毫无声息。在恨恨不已之时却难忘却美人的盈盈笑脸，不经意间，满腔愤恨却又烟消云散了，这时嘴里不忘迸出几个字：死丫头、臭丫头。

晚上，无聊地翻着适之先生的传记，对他老人家的思想和才学慨叹了一番。突然，我被几段记叙吸引住了，适之先生是一个思想前卫但又恪守旧道德的矛盾体，他向往爱情自由，但最后却与母亲在他13岁时就给他定了亲的小脚女人江冬秀结婚，并相伴一生。然而，适之先生毕竟不是纯粹道德主义者，他在上海读中国公学时就逛了10多次窑子。不过，我还是叹服其在美留学时与韦莲司女士的一段情缘，好一个适之先生，与韦女士会面只数次，一年中写信就达百余封。曾写过"中国女子地位高于西方"的胡适一下雾失楼台，月迷津度，陷入国际情场，由此可见纸笔通信的威力。

受此启发，我在一个夜深人静的时日，提笔捉管，把自己的情感注入芳香怡人的信笺上，折腾到天微发亮、信纸丢满纸篓的时候，我终于两眼通红地在信的末尾写上凌晨×点字样，再把信纸折叠成心形，最后工整地写上几行字：云小姐亲收。

半个月后，正当我非常绝望、百无聊赖地在网上漫游时，忽然发现美人回我的伊妹儿，上面写道："这是我多年来收到的第一封比较特别的信件，很有意思，请保持联络。"我欣喜若狂地回了邮件，可是左等右等就是不见回信。无奈，我只好在一个同样夜深人静的晚上试着再炮制了第二封书信，很快，又在网上收到美人的邮件，这次写道："你还未领会我的意思，与你明说了吧，我只用电子邮件回你的来信，但不回你的伊妹儿。"

就这样，当我糊里糊涂地终于拥得美人归的时

候，问她为什么只对我的书信作答。美人莞尔一笑，答曰："我是一个书法爱好者，但自己的字写不好，不过特喜欢你的书法，上网时玩味你的信笺可以疏解疲劳。"

我愕然……

（本文原载于云南日报报业集团《春城晚报》2004 年 6 月 12 日 16 版。）

我的诗我的文我的圈层

我从小爱读人物传记与历史演义小说，文章看多了之后，对社会与人生就有些自我主张式的理解。我一直以为，人生实际上就是由社会中一件件的小事结构而成。自个人降生到这个世界，他其实就开始经历一件件的事，起初，他的人生是一张白纸，出生当天所经由的大人们对他的看法及关爱就是第一件事，之后围绕他的大人与大人间、他与大人之间、他与同伴之间的事，就陆续涂画他人生的白纸。婴儿长大读书以后，识了文字，能写作了，就开始执笔记录与自己有关的事情。因此，我们会看到很多人物的日记，如鲁迅日记、胡适日记、中正日记等。当然，还有更多平凡人物的日记存在于民间，或者随生命的逝去而灰飞烟灭了。

在我十八岁的时候，就想记录一些与自己有重大关系的事，也想学习名人伟人记日记的做法，但想着自己终归是一个凡夫俗子，日记写了，最终还不是废纸一堆，就罢了这个念头。于是，就尝试着用文学的式样来记录一些事情，当然，人生重大转折的某些事件由于心境的问题而遗漏了，但人生成型以来的大事情约略记录了一些，于是就有了各种文学样式的纪实性文章。

唐代大诗人白居易给后人留下3000多首诗，算是高产诗人，并且，他还提出了一整套诗歌理论。他把诗歌比作果树，提出了"根情、苗言、华声、实义"（《与元九书》）的著名论点。情是诗的内容，言和声是诗的表现形式，义是诗的社会效果。他分析了诗歌创作中的感情活动，说："大凡人之感于事，则必动于情，然后兴于嗟叹，发于吟咏，而形于歌诗矣"（《策林》六十九）。又说："乐者本于声，声者发于情，情者系于政"（《策林》六十四）。认为情感活动并不是凭空产生的，而是缘起于社会生活中的"事"，密切联系于当时代的"政"。因而，诗歌创作不能脱离现实，必须来源于生活，取材于现实生活中的各种事件，反映着一个时代的社会政治状况。"文章合为时而著，歌诗合为事而作"（《与元九书》）是其著名理论，就是说，但凡作文，一定要切合当时社会现实与具体事件，否则，只不过是些"嘲风雪，弄花草"的"空文"。

我不敢说自己的诗文可以对国家政治和人民生活的改善起一点作用，但从社会人生生活的某个方面来说，这些文章反映了中国社会转型时期某个阶层、某个群体的人生奋斗轨迹，对同时代的人有一些启发和慰藉，对后时代人有一定的历史文献见证作用，从而对各阶层各方面的人群都能起到一定的借鉴作用。

那么，我是代表什么圈层的人群？我的诗文反映什么时代、什么样的事件呢？

作为上世纪七十年代中后期出生的人，上世纪九十年代的媒体与社会舆论曾一度宣扬这一时代出生的人是最没有机遇的人，是牺牲的一代。他们不像自己的父兄那样，虽然生活艰苦，但思想不迷惘，工作不愁找，生活没有攀比，全国上下一个样式；也不像自己的弟妹们，那些八九十年代出生的人群碰上改革开放成效初见的机遇，碰上信息时代提供的同一起跑线，因此，他们的人生状态与七十年代出生的人群很不一样。

我不是代表上世纪七十年代出生的所有人，而是代表那个时代出生的农村的孩子们。再加上几个定语，确切来说，是代表那个时代农村出生的、过早跳出"农门"的那一代人。上世纪九十年代初那群品学兼优、十五六岁年纪就进入体制内的初中毕业生，在中等师范就读三年后，几乎百分之百的人成为小学教师，即所谓的"孩子王"。我们来自农村，毕业后自然分配到农村，记得在毕业之时，我同时入党，经党组织授意，我写了篇《立志面向农村》的文章，还在校广播站大肆广播。于是，我们就带着神圣的光荣回到自己来时的山沟沟中做"万金油"了。

1994年执教于江西省莲花县神泉乡永坊小学，然后是希望小学，由于我所教毕业班成绩在乡上的五连冠，得到中学校长的赏识，1997年进入神泉中学任教。此五年，正是我青春年华的盛季，但无限精力却没有方向的依归。于是帮家里做做农活，上上课，喝喝酒，追追女孩子，但那时要想交一个基本喜欢的女朋友几乎是难于上青天。记得去外乡一所小学玩，那里的老师朝我们一瞅，说是不是从那个冲子里来的，因为我们的裤脚无一例外都沾满黄泥巴。人家对我们是这种态度了，遑论去追什么女朋友，只好灰溜溜爬回原处。

1999年，我终于走出了我生长二十四年的山沟沟，于南昌、苏州逗留三年后，来到昆明，在云南大学读完三年研究生后，留校任教，直到今天，又是四年过去了，此后，我又将远赴中国人民大学攻读博士学位。在1993至2009这17年间，我经历了身心上的双重迷惘与苦痛。从农村进到大都市的这种人生经历，不是任何人可以拥有的。那是代表上世纪九十年代初那批挣扎前行的、品学兼优的、读了中师或中专的、最后回家做"孩子王"的初中毕业生。如果按照正常读书，这批数一数二的人大可进入重点大学，成为某个时代的天之骄子。但是，很大一部分人一辈子执教于小学讲桌上，而当时二流三流的初中毕业生，读了高中，进了重点与名牌大学，另一部分没有读高中的毕业生去打工、经商，也是身家不菲，出手阔绰，而我们这些孩子王们到今天都还是守着微薄的薪水过活着。

我走出了让我困窘的土地，庆幸自己的觉醒与坚持。但是，这十多年来，也失去很多，青春、爱情、亲情、友情、乡情等都越来越离我是那么的遥远，那是一种若即若离，是一种朦胧、依稀的情愫，是一种岁月流逝、往昔美好日子不再的惆怅。那七八个人共事的山村小学，冬天夜晚与同伴偷老乡白菜的逸事，男女老少同事相安无事炭火盆边的默契，酷暑寒冬的斗室习书，天刚发亮与老父母田间割稻的艰辛，秋虎肆虐的农耕双抢；少年时早出晚归的上山砍木头伐竹子，每周期待一次三十公里开外的墟场卖竹，蓬草矮灌中的野果寻觅，邻家地里的番薯窃偷，春潮初涨后的小溪捉鱼，每天晚上听完父亲故事后的安然入睡，早上打翻菜碗饿着肚子上学的慌乱，物理考试坚持到最后一分钟的韧劲，晚自习时冷水无意泼向灯泡导致黑暗后同伴们的欢呼，与女同学孤男寡女夜处一室自习时的内心涌动和表面镇静；五年来对人生方向的迷失，三年中再次求学每天十四小时的苦战，近七年来的渐入轨道……所有这些，现在都成了一种美好的回忆，成了我所代表的那一阶层人群最惬意的心灵菜汤，成了我现在不可再得杳杳的人生财富。因为他们于我、于我所代表的同人，于我的后一代人，都是一种梦里依稀的事情。是惆怅也好，是甜蜜也罢，总之，我的诗文对此做了流星式的定格，做了并不美轮美奂的勾勒，做了人生阶段的记录。当然，还有必要说一个当然，我的诗格律并不严谨，我的文文采并不很美，但都是应时、应事、应情而发。于我来说，唯此足矣。

（本文原载于《重庆日报》2022年5月15日。）

故乡的清明雨

周作人先生曾作了一篇文章,名曰《苦雨》。那是民国十三年七月,南方酷寒而北方淫雨。这对于向来少雨的北京来说,的确有点别致。周先生家的建筑耐雨能力较差,于是,西墙淋坍,南墙冲倒,水漫书房,梁上君子来光顾,满园是涨过大水后的普通的臭味。这的确是让人不快的事。苏东坡作了一首《黄州寒食诗》,"自我来黄州,已过三寒食。年年欲惜春,春去不容惜。今年又苦雨,两月秋萧瑟。卧闻海棠花,泥污燕支雪。暗中偷负去,夜半真有力。何殊病少年,病起须已白。"

两者都是被雨所苦,只是各有不同,于前者,其苦确是雨的原因,大致归为物质受损之苦罢,后者却非如此,其苦是由于东坡先生政治失意,看到连日绵雨所引发的精神之苦。

　　当然，苦雨又有很多类别。心情不好，碰上绵绵细雨是苦；建筑物不好，碰上雨天漏水是苦；道路不好，雨路泥泞是苦；大旱之时，大雨突降，实为乐事，如若雨水过多，江河泛滥即是苦了；一叶扁舟，雨中穿行，美是美矣，但若海上捕鱼，碰上暴雨，那就有性命之苦了。

　　我总以为，雨本身是好东西，苦她爱她均缘于人的需要与心情而已。譬如于我来说，去岁今天，在中国人民大学学习，某日下午三四时左右，在宿舍翻看书本，突然天空暗得离奇，瞬息之间便是黑天，用伸手不见五指形容并非夸张之语。外面大雨，只听到声音，却看不到雨的样子，待天渐放亮，才看到地上的雨水。这黑天大雨，对于在外作业的人们来说，确是苦事，于我，却是很惬意的事物。感受白天的黑夜，是我人生中的第一次，新鲜的体验总的来说是好的。相比北方，故乡南方的雨有着自己的特点。有人说，北方的雨，下得豪爽、酣甜、粗犷、干脆；南方的雨，下得缠绵、温柔、纤细、持久。北方的雨像男人而南

方的雨像女人。这大致勾勒了南方雨的基本样态。于我故乡的雨而言，另有一些自己的个性。故乡在井冈山脚下的莲花县，与邻近的永新、安福、宁冈等县的气候大致一致，受罗霄山脉地态地貌影响，全年雨水较多，空气湿润。由于山多的缘故，不会有1998年九江大水那样的洪涝灾害，也不会有年初北方的大旱，更不会有地震，可谓是福地。记忆中，唯有的一次大水是在1981年春天，连续多日的大雨导致山体滑坡，村野中的两条小河不能承载从四周大山里滚下的水，水稻田汪洋一片，原本高高低低的稻田、小溪、道路竟然被水抹成了一线平面。于大人来说，苦的是刚插上的稻秧被全部浸没；于小孩来说，却是赏心乐事。对于山里的孩童而言，可以领略一回大湖大海的开阔壮观。更愉悦的是可以拿着网篮，任意抓鱼了。

  故乡四季分明，不同季节的雨个个彰显自己的特征。冬天枯水季节，降雨稍少些，大抵来讲，这个季节可用苦雨名之，有时碰上连续十多天的降雨，衣服晾在楼亭上，总是干不了，只能用火去烤，有时不小心，把衣服烧了个洞，那就更苦恼。乡间小路，晴天走着倒是舒适，一遇雨水，干硬的泥路便软化了，小孩子经常摔跤，酷寒的冬天，脏了衣服且不说，那个又干冷又干痛的滋味甭提多难受。秋天的乡村，收获之季，天气晴好，雨水较适宜。水稻收割后，田野又干又软，散学后在干稻草中捉迷藏、找老鼠。在田埂上挖个洞，柴火放进去，待所有柴棍烧得通透以后，把泥土填上，隔绝空气，便是孩童自制的木炭，备上学取暖之用。如若此时，下一场秋雨，于大人来说，有一种收获后诗意的美感。于小孩来说，则是苦了，只能急急地在梦里捉田鼠、烧木炭了。故乡的夏雨凉爽、清透，一天之中，不期而至却又骤然而去。对于双抢季节的人们来说，又爱又恼，早稻收割后，犁田、插秧需要水，靠小溪水灌溉力有不逮，农人争水吵架便是常有。晚上的田野人影绰绰，此时的农人个个是特工，捕捉到你走了，便蹑手蹑脚地过来，把你家的水切断，引到他家的水田中。我与父亲便是最高明的特工。每每此时，一场夏雨，人们欢欣雀跃，特工们便也销声匿迹。但夏雨也令人着恼，谷子晒着时，雷阵雨让你措手不及，有时在午睡，有时在吃饭，但突

第一辑　辨识自我

然而来的雨让你急忙忙去收谷子。不论你如何地快，在晒地上形成的小溪流，还是肆意地把部分谷子给卷了去。很快，雨过天晴，你又得把谷子给弄出去晒。

相比而言，故乡的清明雨不论从哪个角度来看，都是乐事。春暖花开，气温回升，柔雨绵绵，万物复苏，生命的气息浓郁备至。就如那清明雨，甜甜的、柔柔的、绵绵的、细细的，不疾不徐。既不会有冬雨的干冷，又不会有夏雨的粗糙，也不会有秋雨的无趣。

关于清明雨，古人诗句描绘甚多。唐朝杜牧的"清明时节雨纷纷，路上行人欲断魂。"说的是实情，且美是美矣，但确又有些片面，不能表达出清明雨之浪漫。如我之故乡，赤着脚，戴着草帽，塑料纸身上一披，便是雨衣。挑着稻秧，在路上滑滑地行着，借肩上一担秧的平衡，犹如一架天平般，任身体在斜斜的乡路上摇摆前行，有一种在陆路飞翔的感觉。身心惬意，浪漫至极。下到水田，凉意的水一刺激，会冷冷地打个寒战。但与大自然的水土交融，让你那久被包裹着的肉身涤荡了俗世的污垢，接受大自然的疗治与保养，便是心灵质朴纯洁了。劳动过后，随风摇曳的秧苗被雨水掠过，便抖落了前时的褶皱与泥污，显出清劲、飘逸的样子。此时，你会有"耕种清明雨，乡野人间仙"的感觉。

作为江西诗派的创始人，宋朝诗人黄庭坚歌道："佳节清明桃李笑，野田荒冢只生愁。雷惊天地龙蛇蛰，雨足郊原草木柔。人乞祭余骄妾妇，士甘焚死不公侯。贤愚千载知谁是，满眼蓬蒿共一丘。"作者既写了清明的祭祖，同时谈到了清明时节的丰富雨水，新草娇柔，在桃李笑的尘世生态中，反衬出野田荒冢的清凉。与故乡清明雨相关的，踏青出游是不能不提的。待到春光灿烂之时，山上可吃的、可美的、可感的事物极其丰盛，小儿们的笑声便布满了山野花丛。宋朝吴惟信的"梨花风起正清明，游子寻春半出城。日暮笙歌收拾去，万株杨柳属流莺。"写的是城里人的感受，城里是感觉不出清明之愉悦的，人们半出城寻找春的安抚，杨柳流莺与梨花毕竟是带不走的，因而日暮笙歌之后，出游之人还是无法真正与春天交汇，融为一体。

故乡却是不同，人是清明雨中人，春是乡野人

中春，春与人合为一体。每每此时，小孩是最快乐的。野草莓长出来的嫩颈是最美味的零食。采了回来，折成寸许的小段，塑料袋装着，坐在家门口的石阶上，首要的是比比谁采的最大最嫩。获胜之人往往怡然自得地坐在最显眼的位置，小手慢慢地把包裹嫩颈的那毛茸茸的皮一条条剥下，露出水嫩嫩的胖颈，用食指与拇指轻轻捏住一端，手在上嫩颈在下地高高举起，头极致化地仰着，小嘴使力往上含住嫩颈，细细地吮着她的香甜与气息，然后猛地一咬，咯吱咯吱地嚼着，发出脆脆的声响，仿佛在品味仙宫蟠桃，其妙无穷。于小姑娘来说，山上的野花野草，都成为装扮自己与家居的最美饰品。母亲采摘新长的蕨菜，成为全家人的嘴中美食。傍晚时分，父亲闲了，带着孩子们山上田野走走，小狗在后远远地跟着，远处炊烟袅袅，周边小鸟高歌，间或不知名小虫子的清乐冲撞进来，加上黄牛的哞叫声，春天的清明就成为人与自然融为一体的画卷。

谈清明雨，我们必须要说到清明节。清明节是我国民间重要的传统节日，是重要的"八节"（上元、清明、立夏、端午、中元、中秋、冬至和除夕）之一。一般是在公历的四月五号，但其节期很长，有十日前八日后及十日前十日后两种说法，这近二十天内均属清明节。

　　清明节的起源，据说始于古代帝王将相"墓祭"之礼，后来民间亦相仿效，于此日祭祖扫墓，历代沿袭而成为中华民族一种固定的风俗。清明节又与古代一个非常有名的，现在已失传的节日——寒食节相关。寒食节，又称熟食节、禁烟节，冷节。它的日期，是距冬至一百零五日，也就是距清明不过一天或两天。这个节日的主要习俗是禁火，不许生火煮食，只能吃备好的熟食、冷食，故而得名。寒食节相传是源于春秋时代的晋国，是为了纪念晋国公子的臣子介子推。据传晋文公是第一个在清明节祭祀的人，而介子推是第一个在清明节被祭祀的人。其实，寒食节的真正起源，是源于古代的钻木求新火之制。古人因季节不同，用不同的树木钻火，有改季改火之俗。而每次改火之后，就要换取新火。新火未至，就禁止人们生火。以后，才与介子推的传说相联系，成了寒食节，

日期长达一个月。由于这两个节时间非常接近，因而合二为一，成为今天的清明节。祭祖是清明节的主题，除此，其习俗还有郊游、斗鸡子、荡秋千、打毯、牵钩（拔河）等。

清明祭祖，也就是扫墓、上坟之俗，是很古老的。有坟必有墓祭，后来因与三月上巳招魂续魄之俗相融合，便逐渐定在寒食上祭了。

故乡的清明节，时间不长，具体来说，就是上山扫墓的这天。是日，家家户户都要上山祭祖。在故乡，儿子被认为是传宗接代的主体，上坟的参加者只能是儿子，女儿是没有这个资格的。记得少小时候，父亲带着我们兄弟去扫墓。大清早，父亲就要我们起床，备好大公鸡或是阉鸡，最好是周年的，鞭炮、纸钱、香烛、酒杯与酒壶等用篮子装好，往山上前行。清明节是可以动土的，因此，锄草培土是基础工作。但凡先年发了财抑或是小孩考上大学的人家，也就是说，只要是有了光宗耀祖事情的，都要着手祖坟罗盘的建造。所谓罗盘，就是建一个围墙，把所有祖坟围着，上窄下宽，表示后代会越来越多。围墙就像一个折扇，两条边不断延伸，罗盘的两条边不能超出现有的坟墓，只有当下一代老去，出现新的坟墓，才把围墙续上，与坟墓基本保持齐平。在吾乡，祖坟有罗盘的人家很少，每次扫墓时，父亲总是说下年一定要把罗盘建好，但直到我父亲的坟墓已成为祖坟中的一员，罗盘才真正建成。

　　故乡的山很多，每家都有自己的坟山。城里的坟墓，很多人家的堆在一块，密密麻麻的，虽然节省土地且也热闹，但相比故乡，却是显得拘谨了。我家祖坟在一个山脊梁上，从上空俯瞰，这山梁就像一条长长的蛇脊背一般，爷爷的坟就葬在这道脊梁的最高处，旁边有一棵方圆十里山峦上唯一的大树，山势蜿蜒而下，因此称作"蛇脊里"。这是我爷爷当年从一个破落地主家买的一块荒山，经过开垦，种上了些茶树，因而就成了熟山，这也是我家唯一的祖业，从而成为亡人的安厝之所。据父亲说，当年爷爷落葬的时候，由于山势下游是外姓颜氏的祖坟，其族人觉得我家的祖坟会压了他们全族的龙气，因此，有几个老人前来阻拦。协商之下，爷爷的坟头稍微移了点位，与

他们的祖坟不同向。但是，由于我家祖坟在高处，真是有"一览众山小"的感觉，后来我们兄弟读书争气，考上了大学，乡人都说是祖坟葬得好，占据了这座山的龙脉。

清明祭祖那日，有艳阳天，也有绵绵雨。艳阳天固然方便，但却少了一点忧伤感怀的情绪。因此，我倒喜欢清明雨时祭祖。祖山距家不是很远，但泥路崎岖，碰上雨时，软软的黄泥路既滑又黏，经常把我的雨鞋粘住，跑出老远，才发现是赤脚踩在地上。于是，干脆赤脚前行，去是上坡路，必须攀扶路边的树枝，柔柔细雨飘在身上，根本不当一回事，心里想着的是给祖父母们作揖行礼，更美的是站在祖山高处，凭细雨斜睨，他人或行走或祭祖的情景便一览无余。上山难下山却容易，我和二哥经常是奔跑着下去，连跳带滑，不一刻就到了山脚。雨天祭祖，虽有行路不便之困，甚至大公鸡经常在我滑倒时跑到树丛里，让我们一顿好找。但心情是虔穆的，丝丝的雨雾经常让我遐想翩翩，希望在人神共处的交界处与从未谋面的祖父母对话交流。那时，总感觉有些不平，为什么别人家小孩有爷爷奶奶宠着，而我连祖父母是什么模样都不知道。

近年，故乡的宗祠建好了，宗祖爷的墓地也找到并修葺一新，除了自家的近祖，全部族人还要去湖畔宗祖的墓地祭祀。清明节的内容丰富了，时间也延长了，人们更团结和睦了。明朝诗人高启叹道："满衣血泪与尘埃，乱后还乡亦可哀。风雨梨花寒食过，几家坟上子孙来？"可是，身处昆明异地他乡的我，连清明回家祭祖的机会都没有，更谈不上清明之后去祖山了。十年来，对故乡的祭祖，故乡的清明节，只能心向往之，几回回梦里清明雨了。

（本文原载于《四川日报》2022年6月10日，《中国文艺家》《莲花》杂志全文转载。）

走出瑶溪大湾村

上世纪60年代末,"文革"初期,我来到这个动荡年代凑热闹来了。可以说我们这一代人也经历了多事之秋、坎坷之路。而我本人在这十多年的求学过程中更是经历了许许多多曲折而有趣的事。至今还是我们老家人饭后茶余的谈资。

1

江西莲花县瑶溪大湾村,是一个山水清秀的小山村,这里民风淳厚,经济落后,交通闭塞。我7岁的时候,当时的大队有一所小学,学校设在大队礼堂,只有一、二、三年级,全校学生不足100人,任课教师基本上都是"赤脚老师"。教师在大队礼堂的耳房办公，学生在礼堂旁边"破四旧"归公得来的庵堂里上课。在当时物资匮乏，没有解决温饱的情况下，大部分人对教育不够重视，也可以说是心有余而力不足，因此，有不少人家的子女根本没进过校门。尽管我的父亲当时是生产大队长，也算是"干部"家庭吧，但我的姐姐和大妹也只读到小学三年级就回家务农了。作为长子的我，父亲经常对我说就是砸锅卖铁也要让我读好书，是希望我能跳出"农门"，能成为"吃商品粮"的文化人。这样，我成了父亲的希望，全家的希望，甚至是整个家族的希望。

记得小学三年级的时候，老师开始教我们写作文。可能是"山中无老虎"，也可能是我确有那么丁点儿的写作天赋，我写的作文还真像那么回事，所以老师推荐我去参加全公社的作文比赛。一篇叫《补围墙》的作文居然被评为一等奖，给我的奖品是小说《黄继光》。我瞬间成了大人们谈话的"焦点"，学生们学习的榜样，孩子们心目中的英雄，家人笑容中的骄傲。我的心里甭提有多高兴，俨然是个"小作家"，把这本奖来的小说"审阅"了五六遍。

"一举成名天下知",三年级升到四年级的时候,我到邻村的一所小学(我们周围三个村的小孩都在那儿读四、五年级)上学,老师们对我是另眼相看,同学们对我是刮目相看。选班干部时,我全票当选班长和学习委员。要不是我一个人干不了这么多,老师和同学们恨不得把其他班干部也让我一个人干了。

老师的看重,同学的羡慕,家人的骄傲,给了我无比的动力。学校成了我最想去的地方,老师同学成了我最想见的人,读书成了我最想做的事。记得当时村里还没有通电,文化生活基本是空白,唯一的就是冬天农闲时,各个生产小队轮流放一场电影。我们的小生产队没有大的晒地,就选在我家屋后收割后晒干的稻田里,在田埂边立两棵木柱,挂上一块幕布就成"电影院"了。有一次,在我家屋后放一部大人和小孩都喜欢的战斗片《南征北战》,由于我要准备第二天的数学竞赛,所以在煤油灯下做题目。就为这小事,我又赢得了全村不少家长的赞许,又一次成了全村孩子学习的榜样。

四、五年级的两年中,各种各样的赞誉接踵而至,我尝到了成功的喜悦，同时也感到了成功的压力。我用数倍的努力学习，因此，我的各门功课都是全校第一。公社组织的作文竞赛、数学竞赛，学校派我参加；县里组织的各种竞赛，公社也大都推荐我参加。每次参赛我也不负众望，总要拿个什么奖回来。我后来以优异的成绩考取了初中，轻而易举地接到了令人欣喜的人生第一张录取通知书。

2

当我怀着激动的心情来到中学时，却尝到了人生第一次"当头一盆冷水"的滋味，好像没有人知道我曾经辉煌的过去。第二天，选班长的时候，志在必得的我连个组长都没选上，好不容易捞了个数学课代表，我更郁闷了。

就这样，我带着失落的心情开始了我的中学生活。每天机械地上学，茫然地听课，稀里糊涂地做作业，以前的学习热情荡然无存。第一次数学考试就让数学老师大失所望，作为数学课代表的我居然没有及格，这样，我也就失去了做数学课代表的资格。其他科目更是一塌糊涂，在我的印象中，我的英语好像从未及过格。

曾经有着顽强的学习毅力，充满活力与激情的优秀学生，如今变成这样，简直是判若两人。面对老师不理解的眼神，同学们轻视的目光，我简直是无地自容。学校成了我憎恨的地方，老师和同学成了我最怕见的人。于是，我开始想方设法去逃学。

屋漏偏逢连夜雨，就在我学习处于低谷的时候，母亲去河里捞虾，被毒蛇咬伤了。记得母亲强忍伤痛回家的时候，伤口流着血，一条腿已经肿了一大半。父亲冒着中毒的危险，用嘴去吮吸母亲伤口的毒血，但也无济于事。本地的蛇医该用的办法都用了，而母亲的整条腿都肿了，有的地方已开始起泡。这时，蛇医也表示无能为力，要求我们送县医院治疗。记得当时天已经黑了，母亲也已经昏迷不醒。叔叔和小舅从县城蛇医那儿弄来的药丸也只有撬开牙关灌进去。当时没有交通工具，要去县城谈何容易？救人要紧，邻居和亲戚用竹椅把妈妈抬到了公社，还算幸运，在公社电影院找到了正在看电影的拖拉机手。那天晚上，长辈们一定要我跟着去，我当时还有点茫然，长大后才知道，母亲中毒太深怕挺不过去，带个儿子在身边准备为她送终，这是我们老家的习惯。

忙了大半夜，经过县城蛇医和县医院的联合抢救，才从死神手里把母亲夺回来。此后，由于不能及时筹到医药费，母亲的病不能得到正常治疗，时好时坏，住了近一个月的院才勉强拖着虚弱的身体出院。这样担惊受怕了近一个月，我根本无心学习，成绩越来越差了。

经过这番折腾，本来就捉襟见肘的家已是负债累累。刚强的父亲已瘦了一大圈，一向高傲的头也被繁重的债务压低了。开学的时候，看着别的同学高高兴兴去学校报名，我不敢去，因为家里连十几元的学杂费也拿不出来。那时候，学校规定，缴齐了学杂费的学生才可以发书。看到别的同学兴高采烈的领新书的样子，我很难过。此后的几个学期，都是父亲去学校打了招呼（现在想想，父亲当时也是需要极大的勇气！）以后我才肯去学校报名。俗话说"人穷志短"，

我有深刻的体会。从此,我更自卑了。直到我当老师的时候,学校还是这样规定。想起我曾遭遇的尴尬,开学的时候,不管学生是否缴了钱,所有的学生我都给发了书。为这事,我曾挨过学校领导不少的批评,而自己也曾因给几个学生垫付了学杂费,弄得自己几个月经济紧张。

艰难的一年就这样挺过去了,我也开始了初中三年级的学习。我们兄弟姐妹六人也渐渐长大,祖父留下的几间破房已不够住了。这时,父亲做了一个令亲戚和邻居既震惊又鄙夷的决定:建房子!负债累累的家用什么去建?木头到山上去砍,沙子从河里去淘,石头到河床边去找,砖头自己来做。每天下午放学回家我则负责挖泥、挑水、和泥,第二天凌晨二、三点钟起来打砖,到早上六点钟的时候,一般可以完成400多个泥砖坯。之后,我才收拾收拾去学校上课。这样,我每天只能睡上不到五个小时,上课的时候很难集中精力,学习成绩在班里已是倒数了。初三下学期的期中考试之后,班主任在总结会上宣布了最有希望考高中、最有希望考中专的名单后,我才意识到如果自己考不上高中，将结束学习生涯，更重要的是好强的父母将因此会失望得在亲戚、邻居面前抬不起头。我的自尊心第一次受到了如此大的震撼，接下来的两个多月，我没日没夜疯狂地读书，终于，"皇天不负有心人"，我以全校第三名的成绩考取了高中，艰难地收到了人生第二张录取通知书。

3

带着一床奶奶用过的棉絮，一只父亲年轻时去赣州学徒时用过的木箱，姐姐把我送到了离家十公里以外的高中。高一的班主任是我的化学老师，他是一位退伍军人，虽然戴着一副斯斯文文的眼镜，但全班同学看到他都噤若寒蝉，好像老鼠见到了猫，因为他是用半军事化的管理方式来管理班级。不知其他同学的感觉怎么样，反正我当时感觉特别的压抑，中考培养出来的一点点自信又慢慢地消失了。

我又开始讨厌学校，讨厌老师，讨厌同学，甚至讨厌学校一切的一切。我变得孤独、寂寞，把自己

封闭起来，除了应付学习以外，我拒绝参加一切的课外活动。没有老师关注我，也没有同学愿意跟我交朋友，我开始想家了，尽管我的家很穷。太阳将要下山的时候，同学们三三两两地一起去散步、聊天，我却经常一个人跑到学校后面的山上，痴痴地望着夕阳落下的家乡的方向，心里有一种说不出的落寞。

初秋的一天，是学校附近圩场的逢场日，我利用课间操的时间请假去圩场卖毛竹。为了补贴家用，我经常周六下午到山上去砍毛竹，周日扛到学校附近，寄放在老乡家，逢场的时候卖掉。一般是四、五分钱一市斤，一次可以挣三四块钱。我刚走到圩场上就远远地看到母亲在卖熏干的母猪肉，而且是无人问津，我的心里很难过。母亲看到我，硬要给我买点吃的，可怜天下父母心，她一点熏肉都没卖出，她哪里有钱？！我的心好痛，强忍着泪水跑开了。

回到学校以后，我的心久久不能平静，我不能再让父母这样辛苦了，堂堂七尺男儿一定要为父母分担。我决定辍学回家去学徒，学成以后去挣钱帮助父母渡过难关，让下面的三个弟妹好好完成学业，实现父亲的愿望。说到做到，当天我就简单收拾回家了，并向父母宣布了我的决定。起初父亲以为我是在开玩笑，当确认我的话是认真的，父亲点了一支烟，半晌不说话，但我可以看出他非常失望。思考了一夜之后，父亲第二天一大早就劝我回校读书，我谈了自己的想法，并要父亲尽快安排我去学徒。接下来的几天，父亲又跟我谈了好几次，并请我的舅舅、姑父来做我的工作，我始终坚持自己的想法。整整半个月，父亲不安排我去学徒，也不让我插手家里的事，我知道父亲是用这种办法逼我回校读书。半个月过去了，父亲看我铁了心，终于退步了，叫我去学校把奶奶用过的那床棉絮和他自己用过的那个木箱子带回家。记得那天我是骑着姐夫的破自行车去学校，一路上我边行边想，这个时候又不是放假，一个学生又是棉被又是箱子的带回家，别人会不会认为我是个坏学生被学校开除了呢？这样经过不断的思想斗争，再三权衡利弊，我终于决定回校读书。当我回家把这个决定告诉父亲的时候，父亲一扫半个多月的阴郁，高兴地帮我炒了两罐熏母猪肉。这样，我又重新回到了学校，继续我的求学生涯。这段经历，我的邻居和亲戚至今还经常提起。

经过这段插曲，我认识到要摆脱贫困、改变家庭的命运，需要的是知识；要实现父亲的愿望，让弟弟妹妹们健康成长、学有所成，需要从我做起、做出榜样。回校以后，我用积极乐观的态度对待人生；用勤奋善学的方式对待学习。我的英语中考成绩是30分，是全班的倒数第一，我决定从英语学起，我把初中的所有的英语课本装订在一起，从26个字母开始，在完成好其他科目学习的情况下，我一有时间就钻到英语里面去。功夫不负有心人，第一个学期期末考试我考了学英语以来的第一个及格分，其他科目也有了一定的进步，老师在期末总结会上肯定了我的努力。我终于又体会到了久违的学习自信和学习热情。就这样，经过400多个日日夜夜的拼搏，到高二下学期，我的成绩终于进入了上游行列，我的英语成绩每次都能达到80分以上，我依稀找到了小学时的那种成功的感觉。从此，我的学习热情如山河奔泻，我的精力如不竭之源，我的成绩如芝麻开花，每次模拟考试的成绩都在前三名。我的名字经常出现在红榜上，全校师生都知道我的名字。

转眼就到了"黑色的七月"，第一场语文考试还算顺利，没想到中午竟然睡着了。等我醒来的时候，下午的英语考试已开考近十分钟了，我疯了似的跑向考场，半路上遇上了骑自行车来接我的化学老师，否则，我就进不了考场，我这一年的心血就白费了。因此，我一直感谢我的化学老师，没有他就没有我的今天。第二天晚上我又是整夜未眠，天亮的时候，我哭了。叔叔也慌了，听人说人参可以提神，于是赶快跑到医院买来，等把人参煮熟，又快到开考的时间。匆忙赶到考场，又迟到了5分钟，我稀里糊涂地考完了这场物理（我的物理高考成绩最差，只有41分）。接下来的考试我都忘了是怎么考完的，反正我觉得大学已与我无缘，只寄希望于复读，寄希望于来年的高考。想不到八月底的一天，我到县城复读班报名，天黑回家的时候，父亲兴奋地说我已被吉安师专录取了。这样，我收到了人生第三张录取通知书。

4

尽管我不喜欢老师这个职业，尽管我想复读一年考一个更好的学校，但是，父亲"逼"着我退回了复读费，并张罗着按家乡的规矩杀猪摆了谢师宴。我只有带着些许的无奈与遗憾，进入了师专。我们寝室总共有10个同学，除一个家住市区以外，其他都来自县区农村，心地都很善良也很淳朴，彼此也没有太大的优越感，因此大家都相处得很好，到如今都还保持着密切的联系。第一天大家都没有太多的话语，无非是叠被铺床、整理行李，也没有太多的故事。我印象最深的是当头晚上，我带着好奇与烦躁的心情，听了一个晚上乡村孩子从未听过的公共卫生间抽水马桶间断的、有规律的放水声。

一个周六的上午，我们正在黑板上练字，进来了几个老师，看了看我们写的字，又问了问我们的学习、生活情况。我们当时也没有在意，没想到下周一的下午学校团委任命我为宣传部长。事后我了解到，周六问我们情况的老师都是学校团委的领导，对我的字很感兴趣，尤其欣赏我们的这种认真学习的精神，所以就给了我这个千载难逢的机会。

没想到天上还真的会掉"馅饼"，而且掉到了我的头上，套用现在时髦的话说，我当时真的激动得有点"晕"。看到的太阳是那么的灿烂，听到的鸟鸣是那么的婉转，闻到的花香是那么的诱人……总之，一切都是那么的亲切，那么的美好。我的学习热情空前高涨，如火山喷发。教室、寝室、图书馆，甚至校外的松林里随处都可以看到我学习的身影，我的目标是争取每门功课都是全班第一，期中考试我就实现了目标。整个师专期间，我一如既往地刻苦学习，每门功课都是优秀，不少同学担心的补考与我无缘。因此，每个学期我都被评为"三好学生"或者是"学习标兵"，得到了最高档次的奖学金，有个学期还兼任了学生会的学习部长。

在学习上取得优异成绩的同时，我的宣传部长更是干得毫不逊色，我组织过几次大型的读书活动，几乎每两周都开展一次板报评比，还开展了诗歌比赛、朗诵比赛等等。配合市里开展了几次大型的公益活动，如全市大学生联欢晚会、全市青年10公里越野赛等等，得到了市里领导、学校领导和师生的一致好评。我因此多次获得了"优秀团干""优秀学生干部""先进宣传部长"等殊荣，并在我18岁时向党组织递交了我人生第一份入党申请书。

随着不断的练笔，我的文学素养也在不断地提高，大二的时候，我开始涉足诗歌领域。我开始向《星星诗刊》《诗刊》等国内知名刊物投稿。功夫不负有心人，我的作品渐渐被各种刊物录用。《星星诗刊》举办的全国青年诗歌大奖赛，我的一篇诗作获得了二等奖，并参加了由举办单位组织的赴西藏"采风"。顿时，我成了校园里的"文化名人""诗人"。热烈"掌声"过后，接踵而至的是灿烂的"鲜花"。

大学生活让我享受着开心，让我体验着成功。也许是时来运转吧，我的家庭也摆脱了经济困境，开始走向富足、安定的生活。父亲在叔叔的带动下，开始做起了生意。也许是父亲头脑灵活，也许是父亲吃苦耐劳，也许是上天垂怜我们这个多灾多难的家，父亲的生意居然做得有板有眼，还真的挣了不少的钱。

父亲还清了所有的债,并添置一台当时农村还比较少见的电视机。我曾去过一次父亲做生意的地方,父亲炒了几个拿手的好菜,跟我这个上大学的儿子喝了几杯,父亲当时那种满足、自豪的神情我至今还觉得恍如昨天。

(刘建强、刘建华,2013年2月于故园大湾文岭。)

第二辑　辨识他者

那一片凤羽

刘建华

秋雨迅疾而蓬勃,宛若老家的秋豆密麻,地把沱江水面揪出了万千疙瘩。蒸散出袁统的轻烟增添了雨夜凤凰城的神秘意境和出世之美,让初临沱江的我有了超预期的好感。

刘建华书录《那一片凤羽》(节选)

那一片凤羽

秋雨，迅疾而蓬勃，宛若老家的秋豆，密麻麻地把沱江水面揪出了万千疙瘩，蒸散出袅绕的轻烟，增添了雨夜凤凰城的神秘意境和出世之美，让初临沱江的我有了超预期的好感。

撑了伞，我们漫下青石小道，在河边酒吧的吉他声中，遁入临江亭，置身夜雨和沱江的世界，在友人小阙的介绍下，慢慢细品烟雨吊脚楼。凤凰姑娘小阙是晓华的老朋友，因了晓华，我们从十八洞村一路驱车探访夜的凤凰，用小阙和小陈的话说，沈从文的《边城》写的虽然是花垣县的茶峒镇，但小说里的人和事实际上是她们凤凰的人和事。凤凰自然成为此次夜游的最佳选择。小阙真是一个好向导，说话温柔可亲，如同她的美丽一样，颇能俘获人心，想忘记确乎不易。作为同龄人，我很认真地跟大家说，看到小阙后，我才有了对我们这代人依然"风华正茂"的自信。她也不负众望，在相处的十来个小时中，让我极为欢欣地收获了凤凰的无边风光、深厚文化与纯朴友人。

"您看，这就是有着百年历史的吊脚楼！实际上原来住的大多是穷苦人，家境不错的人是在城内，那里至今尚有120多栋明清风格的青砖黛瓦。""诺，远处那个是万名塔。""这是许愿亭，那是奇峰山。"小阙不时从旁边引领我们的目之所及。凭栏立在临江亭，秋雨零乱了我的视线，在彩灯的装扮下，吊脚楼远比白天更为靓丽和璀璨，只是兀自立在水中，我只听见雨的声响，却无从感受吊脚楼传统居民楼的人间烟火，似乎过于出世了。时间尚早，大约晚上八点钟，吊脚楼的房间却是漆黑的居多，鲜有人影，既像是灵山仙境，又像是皮影道具，无声地诉说着沱江的人和事。"或许是疫情的影响罢！"从事旅游业的小陈像是在替寂静的吊脚楼找一个理由。"应该便是如此。"我喃喃答道。实际上，我却喜欢这样的静。一百多年的房子，若是长期家居，定然也有诸多不便，我想，吊脚楼的主人们应该还是愿意在标准的现代化商品楼居住罢。作为一种景点，让全国各地的客人来吊脚楼喝喝茶、吃吃饭、看看风景、发发呆，甚或住上几天，感受苗家风情，体验沱江风尚，未尝不是一个佳处。这就够了，一个小城景点的使命也就完成了。

一只画舫静静地淌过，船尾两只红灯笼更增加了夜的静谧，没有船工的号子声，没有长篙擦破河面的流水声，没有马达的轰鸣声，唯有哗哗的下雨声在安抚我饥饿的心情。30年前，自读了《边城》以来，我对沈从文的凤凰古城一直充满饥饿感，总是对那里的故事一再重温仍不过瘾，总是对那里的风景充满渴望，总是对自己能够创作出同样乡土文学作品满怀期待。我一直认为，出生于井冈山老区乡村的我，拥有不弱于沈从文和路遥的乡土文学资源：井冈山根据地的红色故事，莲花县一支枪与将军农民的故事，谭余保棋盘山三年游击战争与陈毅被误绑的故事，国营七一二造币厂的故事，瑶溪十八坊与大湾十八弯的故事……所有这些，应该是我乡土文学创作取之不尽的源泉，可惜我始终找不到书写的高度与路径，《边一只畫舫静々地滑過船尾兩只紅燈籠增加了夜的静謐沒有船工的嚎子聲沒有長篙擦破河面的流水聲沒有馬達的轟鳴聲唯有嘩々下兩聲在安撫我飢餓的心情

自讀了邊城以來我對沈從文的鳳凰古城一直充滿飢餓感總是對那裏的故事一再重温仍不過癮總是對那里的

刘建华书录《那一片凤羽》（节选）

城》和《平凡的世界》永远挂在我眼前，使我对"经典创作"充满着无限的饥饿，却也只能用"徐徐图之"聊以自慰。今天，我来到了《边城》故事的发生地，如同一只饿兽般急切地想把所看到的所听到的一股脑地吞进去，作为我文学灵感迸发的触点，然而，这无非是一种徒然而已。我想吞下吊脚楼，但它们的宁静让我不忍她受到哪怕是我吞咽口水声的惊吓；我想吞下南华山，但振翅飞翔的凤凰用她的十八神性照出了我的无知与狂妄；我想吞下万名塔，但白雪玲珑的塔身却裹挟了我的魂灵；我想吞下许愿亭，却有天兵似也的善男信女用红线捆扎了我的手脚；我想吞下风雨虹桥，却有步履匆匆的先辈用他们的不懈追逐把我带离了整个湘西。"你在想什么？"晓华的话让我猛地一惊，意识到自己的思想在另一个世界与从文较劲了。

　　"我是真的饥饿了么？"看着眼前依然秋黄豆大小的夜雨，我张开嘴用舌头卷了几颗入腹，忽然就有了温饱感。原来我缺的是水啊！"山不在高，有仙则名；水不在深，有龙则灵。"我的井冈山面面环山，

层层是山，真可谓是山山一重又一重，仙自然也有，名气当然不差，然而就是缺一条大河，缺那条充满灵气的神龙。古往今来，河运是最为通畅的交通，有了河道，不论走多远都不会迷失回家的路。陆路山路岔道多障碍多，让人不免对前行的路与回家的路颇有忧心。这也是我总是瞻前顾后、难以放手一搏的缘故罢。望着河面宽阔、河水舒缓、河道悠长、河岸热闹的沱江，我明白了从文的才气所在和底气所在，我的万重山委实抵不过他的一江水，同样也抵不过路遥的一马平川。我那创造类似《边城》《平凡的世界》惊世骇俗之作的"宏愿"可以了结了。我走到沱江的码头边，蹲下身子拨弄着充满活力的沱水，一边同我的"宏愿"作别，一边与沱江里的沈从文握手，我明显感受到了他的力量，沱江的千年文脉如此深厚，但取一瓢饮，饥饿瞬间消。

"苗族姑娘这么漂亮，一起合个影吧。"小阙不失时机地帮我们把友人、吊脚楼、万名塔、南华山、夜雨沱江定格在美丽的虚拟空间。我们踏着被雨水洗净的青石板，横穿过虹桥，由东向西沿着沱江北岸溯流而上。"雨停了，买束花哈。"只见一个老妇人在兜售鲜花环，估计是给年轻女子戴在头上的。她把我们当作外出旅行的情侣了，两男两女，似乎还真像那么回事，我倒也希望如此哟。抑制了买花的冲动，我的思绪穿行到了18年前昆明的翠湖公园。那还是青春勃发的年代，单身男女谈情说爱最重要的媒介就是花，而云南则是花的王国，斗南的玫瑰花风行海内外，花卉文化产业也因之而兴。那时和女性朋友在翠湖边漫步，最喜的就是碰上卖花女孩，乘机买上大把的玫瑰花，面不红耳不赤地委婉表达对女孩的爱意。经年下来，花买了不少，可心仪的姑娘却一个也没谈成，不免大为沮丧，竟然对玫瑰发起恨来，赌咒发誓再也不买哪怕一朵玫瑰花。取而代之的是念上几句徐志摩的诗，"最是那一低头的温柔，像一朵水莲花不胜凉风的娇羞。""悄悄的我走了，正如我悄悄的来；我挥一挥衣袖，不带走一片云彩。"让人意外的是，徐志摩的诗让我倾倒了不止一个女孩，最后在夕阳下的阮堤边上，在翠湖中心的"十亩荷花鱼世界，半城杨柳佛楼台"联前，收获了我的爱情。"花为媒"于我

而言只是七彩蝶梦罢了，我有点难为情地看着那个老妇人，不是我不愿意买，而是我不需要买，因为我朗诵的《再别康桥》，不论面对爱情、亲情和友情，都是无往而不胜的。我曾经用它征服过我博士学习期间的口语外教，诱惑他给了我这个口语笨拙的学生很高的分数。沿着歌声一路飘过了好几个卖花人，拒绝了酒吧服务生的热情拦路，看到了一幢古色古香的田氏宗祠。宗祠并不高大，但却辐射出浓郁的文化气息。祠堂建于1837年的清道光年间，是一处具有浓厚民族特色的建筑群，有大门、正殿、戏台20多间屋宇，正门对联"宦流齐国勋臣邑，世守沱江宰相家"，据说是宋朝皇帝为表彰田家先祖所赐，有"古今多少事，都付笑谈中"之感。

"诺，这是沱江跳岩。"小阙的话让我把视线从田氏宗祠拉回到河面，只见从北岸至南岸矗立着两排石墩，一高一矮，两排跳岩相隔一尺左右，供来往行人同时过河。这个双墩跳岩是2000年秋建的，既美化了古城风景，又改善了过河条件，深受游客喜爱。由于是晚上，又刚下过雨，我们放弃了踏着石墩跳跃过河的尝试，选择距这几十米远的上游老跳岩过河，毕竟铺了木板的跳岩桥让人感觉更心安一些。木板由每块宽约2寸的7根木头组合而成，厚重而敦实，如同这里的人们一样，处处以真诚和敦厚示人，现出了凤凰人千百年来的传统美德，这也正是在当年战争频仍和悲苦遍布的时代大背景下，《边城》独独能表现一种人性和爱的原因所在。在充满人性和友爱的边城社会，翠翠虽然失去了唯一的亲人，但却收获了那么多人的关心，让读者对主人公的命运充满美好期待和无限温暖。我踏桥而过，似乎就立在了翠翠的渡船上，她时而唱着苗歌，时而微笑不语，二老肯定是已经回来了呀！二尺宽的木桥，被几十个石墩高举着，雨后的沱江水无来由地激动，带着水花从桥下翻滚而去，时不时对行人抛撒出几束怒放的白百合；又像不受羁绊的小狮子，舞动全身的波浪做出险要的威势，令胆小的游客望而却步。我的思绪回到了小时候去邻村上学的情境。大湾和永坊两村间有小河，河面约莫丈余，没有石墩没有木桥更没有石拱桥。春天水阔两岸，人们只能翻越山路往来两村；冬天水落石出，大小不一的青石块和鹅卵石就成了人们跳跃前行的通途。小孩们都是飞将军,背着书包故意栽歪前行,但却以一种平衡的力量与溪水保持若即若离。小孩骄傲的笑脸往往令山泉无可奈何,徒然在青鹊的啼鸣中萋萋远去。"常在河边走,哪有不湿脚。"酷冷的冬日,失脚踏水也是常有的事。故事往往发生在上学迟到的一刻,当你火急火燎地跳石而过时,往日的自信就被倾斜的石块所打破。那时候没有雨鞋,布鞋沾水便即全湿。你得忍了彻骨的湿冷,在教室挨过一天的漫长煎熬。有时干脆赤脚听课,总好过湿鞋湿袜疯狂吸附你身体热量的无边痛苦。两村嫁娶新娘时,这个地方也是伴娘捉弄迎亲人的妙处。记得我大姐是在一个暖阳的冬日出嫁,敲锣打鼓的男青年必得被姑娘们折磨一番。那个钵镲长子不会唱歌,被要求在规定时间内跳石二十个来回。他也着实了得,稳稳地走了十九个来回,然而晚节不保,在最后的跳跃时终于踩入水中,引得一片满意的哄笑,结果是长子感冒了近两个星期。

沱江跳岩方方正正,比我老家滋稼溪的跳石要实当许多,自然不会由于石头不稳而落水,更何况铺了厚重的木板。然而来往行人依然多有惧意。雨后湿滑增添了木桥的挑战性，湍急的水流让人有一种眩晕感。远远的，有行人停了脚步，意思是您老先走。这并不代表人家在谦让，而是不动才是稳当，行动却有落水的危险。我先是很感动于他们的谦让，继而才领悟其中深意。哈哈一笑，把桥故意走得有点颤意，唬得对方大惊失色，喊着天老爷，希望我快点闪过。待得我走过时，发现在原地等候的过桥人，无一例外是背朝江水脸朝行人，我当然也不例外侧身脸向着交汇人，几乎都是贴脸而过。事后才明白，人都是对同类充满不信任感，生怕背向他人时，被别人不小心触碰落水，反而把不可控的背面交给沱江水，这是对沱江的一种信任罢。

然而，几百年前，古城的官兵对沱江却不全是如此理解。他们在沱江的南岸筑了城墙，设有射击和瞭望的垛口，用以防范来自广阔江面的危险。据载，元时，统治者设有五寨司，五寨长官司驻镇竿。明隆庆三年，在凤凰山设凤凰营，正德八年设镇竿守备。明嘉靖三十三年移麻阳参将驻镇竿城。清顺治三年设

镇竿协副将，康熙三十九年升协为镇，镇竿成为清朝全国六十二镇之一。康熙四十三年废土司，置凤凰营于今县城，移辰沅靖道驻镇竿，镇竿成为全国八十九道之一。雍正七年，于湘西北设永顺府，辰沅靖道改为辰沅永靖兵备道，镇、道员均住凤凰、治辖范围覆盖整个大湘西二十余州县厅，为全国八大兵备道之一。镇竿军在历史上颇有显名，也从侧面反映出当地的社会稳定与军队的息息相关。长期的驻军使得当地尚武之风浓烈，沈从文的祖父、父兄及他自己都是行伍出身，可见军事对凤凰城的影响之深。凤凰城的北门就写满了烽火硝烟的印迹，那些红褐色条石堆砌的城门，上方铭刻有"壁辉门"三字，岁月磨砺掉了方石的尖利与锋芒，带着老者的沧桑迎候各色人群，让人疏忽了他的峥嵘森严，然而当你靠近甚或想用手抚摸他时，一种孔武之力就在你四围迸射而出。他绝然不是你所以为的温柔的赤兔，而是所有威风凛凛将士精灵的万世具象，以横贯时空的社会责任，守卫着一方水土的平安与幸福。

进了城门，沿着青石街道，与文庙、陈氏宗祠、熊希龄故居——作了交流。夜雨又来了，那是留客雨，把我们请进了熊希龄故居相邻的一处老宅，那是凤凰县文联的风水宝地。文联主席五洋先生和小阙的朋友弘二先生正在舞文弄墨，在毫无征兆中接待了我们这拨不速之客。弘二先生是五洋先生的弟子，书画大才，瘦高的个子，冷峭的脸庞，有着对艺术执著的纯粹，言语不多，但举止神情中可见他对艺术之外的不卑不亢。五洋先生颇有雄姿，生性恬淡，和蔼可亲，南人北相，十足的宽厚长者，是一位声名卓著的篆刻大家。五洋先生语气不疾不徐，我们从十八洞村的精准扶贫谈到凤凰的乡村振兴示范村，从当下中国书法的现状谈到凤凰的历史名人，从吊脚楼的美景谈到湘西的神秘。不觉间到了深夜12时，同伴大有倦意，在他们无助的哈欠声中，我和五洋先生收了话题，相约再聚。先生治印两方赠我，见证我和凤凰才子们浑然天成的深情厚谊。

拜别了五洋先生和他的夫人及其朋友们，我们冒雨疾行，终于来到了古城中心的"凤凰城"石碑。小阙一扫倦态，非常负责任地告诉我们，此处可有打

卡留念。风雨中晓华和我这两个此前从未有交集的莲花老乡，在凤凰城留下了历史的记忆，尽管身处黑夜，但凤凰城三字却金灿灿地印在了我的心海。一路往东，我们踩出了四方形足迹，又回到了出发地虹桥。虹桥是沱江的和事佬，他把南北两岸扭结在一起，不容分说地融通其文化差异，演绎了神奇美丽的凤凰传奇。多少个脚板从他身上踏过，无论贵贱，都宠于他温暖的怀抱；多少辆战车从他身上滚过，无论冷热，都融于他和平的臂弯；多少则故事在他身上发生，无论乏趣，都刻在他记忆的时空；多少次风雨在他身上冲撞，无论缓急，都归于他历史的长河；多少只凤凰在他身上栖息，无论长幼，都惠于他磐石的力量，振翅于南华与九天之间，用她们的十八神性佑护沱江子民。

已是凌晨，我们走向了迎晖阁：一处传统而温馨的民宿。频频回头，我再一次望向南华山。夜雨朦胧，山腰与夜的黑融为一体，山头的灯火辉煌恰如那海市蜃楼，映照翩翩起舞的凤凰。山风徐来，夜雨迷离，江影摇曳。刹那间，凤羽恣意偾张，山风夜雨踪影湮没，天空蔚蓝，一片凤羽直入我怀。那是从文馈赠的礼物，我轻轻地招手，她就是沱江的云彩。

（本文原载于《光明日报》2022年4月22日，入选组卷网中学生阅读理解训练题库，《新华文摘》《青年文摘》《作家文摘》全文转载。中国作家网、中国文艺网、学习强国、光明网、人民网、新华社客户端、中国经济网、中工网、中国农网、中国军网、中国青年网、中国网、中国日报网、国际在线、环球网、澎湃新闻、封面新闻、上游新闻、红网、新浪、网易、搜狐、哔哩哔哩、南方文艺网等全文转载的各类主流媒体近100家。普通话、粤语朗诵版被光明网等近百家主流媒体转载。县级报《空港双流》刊载版获2022年度四川新闻奖报纸副刊三等奖。）

边城满洲里

满洲里就像天边的云，总感觉离得我太远，和其他的城市一样，不过异乡罢了。然而，这朵云也会倏忽而来，不由分说令你前去，一头扎进满洲里的怀抱，满是异域风情，满是蓝天白云，满是辽阔大地，满是热情似火，满是无边挂牵。

带着锡林郭勒大草原肥美绿茵的清香，迈开柳兰花瘦劲有力的脚步，咂吧着手扒肉鲜嫩悠长的滋味，极不寻常地实现了与满洲里四十多年一遇的亲密接触。

满洲里的建筑物是边城多元文化长年融汇的结果。在城市建筑布局的设计上，处处可见管理者的用心。既有汉族现代化居住主体建筑，又有蒙古族传统文化空间，更有俄罗斯族哥特式娱乐场所。尤其是或尖顶或圆顶或平顶的光彩夺目的俄罗斯建筑物，是吸引不同民族不同文化人群的磁石。远赴异国他乡的俄罗斯商人找到了家的极致温暖，接踵而至的内地游客找到了异域的不尽活力，笑迎国内外游客的边城人找到了历史坐标上的无限荣光。边城是东亚大窗口，联通中俄蒙及欧洲国家的商贸往来，正是因为不同国家不同民族不同文化人们的和睦相处、世代绵延，同呼吸、共命运，才确保了这个大窗口的安静、有序与祥和。我无惧坦露自己的无知，第一次知道了一个叫套娃的俄罗斯艺术品。用椴木做成的娃娃，一个套一个，一层套一层。当你把美轮美奂的大娃打开时，一个同样美轮美奂的小娃跳入你的眼帘。这些大小不一、笑逐颜开、充满生机的男娃女娃朝你跑来，讲述他们憋了很久很久的新发现与老故事。我仿佛看到了我9岁的儿子顽顽在朝我奔来，告诉我他在大连踢球时那段激情似火的美好光阴。我静静地踱入了套娃广场，深深地潜入了套娃腹地，慢慢地迷失了基本认知。周遭的西方人物名画，脚下的俄式金边瓷砖，头上的盘旋深邃穹顶，迎面的异域金发蓝眼，让我瞬间切换于宾馆、教堂、剧院等不同的社会空间中，吮吸着前所未有的生命精华。

　　满洲里的云天是边城特殊气候年年协商的结果。满洲里是中温带大陆性草原气候，冬季寒冷漫长，夏季温凉短促，似乎没有柔情似水的春天，似乎也没有温情脉脉的秋天。人们裹着肥厚衣服历经7个月的供暖后，才可以让空气和阳光与自己肌肤相亲，这种相亲是纯洁无邪的，是情深意长的，是饥渴难耐的。这个时候，唯有辽阔的蓝天，唯有悠悠的白云，唯有历历的晴天，才能匹配并满足这种纯洁无邪、情深意长与饥渴难耐。这个时候，天边的鸿雁来了，他们带来了亲人、爱人与友人的牵挂与祝福。在蔚蓝的天空里，在洁白的云朵里，在柔软的北风里，鸿雁用他们艺术的翅膀，精心绘制出世间万象。时而是一家人畅享天伦之乐的"人闲桂花落"岁月，时而是一对恋人耳鬓厮磨的"两情若在久长时"朝暮，时而是一群朋友久别相逢的"天涯若比邻"时光。这个时候，我来了，来的是如此不经意，如此陌生，如此匆促。在边城最好的时代里，在边城最好的季节里，在边城最好的云天里，我，一个陌生的研究者，来寻找一个陌生的研究对象，认识了一群陌生的从业者。一两天的来回，几千公里的穿行，结识了一拨一见如故的朋友。恰似那天边的惊鸿一瞥，但却留下了深深的印痕，刻在蓝天上，透入白云中。我希冀着我的儿子，能承继这辽阔的友情，拓展出蓝天白云般的亲情与爱情。

　　满洲里的热情是边城各族人民初心不变的结果。边城是呼伦贝尔大草原的腹地，写边城，不能不写这里的草原，不能不写这里的人。边城的草确乎没有锡林郭勒大草原那般肥美、那般丰沛、那般婀娜，但他却是如此的温暖、如此的坚强、如此的雄壮。在夕照金光的映衬下，边城草原洋溢出无边的大气与豪迈，这种大气与豪迈沿着地平线急速奔驰，晕染了中俄蒙边界，击中了三国人民友谊的心弦，奏响了中俄蒙人民友好交往、和睦相处、共同繁荣的时代高歌。我站在金色的草原上，沐浴着金色的阳光，品味着金色的人生。满洲里电视台的王台长用他专业并高超的摄影技术，为我留下了"乱云飞渡仍从容"的伟岸形象，也让我从此对边城留下了念兹在兹的无穷思念。边城人民的热情在饭桌上达到无可替代的高潮，满桌尽是绿色尽是生态，草原上自己种的瓜果蔬菜端上来了，草原上自己养的鸡鸭鹅端上来了，草原上自己养的手扒羊肉端上来了，满嘴的青菜香满嘴的肉鲜味，沿着我的味蕾，沿着我的气管，沿着我的食道，沿着我的血管，无比温和地让我融化了。融化在边城的美食中，融化在边城的云天中，融化在边城人民只有初心没有尽头的热情中。音乐响起来了，《满洲里日报》的李总和赵主任为我们奉献出草原上最美的歌声。《陪你一起看草原》《父亲的草原母亲的河》《鸿雁》等经典旋律缓缓响起，我不可自拔地走心了。熊熊燃烧的篝火中，我真切地看见了边城的本色：边城不仅很努力，而且不孤独，他是各国人民往来的枢纽，他是蓝天白云金色草原的圣土，他是孤独者向往的精神家园，他是永不沾边的边城。

（本文原载于《内蒙古日报》2019年8月16日，《重庆日报》上游新闻、《满洲里日报》社《草原新丝路》期刊33期作为卷首语转载。）

鼓浪屿的人

就名字而言，鼓浪屿是无与伦比的强符号，超越时空所囿，令我几乎忘了其处何方。她是我年少时的美好想象，似在远方仿若身旁。直到乌泱泱的人群把我淹没时，才知道不经意间与她相遇了。

这是春天的下午，南方的厦门早已犁开冬的铠甲，浓郁的绿叶，坠落的木棉花，姑娘们能露则露的衣着，让我们这些刚从北方寒厚黄尘中逸出的人而言，有时空穿越之感，这是一种梦幻时光，我的眼睛无法适应盛春的视觉大宴，竟如同飘忽的沙尘暴一般，以负疚的心情躲闪这春的纯洁，满眼唯有的是老老少少、男男女女、胖胖瘦瘦的各色人等。

轮渡码头摇摇曳曳的长龙，让人似又置身核酸候检的大潮中。一位七旬老者白发长须，体态雄健，

手持地图，背驮肩包，用非常在理的外物延伸自己的身体，拓展了排队久候的前后空间，嘴里念叨着地理名词，眼睛偶尔掠瞥身边突然同一时空的陌生人，若有所思地、目光深邃地望向远处的鼓浪屿，那种苍茫的目光掩饰不了人生心愿完成的自得与黠智。忽然，人群如同北边的沙尘暴般，黑压压奔涌而去，倏忽占领了轮船的两层阔地。我们四人在鹭江出版社何先生的引领下，竟然也挨挤到了后端船舷位置，可以大尺度尽览鹭江水的胴体。鹭江是厦门岛与鼓浪屿之间的海域，这里曾经白鹭翻飞，于水天间、霞光里、绿树中或引吭或交颈或独憩，在无数个生命轮回中以鸟族的忠诚与坚守护卫这片美丽的土地，厦门也因了白鹭而呼之鹭岛。鹭鸟的坚守等来了主人的呼应，西晋太康三年（282年），朝廷正式在这里建县制，置同安县，不久裁撤并入南安县，600年后的909年再次设县，明洪武二十七年（1394年）筑建厦门城，开启了鹭岛快速发展的光辉历程。

一座荒岛，几袭闲羽，万顷晴沙；一江蓝天，几簇明礁，万尾飞鱼。它们陪伴跳丸入海的日月，沐浴四季透彻的清风，历经亘古不变的时空，迎来了鹭江岛的新时代，迎来了厦门港的大吞吐，也迎来了我们这些故人新友。安先生、大老牛和小邓就是这里的故人，他们和鼓浪屿有过多次的亲密接触，但依然不能减少他们对这个不到2平方公里圆沙洲的好奇与喜爱。安先生年届七旬，丝毫未让人有年迈之感，个子高挑，身手矫健，头发浓黑，神情活跃，一双满满自信的眼睛里溢露出对所有新鲜人事物的专注与探求，中气十足、抑扬顿挫、略显诙谐的谈吐中，令人在轻松愉快的不自觉下认可接受他睿智的建议。大老牛军人出身，谦谦君子，不疾不徐，说话做事规矩有度，谦逊得让人想和他发急，但在他烟圈迷离的催眠中，感受到的满是他兄长般的友爱。青春少女小邓，天津姑娘，但没有北方女生的高猛生硬，娇小的个子、带笑的眉目、清纯的脸庞、黑亮的长发、甜美的声音，活脱脱个江南女子，但柔美中绝不缺干练，她在工作中的专注、灵活与智慧让你惊艳其内外之美的绝佳结合。我是厦门岛的过客，也是鼓浪屿的新友，我知道带不走鹭江水的历史，但想在这个圆沙洲留下些微印

迹，亦如上溯六百年间在这里留下痕印的先辈们。

　　环岛泛游中，小林以他渊博的知识为我们讲解了鼓浪屿的历史。我才知道舒婷原来就是这里的儿女，这位以《致橡树》名著世界的当代女作家，毫不意外是鼓浪屿在世的最有影响力的名人。当地政府为了全面持久发挥她的影响力，专门配有一栋别墅，让作家有一个好的生活环境，期待她更多的佳作面世。让人始料未及的是，也许是鼓浪屿太过有名，也许是舒婷已罩上了神秘的轻纱，每年每月每日拜访这里的人巨多，即使政府特意用轮渡而不修建跨海大桥（江宽仅600米，轮渡5分钟可达）来限制人流，但日人流几万的旅客中总是有那么多热情似火的人，非得跑到舒婷的宅邸，拍照留念尚可，但指指点点、探头探脑的所谓粉丝们，总抱有一睹大作家芳容的幻想，这种围观式的凝视让任何内心再强大的人都不可承受，大作家只好避居在市内某小区围墙里。

　　泛游途中的很多西式建筑博物馆令人有异域风情之叹，又有历史沧桑之慨。救世医院及护士学校旧址的故宫鼓浪屿外国文物馆，菽庄花园的钢琴博物馆，八卦楼的风琴博物馆，黄荣远堂的唱片博物馆等，充分说明了"万国建筑"美誉不是浪得虚名，更令人惊叹的是在教堂唱诗班与西方音乐的滋养下，一批我国自己的音乐人才从这里走向世界。我国现代音乐事业的先驱周淑安，谱写了《抗日歌》等知名抗日救亡歌曲，培养了喻宜萱等优秀人才，指挥的中西女塾合唱队在上海舒伯特逝世100周年合唱比赛中力压英法俄德等国代表队，缔造了中国第一所音乐高等学府上海音乐学院，她在音乐上的贡献赢得了国内外的普遍尊重。其他音乐名人还有钢琴家殷承宗、卓一龙，歌唱家颜宝玲，指挥家郑小瑛等，他们的努力使得世界音乐史上镌刻了中国人的印迹，彰显了我国音乐艺术人才的东方魅力。

马约翰用强健的体魄宣示了鼓浪屿力的精神，他是中国体育界的一面旗帜。出身贫寒的他擅长短跑，在1905年上海举行的万国运动会上一举成名，力压日本运动员成为冠军。马约翰一生从事体育事业，倡导"动是健康的泉源"，培养了大量的优秀体育人才，是中国近代体育史上的体育教育专家。与力的精神相毗邻的是医学事业，鼓浪屿的医学名人乃誉为"万婴之母"的林巧稚，她亲手接生的婴儿有5万多名，杂交水稻之父袁隆平就是经她之手来到世间，给全人类造福的。1950年，林巧稚创办了北京妇产医院，在行医实践中不断进行理论总结，培养一代代接班人，是中国妇产科学的开拓者和奠基人，是卓越的人民医学家。环岛泛游快至尾声，鼓浪屿毓园林巧稚纪念馆令我顾盼生辉，在对她的致敬中慨叹新生命的神奇及其"过桥人"的伟大。

  结束了观光车泛游，我们缓步踱入了鼓浪屿的腹地，上下山的台阶路其实就是人们居住的一条条胡同，工部局址、黄聚德堂、私家庭院门口，三明路、福州路、鼓新路路口，处处是人路路是人，尤其是宏宁医院旧址的船屋转角，是年轻人拥趸的网红打卡地，就那么五六平方大小的一块斜坡，挤挤挨挨的几乎都是年轻人，那些春光四溢的少男少女，排着奇怪的队形依次和船屋拍照，希望在与这栋老建筑的近距离接触中，留下自己的印记和回忆。龙头路是鼓浪屿上最重要的美食街，著名小吃店遍布，又是人山人海的世界，令我特别注目的是非物质文化遗产"蛋满灌"，不知是一种如何的美食力，竟让店里店外的空间完全被人群堵塞，来往旅客只得扁着身子通行。我抑制不住好奇多看了几眼，并拍照记之，但却没有把这个非物质文化美食看个真切，只闻其香不见其物，在一种悠长的怀想中离去，饥肠辘辘的我加紧了向海隐记的前进脚步，这是我们将要用餐的美食一隅，我对她充满了想象……

时间潜沉，夜的黑劝离了不少游客，我可以不再担心这座岛屿的承负之重了。沿着环岛路向三丘田码头逸去，终于见到了跳广场舞的当地人，这两处共计约莫二十人的广场舞者，令我激动莫名。我不知道，她们每天在做什么在想什么，那么多外地人涌向她们的家园，当地人是开心迎客还是忧愁满腹呢，我想应该是开心的罢，毕竟这带给他们更好的繁荣发展、更好的生活福利。这人来人往的热闹使我想起了老家大湾村，那是日益空心的老人村，连留守儿童和中年妇女都很少见。二三十岁的父母辈青年人外出打工挣钱，五六十岁的祖父母辈中年人在县城带孙儿陪

读书，唯有七八十岁的老年人动弹不得，或者说是不愿动弹，百十个老人勉强撑起这小村穹庐似的天空，他们早中晚三次从村头村尾蹒跚而来，在村中杂货店里或田心桥上对望几眼，咧着空荡荡的嘴巴，打趣几声，笑骂一会儿，然后集体对过去激情燃烧的岁月缅怀一阵，丢下"鬼打死个人"之类的话，在落日余晖中隐向各自的屋宇。晚上八九点钟的村庄人声寂寥、灯若渔火、路似遗址，偶尔的犬吠不是向陌生人发，而是太过无聊的狗狗们在向该村千千万万的人和狗的先辈魂灵发，真真是叫了个寂寞。

鼓浪屿的人们似乎也很是寂寞，广场舞人数少得寂寞，喇叭声小得寂寞，游客累得寂寞，生意人忙得寂寞，建筑物闲得寂寞，山花树叶落得寂寞，整个小岛确乎是人山人海，但绝不是人声鼎沸。我非常惊讶于我的这一发现，难道每个人都想要静静地留下自己独特的印迹吗？

汽笛声响，马达轰鸣，轮船上的人们又蜂拥攀着船舷，向鼓浪屿作最后告别。遥远的日光岩畔，民族英雄郑成功的雕像耸立在最高处，他面朝大海、身披盔甲、手按宝剑，气势凛然地向儿郎们陈说台湾的历史与今天，祖国统一是中华民族团结进步的重要精神标识，从远古走向未来，从传统走向现代，从理想走向实践。郑成功、施琅、林巧稚、马约翰等都是留下了自己深深印迹的、具有强烈辨识度的人，鼓浪屿的过客和当地居民也在努力留下印迹成为有辨识度的人，就连万国建筑的外国人，也有他们的印迹，在提醒我们屈辱岁月的同时，也丰富了人类多元文化的内涵。我们每一代从"过桥人"手上走来的新生儿，甫一降生就行进在培养辨识能力和被辨识能力的人生旅途中，当每一个个体生命走向花落的时候，应该都具有美的辨识度，都能对国家对社会对民族有所贡献。

（2023年4月于厦门鼓浪屿。）

伤小西

小西死了，死得很不伟大，是在一群公狗交配权的斗争中惨死。

小西死得挺冤，一只才半岁、体重10来斤的未成年小公狗，它是没有性的欲望的，然而，却死于一场性权的争斗中，令人颇为发恨。

十二月处年轮头尾相交之界，难道真的有一种神秘的力量在搅动生命运行的常理吗？是日，先是微信圈跳出一张张血腥画面，老家的乡村公路上，两辆摩托车不知以如何的速度猛烈相撞，两位车手当即毙命，一个40岁左右的男子横尸马路，殷红的鲜血如同给他铺了一个红地毯，我从未见过如此鲜红如此阔面的人血。

小西同样也是血尽而亡。母亲告诉我，小西被成年公狗咬伤后，忍痛奔回家里，希望得到救助，然而家里空无一人，小西的血把大庭院画了好些个血圈，最后卧在血泊里骤然死去。母亲说，她也就离家在县城住了一晚，没想到，就发生如此惨事。

生命如此之脆弱，不论是狗命还是人命，在恶力面前，都不堪一击，若飞絮，若齑粉，若薄翼，稍有外力，立马遁形。

我一直在想，最大的苦痛到底有多大？生命是一种十分强大的力量，它几乎可以应对一切苦痛。记得学过一篇文章《种子的力量》，告诉我们，种子代表生命，只要生命存在，不论种子身在何处，都能战胜一切苦痛顽强生长，夏衍先生告诉我们，不论是在头盖骨里，不论是在石块下，不论是在瓦砾堆里，种子都会发出可怕的力量，茁壮成长。

相比植物的生命，动物的生命要脆弱得多，但作为一种生命忍受苦痛的能力却是一样的。

精子是以量大从而彰显它们顽强的生命，一旦成为受精卵，其力量也是非常可怕的，就这么一个小不点，竟然可以演变成有血有肉、能跳会思考的生命体。不论是人的生命，还是狗的生命，能够作为一名婴儿顺利降生，就已经承受了无数次的生死考验。从婴幼到儿童少年直至成年，又是经过疾病、天灾、人祸等无数次的生死考验。凡此种种，足以说明生命的强大，也足以说明生命承受苦痛能力的无极限。

然而，生命唯一不能承受的苦痛是死亡。死亡是一种可怕的力量，它比种子的力量还大，大到我们甫一降生，第一件事件就是与死亡作斗争，而且这个斗争如同挥之不去的梦魇会纠缠我们一生。

在生命的终结剧场上，我们大多情况下是不关己痛的看客，无非是一些感慨与怅然，时间会让他们成为过眼云烟。只有切肤之痛的生命终结，才会在你心上留下伤疤，且会让你真正停下前进的脚步作一些认真的思考。

我已思考过多次（其实我不想用多次这个词）。第一次是我的亲外甥在2003年的一场车祸中离去，那个9岁的活蹦乱跳的小生命，转瞬就被大卡车夺去，让我第一次有了一种无常的刺痛。2006年老父亲的仙逝，使我多年梦里父亲反复去世的场景成为现实，一次次的梦父逝去，醒来后我都急冲到厨房，看到父亲正在忙碌做饭，我都有一种无比的心安与欢慰。这紧悬的害怕心弦在2006年彻底放开了，彼时父亲已驾鹤仙去，让我对生命离去的害怕已无根可立、无枝可依、无形可附。现在时时梦着父亲活的样子，在梦里总是欣喜若狂，原来父亲没死呢。然而，醒后就是徒然的惆怅与无边的落寞了。这种苦痛是一种慢性疾病，会困扰你一生。2011年，我13岁的亲侄女溺水而亡，一个智力超群学业出类拔萃的花季少女在人世间匆匆而过，看着她的身体在熊熊炉火中变成灰烬，你感受了那种失去的创痛对整个家族的打击。

我送过白发人，也送过黑发人。今天，我想送一送我老家那只半岁的体重10来斤的狗狗小西。

小西这个名字是我儿子取的。小西有兄妹6个，在2016年的夏天出生。我和儿子回到老家时，他们出生才一周，眼睛未睁开。幼儿园刚毕业的儿子认不得几个字，他想给小狗狗取名字，首先想到小强、小三两个名字，送给了老大和老三，苦思半天终于想到东南西北四字，分别命名为小东（老二），小西（老五）、小北（老四）、小南（老六）。有了名字，儿子逢人就介绍他可爱的狗狗们。

　　夏天酷热，狗妈妈不愿卧在铺有棉衣的狗窝给狗狗们喂奶，没睁眼的小西和他的兄妹们饿得哇哇鸣叫，儿子就一只只把他们抱在狗妈妈怀里吃奶，吃完后又细心地抱回狗窝。儿子总想早日看到狗狗们水汪汪的大眼睛，然而直到我们离开回京，也没亲眼看到小西那清澈的眼神。奶奶说，狗儿出生后不能过门槛，只要过一个门槛就得再晚一周睁眼，儿子后悔莫及，说待到放寒假早点回去看小西。就在小西惨死的晚上，儿子突然说，小西他们应该从幼儿园毕业了吧，然而，他不知道，我们是永远看不到小西了。

　　刚读一年级的头两月，小西小南是我们每天谈话的热词。儿子说，尽管江西对他不好（指被蚊虫叮咬肿疼），然而他还是很爱江西，因为那里有他最爱的小狗、小鸡和小燕子们。我一直希望儿子的童年世界有些我童年的经历，不能只有城市的钢筋水泥和机械电子，而应该还要有一些大自然的泥土芳香与虫萤呢喃，在他的身体里不仅流淌我的祖辈血液，而且也流传我的故土文脉。

儿子正在学英语，为了鼓励他，我说让小西小南也跟你学吧，他说，小西他们还小，只能上幼儿园，不要学这些知识，等我学好了教他们，到时带他们去国外旅游。每次一放学，儿子总问我，小西他们今天怎么样了，他们都说了些什么话。

老家的狗狗，其实我们跟他们相处没有几天，然而却像是朝夕相处，如同亲人一样。狗是人类最忠诚的伙伴，谁又会拒绝承认他们就是我们的亲人呢。

老家的狗狗，绝然不是需要人们给它穿衣戴帽的宠物狗，而是看家狗，他会为主人尽责地守卫家园。只要你是这个家里的成员，无论你是否与他们见过面，无论你与他们相处的时间有多短，狗狗都会视你为亲人。我每次回家，狗妈妈都会欢快迎我，她的孩子从来没见过我，也会风一样地跑出来，摇着尾巴拉着我这个游子进家门。如此亲人般的狗狗，即便他们对陌生人表现出一种无礼甚或凶狠的样子，我也不会批评他们，因为他们只是尽职而已。

今天，小西死了。死得如此凄惨，让我不胜悲戚。

夜深的晚上，听着儿子安然入睡的鼻息声，我在想，他估计还不知道小西的情况呢，他心里还在期盼着与小西早日相见呢。此前，小西的兄妹们就早就离散了，老母亲照顾不了这么多狗狗，或送人，或售卖，小西的四个兄妹早已不在我家，只剩下小西与小南跟着狗妈妈。

  我感觉极为胸闷，披衣而起，坐在桌前想为小西写下点什么。

  小西之死，是动物界的事，但却与人类与我们的生活有着巨大的联系。在我小时候，狗狗非常多，公狗母狗都有，很多人家喜欢养母狗，因为可以下崽卖钱补贴家用。如此，公狗反而少于母狗，交配权的获得是极为简单容易的。我们经常干扰那些正在交配的公狗，不让人家过正常的性生活。小孩们拿着柴棍、石头非要把人家分开，公狗们不但不咬人，反而是安安静静任由我们追打，最多是悻悻地离去。

  据说，小西是跟着狗妈妈出去的，他没有性的欲望，可能是误以为公狗在欺负他妈妈，最多叫唤了几声，竟被成年公狗视为大敌，撕咬至死。近年来，人们越来越爱吃狗肉，尤其是喜欢吃公狗，说是可以壮阳滋补，反正是对人体大有补益的。结果，公狗数量急剧膨胀，公母比例悬殊，交配权的获得就成为一个极为突出的矛盾（据说，我老家的剩男很多，离婚新寡的妇女十分抢手，如此，很多人伦道德也就不为人们所重视了）。

为了性权而咬死本不相干的小公狗，听来令人胆寒。然而，更胆寒的是人类的怯懦，人们见到成年公狗咬死未成年小公狗而不去驱赶，据说是害怕。

人们为什么害怕狗呢，原因是农村人口越来越少，青壮年外出务工，在家的不是老就是小，最多有一些中年妇女，平均算来，每家也就一两口人看家。物进人退，难道真的到了王朔所说的《动物凶猛》世界了吗。这不能不说，乡村社会的衰落不仅成为一个现实，而且人类文化之根消逝也毋庸置疑。

文化之根在农村，不是说农村拥有多丰富多高雅的文化，而是指最朴实最传统最真实的文化在农村。农村人的淳朴、厚道与热情多年来使我们津津乐道，然而，小西事件更令人胆寒的是折射出了人性的冷漠。

　　害怕凶猛的公狗固然情有可原，但是，真正的根源还是人性的冷漠与短视。只要伤害的不是我的东西，我也就懒得去管，这种人人自扫门前雪的冷漠最终会导致人人自危。在凶猛的动物世界中，在凶猛的人类世界中，在凶猛的星球世界中，如果长此以往，人的文化之根、民族之根、球权之根定然会土崩瓦解。彼时，即便想成为飞絮、想成为畜粉、想成为薄翼，也是不能了。

（2016年11月于北京。）

四 祭文稿

祭父文稿

岁在丙戌暮冬腊月 19 日寅时（公元 2007 年 2 月 6 日），日月失辉，星汉黯淡，江川滞流，松涛息声。是日，吾父驾鹤仙去矣。

儿不孝，祸延慈父，为子之道，何以心安？今欲折其颅，断其肢，碎其骨，粉其身，奈罪孽深重，百身难赎也。

吾父一生，虽无有惊天动地之功绩，却谓凡人之伟男也。

父生逢乱世，1939 年，当国难之时，父历避战祸，崛而长之，而至成人也。是时，家穷，吾祖无奈，劝子退学，父读三载旧学，继赴他镇习新学二春秋，

终辍学归田，希冀断矣。

岁当少年，父三出瑶溪，远赴他乡，重拾少小之志。驾机车，建厂房，精技术，累明知；忙时求业务骨干之美誉，闲时摘诙谐娱戏之声名。可谓是破土之青笋，出水之莲荷，初生之牛犊，新出之红日，生机盎然，风华正茂矣。

然世事易变，国之困窘，累迁至人，父弃所长再归农也。

青壮之年，父从祖之言，迎娶吾母。从此：外出从耕，在家教子；偶从匠泥，或有浅酬；间做丝竹之音，又谈笑话人生；苦中有乐，乐而忆艰，此乃生活之一大幸也。

父生子女六，吾祖穷且早逝，祖母体弱，无以援手。父乃起家于穷白之基，吾母助之，斗室而居四十载，终得以获居室一幢，经年苦营，扩而大之，以自成方圆百里之雄业，为世人称道也。

父有兄妹五人，皆聪明灵机，实乃其辈之罕有。父能文亦武，机敏能干，可谓是领衔之蛟龙也。

父能言善辩，与人相争，擅揭其痛处，一击致命。

但凡对手愈强,父益强,每有精言妙语,痛快淋漓之战绩。叹吾笔枯涩,无以述矣。

父能工巧匠,继吾祖传,光大刘氏匠泥世家之豪誉,少之时,已彰能匠大师之风。吾祖曾病,遇顾主事急,命吾父前往代其奠基开工,规划屋宇。当是时,吾父从师不足一月。后,吾祖病好,前往检视,父之规划尽善尽美。苛刻如吾祖者,亦频频点头,叹之许之。

父心细如发,每有大事,父乃周详虑之,无有纰漏。但凡建房、婚嫁迎娶之事,大小如购物、人数、一碗一筷之,无有他人之助,父乃备述至之。人叹其高山仰止,四方宾服。

父素有谋略,能以颗米而为大粥,以粒谷而就良仓,以涓流而至泉涌,以断桩而树大林。忆往昔,吾母病重,父尽举家所积,再缠累债,救吾母于一线之垂。人皆曰吾家永不得翻身矣。是时,父承接建筑于须臾,间以起早贪黑之勤劳,值吾新宇圆工之际,父亦利商贾之法,去吾家累债大半也,几次三番,父从债潭全身而退,终成干净之身矣。

父一生骄傲在其子矣。想吾父一介穷农，躬耕于农田，徙往于阡陌，视土地为命根，珍水稻为血脉，终其一生，依皈大地。村野之中，凭泥茧之手，送出大学读书一人，荣也；二人，骄也；三人，则豪也。吾父有子六，三已送出，并皆有小成，农野之中，如此之事，少有也，父虽穷，然光荣无限矣。庶几之人，纵有钱币，却无父之声名也。

父以子骄，子以父傲。吾以吾父而豪之。

奈何天不假年，父无以闻儿之成就，当吾之憾事、悲事、撕心裂肺之痛事矣。

吾以吾作祭吾父。愿其冥中安息矣！

祭舅文稿

时在戊戌暮秋初七，舅父贺氏银定老大人驾鹤仙游，享年七十，自云得寿，淡然离去，奈何我等盼之百年，事与愿违，徒然凄切，唯留牵挂长伤心耶！

寒冬萧瑟风乍起，一壶清雪煮酒温。舅父坚强，笑看惨淡人生，雄起百年基业。舅6岁丧母，饥饱谁知？幸赖天佑，顽强生长。有姐呵护，一丝温暖。穷困夹击，意志益强。病灾来袭，身躯更康。衣不蔽体，天地织纺。酷寒酷暑，权当纳凉。人情冷暖，自有嘉赏。倔而长之，雄壮一方。少年失母，青年主家，中年为官，老年偏瘫，其间困苦，百世不遇，舅以惊人之坚强，成众生之凤望，博天下之英名，老少男女，呼之英雄，受之无过也！

江汉春风起，冰霜昨夜除。舅父慈善，不与人争，不与世争，不与命争。舅饱经穷困，深知援人一手如造七级浮屠。与人为善，人善之。舅仗七尺强躯，助人从不惜力。见幼负重，连幼带重，托举而行。见妇挑担，无论亲疏，接挑而行。见老蹒跚，急步趋近，携扶而行。见人生活于水火，尽全力资之，助脱困境。见人冲突于拳脚，尽仁慈之勇，干戈布帛。见人大难已临头，尽盖世豪气，陪伴始终。舅知足常乐，深知世事无常荣辱昙花一现。与世无争，世厚之。赖祖上余荫，舅入世感恩戴德。外祖上曾盛极一时，转瞬人丁凋敝，外祖父零落成孤儿，舅之亲人相继病故，世待可谓不公，然舅父如历天上人间，如走乌蒙泥丸，

如处庙堂江湖，泰然安之。舅感世之厚馈，于和平年代勤耕细作，以伟男一人之毕生力量，造就弱女六人之幸福人生，大爱所至，子孙满堂，舅怡然于天伦之乐，不知世之富贵也。舅闲庭信步，深知命运乖合可遇不可求也。命乖亦可遇，命合不强求。乖之不忧，合之不喜。是则人处深谷高峰，皆命之所在，人力难逮。通达此理，人生不亦快乎哉！

芳菲歇去何须恨，夏木阴阴正可人。舅父能人巧匠，佳作世人歌，功德永流芳。舅幼习木艺，少年成名，为方圆百里之巧匠也！双十之年，桃李教之，徒奔来拜，初具宗师气象。凭木艺之才，迎娶舅母，成家立业。尔后助亲友，帮众邻，皆赖木艺之巨力。阡陌之中，舅纵牛犁耕，鱼米满仓；阡陌之外，舅手抱肩挑，日月满堂。真可谓是两手辟开名利路，一肩挑尽落阳春。中年之时，力量满盈，凡有所指，开弓搭箭，应声而落。雄赳赳跨越三千山，气昂昂收获万家酬。舅木而优则仕，成先进，入组织，选村长，任支书。无荣光而不得，无责任而不尽。子承父志，为党为地方为人民，鞠躬尽瘁，死而后已，乃成党和人民中之大能人。当时议之，无不侧目；今人感之，无不动容；后世论之，必吾娘族吾乡村千古之一人耳！老之已至，舅老当益壮，壮心不已，然天不怜人，大病不断，英雄迟暮，跌跌撞撞，偏瘫卧床，命收天上，吾之恨也。

秋风秋雨愁煞人，高山流水情永恒。舅父以大山之雄心，大海之柔情，宽以待人，严于律己，是吾等心中之丰碑。舅乃春花灿烂中之沉着，舅乃夏日炎炎中之清凉，舅乃秋风落叶中之达观，舅乃冬雪酷寒中之阳光！今日，舅追月而走，带走我们之阳光，带走我们之达观，带走我们之清凉，带走我们之沉着。惶惶乎！茫茫乎！战战乎！"舅去相见可有期？我知梦里是佳期。舅若垂怜人间儿，冰河铁马说传奇。"相见时难别亦难，东风无力百花残。我以薄酒随风洒，祭奠娘舅安息吧。呜呼！

祭甥文稿

2003年3月15日（农历二月十三日），一个鲜活的、年幼的生命，在我遥远的故乡逝去了。那是一

个什么样的天？我想，肯定是阴云沉沉、冰冷凄清的时日。不然，怎会带给我如此沉重的悲痛呢。18日中午，当妹妹在电话里说我的小外甥被卡车夺去了年仅七岁的小生命时，我惊得乱了分寸。我不相信我的小外甥就这样永远、永远地离开了我。

记不清与小外甥的最后相处是什么时刻了。可以肯定，大年初三我还带着他冒了严寒、踩着泥泞去五里之外的姑妈家拜年。一路上，小外甥非常兴奋，他穿着一件蓝猫牌牛仔衣，脚上套着一双吃水很深的帆布鞋，裤管卷得很高，在我的前后左右奔跑着。鼻子里吭赤吭赤地喘着气，一路上老是问我还有多远。看着他充满稚气的脸，我总是骗他说，很快就到。这有点像我小时候，那时去湖南外婆家拜年，也总是这样问父亲，同样地，也总是被父亲哄着，说过了那个山头就到了。

走了很久，小外甥觉出了点门道，问我还有几分钟可到。我说再要五分钟就可以了。于是，他就很机灵地一分钟一分钟地问我，直到五分钟过去了，我们还在路上，他就笑着说，舅舅骗人，我不跟你玩了。

为了补偿他的受骗，我答应给他买鞭炮，买完鞭炮时，他还自己掏钱买了小纸牌。他数着兜里的钱，对我说，你要是给我一块钱，我就有十块钱了。我说回家给他，可后来竟忘记了，他也没向我要。现在想来，真是后悔不已，这是一生的遗憾啊。

到了姑妈家，小外甥到处疯跑起来。我的大外甥女星星带着他和他的小姐姐妹仔，拿着鞭炮去池塘里炸鱼。他冻得鼻涕直流，说话瓮声瓮气，但就是不肯去烤火。后来，表弟给他买了玩具枪，于是，更增加了他的英勇气概了。整个下午，他就这样不知疲倦地在这个酷寒的冬日里享受他的童年世界。看着他，我就想起自己的童年，不过那时没有枪也没有车，玩的只是些儿童游戏，但那是一个绝对安全平静的世界！

由于我有事，当天就回家了，小外甥交给我二哥照看，第二天他们才回到我家。整个初四日都是好天气，出了太阳，小外甥还在玩他的枪，但质量太差，子弹经常卡在枪管里，时时掉在地上。这时，小外甥就赔着笑脸来求我给他修理枪。修完后，我总是要求打一发子弹，他只得任我打完，然后满地寻找子弹。

小外甥总是显得精力特别充沛，加上他小姐姐配合默契，他们经常弄得我五岁的小侄女刘晶哇哇大哭，然后他们装着不是故意的神情，以至于我父母说他是小魔王。看来这小家伙搞得他外公外婆不得安宁了，于是遣送回家。当天下午，他就跟着我二嫂回自己家了，没想到这竟是我和他的最后一面。

小外甥的妈妈——我二姐，是个苦命的人。她排行第三，小时候，由我大姐带着（因为父母要去劳动攒工分，没有办法照看小孩子）。据说有一次，大姐把她放在一块晒谷场上，用一件衣服盖着，就自个玩去了。这时，一群水牛从此走过，一老奶奶大呼，这小孩没命了。幸运的是，二姐安然无恙，睡得正甜呢。

二姐小时候特别聪明，会读书，老师总是夸她将来有出息。当时，二哥与她同班，但他成绩总是不好，我记得二哥还总是抄二姐的作文。父母无暇照顾我，我就成了二姐的拖油瓶，带着我去听课，可我总是大哭，还喜欢尿裤子，弄得她经常没法听课，可二姐的成绩总是班上第一。

那个年代，农村孩子非常可怜。寒冬季节，小孩们怕冷，上学就提着个瓷钵，里面放着柴火块，用以取暖过冬。我家很穷，没钱买木炭，晚上，父亲把烧得红通通的火块用水浇灭，就成了黑乎乎的木炭，第二天可供我们取暖。由于我们姐弟仨都在读书，木炭经常不够用，二姐带的最少。可是，到学校后，其他成绩不好的学生总是进贡二姐很多木炭，以讨好她。于是，我这个小弟经常会得到二姐的"贡品"。我对二姐非常敬佩，学习是尖子，劳动也是能手。她经常要去干活，到田地里拾稻穗，以补贴家用。我和二哥就知道疯玩，却不懂得姐姐们的辛苦。二姐三年级只读了半年就辍学了，这是历史的不幸，也是家庭的不幸。

我小时候很顽皮，经常不听姐姐们的话。于是，她们就吓唬我，说我不是爹妈亲生的，是树上捡来的，要送我回到那棵树上。我经常吓得大哭，但在爹妈的呵护下，第二天又耀武扬威了。记得有一次，二姐与邻居家一女孩比试说几刀能砍断一根树枝，我很霸道地跑过去把手放在上面，不准他们砍。二姐喝令我松手，可我就是不听，一怒之下，刀就下去了。结果是

我的食指比另一只手的食指短了一丁儿。每当说起此事,我总是说要报仇。二姐也显得很后悔,不知怎么,竟与自己的小弟成仇人了。

十八九岁的时候,二姐就去打工赚钱了。在一个鞋厂做了小组长,还是显出了她的聪明能力。那时,我读初中二年级,二姐回家总是带给我无限的惊喜。我经常盼望二姐的回家,这成为我生活中很重要的部分。记得是在1990年,我从学校回家,发现二姐带回很多糖果,我高兴得大吃大嚼,用狼吞虎咽来形容并不过分。那时,觉得二姐就像天使一样。在师范读书时,二姐和大哥带我进城给我买了第一双皮鞋,我的高兴劲儿就别提了,于是,总希望二姐留在家里永远陪着我们。

尽管我不喜欢别的男孩子来追求二姐(那时二姐非常漂亮,追求者很多),但当一个与我同名同姓的青年成为我姐夫时,我还是认同了二姐的选择。于是,我又多了外甥女、外甥了。小外甥是在我家出生的,刚出生时,脸上涨得紫黑的,家人非常担心,但他却坚强地生存下来,并长得很壮实。来我家时,他总是对他外婆说，"外婆，我是这里出生的哦，那我本来是这里的人了"。外婆说，你不是这里的人，你是爷爷奶奶家的人。但小外甥不这样认为，他总是在我家显示出他比小姐姐更有资格住在这里的神情。

长大了，小外甥读书了。由于二姐和姐夫都在县城，他就转到城里的小学读书。离开爷爷奶奶很久，于是，奶奶接他回家玩，三月十四日晚上，小外甥还对外婆说，我要去外婆家，可第二天还是回奶奶家了。当他下车欢快地横穿马路时，一辆大卡车无情地把他吞没了。

我坐在书桌前，无法想象这样的惨景。这时，窗外有小孩叫爸爸的声音，我那可怜的小外甥却在另一个世界了，他再也不会叫任何人了。或许，他可以不必承受这尘世的折磨应当是他的不幸，但也是他的大幸了。外面扬声器传出《英雄》悲怆的主题曲，似乎在为我的小外甥超度。

此时此刻，我没有眼泪……

安息吧，我可爱的小外甥。

祭侄文稿

　　一条自然小河，一座人工堤坝，一处城郊水乡，一片蓝天乐土。本应是人们休闲惬意、排愁遣忧的圣地，然而几十年来，竟成为悲伤之地。鲜活地行走在堤坝上的生命，瞬间便成为水中离魂。任家人死去活来，任路人扼腕叹息，任村民悲愤交加，任闻者惊惧变色……

　　2011年7月15日下午2时左右，一个13岁的女学生与一个外来务工者同时淹死在塘村堤坝中（务工者是为搭救女学生而亡）。家人悲痛欲绝，路人扼腕叹息，村民难掩新忧。

　　女学生刘晶，某县瑶山乡人，予之侄女。就读县城中学的七（10）班，成绩非常优秀，全班第一名，在全年级近1000人的学生中，排名第19。该学生小学阶段就读于城关小学，从一年级到六年级，年年名列前茅，深得老师与同学的喜欢。可以说，是某县一颗极其优秀的读书种子。当地人都痛心与无奈地哀叹：可惜了一个高材生！

7月15日，女学生上午补课时，与同班补课的女同学朱棋相约下午去做作业。朱棋家住滨河路，女学生与其他两个女同伴经东门桥、水泥厂，行至堤坝一侧，朱棋经滨河路行至堤坝另一侧。朱棋招手让女学生等过去。由于当日下过雨，河水高出堤坝约9寸，水流较急，加上时间久远，堤坝长满青苔，堤坝下段是S形坡面，也长满青苔，极其光滑。女学生涉水不到一半，失足滑倒，沿堤坝S形坡面跌入水中，务工者去救，结果两人皆淹死。女学生与务工者溺水后，刑警、消防、派出所都出动人员营救，无奈没有任何水中营救设备，只能望水兴叹，无能为力。女学生遗体是在第二天下午四时左右用钩子找到的，救人英雄遗体是在第三天上午浮上水面而找到的。

　　这座堤坝自从兴建后，据塘村村民报告统计，"共计淹死四五十人，被我村救上岸的就有十多人。"村民尹民讲，"有四辆农用车曾翻倒水中，滑入其中的自行车无数。"

　　年逾80岁的车村村民尹防老先生回忆，这座堤坝是在他18岁左右兴建的，大概是1949年左右。

建此堤坝的目的与用途主要是某镇的杨村、某乡的前村农田灌溉。曾任车村村长的彭中说，1999年，某乡由于用水需要，对堤坝进行维修与加高，把本来是全斜坡状的堤坝，改变成上半段为长方体，下半段为S形的整体为梯形状堤坝，增加高度约为一尺。正因为长方体的上半段直入水中，造成两个结果：一是蓄水量增加，二是长方体的平面客观上促成人们可在其上行走。这可能就是惨剧的祸源。

围绕堤坝加高之事，发生了一段纠纷。当时，堤坝维修费用由水务局拨款，某乡厘村支部书记颜汀承包。"坝高一寸，水高一尺"，加高堤坝会对车村产生不良影响。村长彭中带领村民制止颜汀等的行为，彭亲自用锄头挖破堤面，理直气壮地说，"施工方不经河流所在地车村同意，也不打招呼，就私自加坝，明显损害了车村的利益，作为一村村长，为了本村百姓利益，虽死也要与侵害方奋争。"争执当中，县里有关部门来人调解。颜也对彭竖起大拇指，说对方是好样的，自己只是个小指头。最后加高之事不了了之。

堤坝东侧有玉山公园、县水泥厂、车村，西侧有六村、水上乐园。水坝上至金村，下至东门桥。河东河西无桥通过，要想到达对岸需绕东门桥沿崎岖山路而行，长达10几公里。如由桥步行，到达对岸最多约3分钟，而绕行需花近1个小时。为图方便，踏堤涉水而过，成为人们必然选择。

路况现实是促成人们冒险通行的客观原因。在堤坝的下游，其实有一座便桥，自从被洪水冲毁，一直没有重建。某领导曾经拨款重建便桥，且打了三个桥墩，至今在堤坝下流可以看到。由于无桥，到达对岸的途径有两条：一是沿山路而行，一是踏堤而过。

车村至县城的山路周围分布着石料场、水泥厂等企业，大型载重汽车日夜通行，把一个民用公路当作工业用公路使用。在货车的碾压之下，道路变成碎石与泥沙烂路，一下雨，路面坑坑洼洼，大部分地段变成了沼泽地，十分危险。一般车辆与自行车无法通行，村民出行、小孩上学，只能穿着齐膝的雨鞋蹒跚移步。车村村民要去对面的县城，塘村村民要去对面的车村做工种地，小孩要按时上学，情急之下，久而久之，便踏堤涉水而过。如此，危险自然是避免不了，即使在 7 月 15 日淹死两人后，人们依然如故。

我的侄女刘晶没了，一个出生时就横遭烈火重创的、聪明伶俐的小姑娘，逃过了火的死神，终究未能逃过水的死神。看着她遗体滴滴答答淌水的旺盛的黑发，所有白发人都悲怆至极、虚弱至极。她的母亲哭天抢地的嘶鸣，她的父亲不发一言的沉默，我感觉到了这个小家庭死亡的破碎。焚炉中的熊熊大火把侄女在人世间的最后存迹给带走了，她早夭的亡魂没有回祖山的资格。我把她好些个红艳艳的百分试卷放入骨灰中，在一个无名的山坡，在杂草丛生的一锥之地，掩了她那无名的土罐，期望掩了关于她的所有记忆。然而，记忆或成遗忘，痛苦却注入了我的血脉我的骨髓，令我活力渐失，白发徐至，痛彻终生。

（四祭文稿原载于《中国文艺家》2022 年第七期。）

大湾纪行

2013年3月5日,阳光明媚的早春,给予我有幸认识莲花县知名文人的机缘。是日早晨8点,从莲花县城出发,在与陈移新、刘君华、刘新龙等名家的交谈中,中巴车一路飞驰,转瞬便到了目的地:神泉乡大湾村。

大湾村主任早已候在村公所,寒暄之后,我与天雄、忠南等当地人便陪同诸位先生开始了采风行程。伴随清凉的晨风,我们来到了刘镇将军的旧居。多年雨水的侵蚀,长久霜雪的摧打,已把老房子锤炼得格外"苍老",但如同他的主人刘镇将军般,经历了再多再大的苦难磨炼,反而更显坚强意志与抖擞精神。在将军后裔的讲解中,我们依稀看到将军小时候戏耍玩乐的场景。一阵唏嘘后,我们讨论着如何修缮旧居,

以恢复往日容貌。

　　沿着新修的水泥路，我们来到了大湾刘氏宗祠，门前一对石狮，栩栩如生，显出威严不可侵犯的样子。走进祠内，首先看到一个大戏台，平整而又宽大，简朴而又干净，这是逢年过节或家族大庆时，专门用来演出的，我仿佛回到了小时候戏台上花旦老生咿呀演唱的情景，当时经济社会落后，文化生活非常简单，不像现在的广播电视、电影、互联网与手机媒体，可以带给人们精神文化享受的无限选择。但是，我依然觉得当年采茶戏、赣剧等地方戏的独特魅力和深远影响力，有着别的东西无可替代之妙处，为我的童年烙进绵绵不尽的美好记忆。众位作家也是极为感慨，想不到一个小祠堂里还有这样充满传统气息的小戏台。

　　走出宗祠，沐着清风，蹚过小溪，踏上田间小路，我们来到了南岳庙。在三棵粗大的千年枫树的呵护下，南岳庙显得格外庄严、肃穆。这个寺庙全名叫南岳大湾分庙，据说是南岳衡山寺庙的僧人一路云游，来到大湾，被这里的秀山美水所感，盘桓其间，流连忘返，择地而修行。当地百姓皆以为仙兆，帮僧人修建庙宇，塑造菩萨金身，一时众生云集，香火甚旺，遂成方圆百里之名刹。如今，老寺庙已塌，新修庙宇较为偏狭，略有小气之感，但一排慈善而又威严的菩萨却显得颇为大气。我们去占卦、抽签，以卜测各自的前途命运，聊为一娱。

虔诚跪拜之后，我们踩着高低不平的山路来到了神泉希望小学旁边的一座山上，这里是种养殖基地。建起的一排排的砖制的矮房子，圈养了一群鸡、鸭、鹅等家禽，还有鸽子、毛老鼠、凤鸡之类的野味。据主人说，还将计划种植各种各样的经济果树和林木，进行多元化发展。这充分体现了新农村建设中农民思想的转变，把自己的视角从遥远的沿海放置在生养自己的土地上，智慧的头脑已转变为挣钱创事业的干劲。

参观完养殖基地后，我们经上弯里颜氏宗祠，来到了文岭自然村，这是刘李杂居的小村。屋子依山而建，与其他自然村相较地势颇高，一条小溪从门前蜿蜒而过。远处看去，该自然村呈文字形，又似笔杆形，故名为文岭。该村也不负其名，整个大湾几百年的历

史中，刘氏家族最有学识的文士就在文岭，名为刘维翰，屈指算来，他是我爷爷的爷爷的爷爷，曾被知府授予"虎观奇才"旌匾。我家的邻居就是李姓家族，只有七八户人家，其中有一家是四代秀才，上百年的老房子就是见证，正门上面悬挂着"鸾翔凤翥"的牌匾，显出李家书香门第之风。老宅子的主人李母，已是80多岁高龄，见着作家们，她十分高兴，给大家唱山歌、扭秧歌。她那孩子似的面孔，显得格外亲切，体现了老一代人的诚实和质朴。由于时间关系，我们依依不舍离开了文岭，走向了下一个采风目标——神泉湖大湾源。

行进在大湾源的路上，两旁的油菜花令人眼花缭乱，炫得大家如同醉了般，有人甚至高歌一曲，以表达自己无比畅快的情怀。新鲜的乡间空气代替了一路的劳累，原生态的绿色环境，令第一次来此地的外乡客人格外精神、心旷神怡。一路上，年轻人忍不住"哇"的一声，抛下惯有的矜持，引爆出一声一声的笑语。在那一棵棵桃花盛开的地方，照相机镜头更是闪闪发光，油菜花和桃花相间的田野，留下了我们"灿烂"的合影。途经贺氏宗祠后，我们来到了神泉湖的源头——大湾源。

碧清的湖水在环山的辉映下，显得更加湛蓝、透亮。大家分散开来，有的痴痴地欣赏着一望无际的清洌湖水，开阔视野，舒畅心情。有的拿着钓鱼竿休闲地钓鱼，以收获大自然凝结的美味。还有我们三个一起、五个一堆畅谈逗笑，在湖岸边葱葱郁郁的草地上感受秀山美水的恩赐。有人讲述这里的逸事奇闻，比如皇帝的来历、大革命后莲花县地下党第一次会议等。不觉间，时间已过中午，大湾源的美景不得不就此暂别。

下午，在村主任的主持下，开展了一个小型的座谈会，在作家们激点文字的抒想中，我仿佛看到了融红色文化、宗教文化、宗祠文化、秀才文化、山水文化等人文自然美景为一体的大湾蓝图，正徐徐拉开帷幕。

（刘建彪、刘建华，2013年3月于故园大湾文岭。）

成友宝的"爱恨情愁"

一个在六七十年代度过中小学生涯的"干部子弟",一个于八九十年代完成自学大专生涯的"地道农民",一个对母亲充满无限依恋和愧疚的"不孝儿子",一个对女儿怀着不尽阵痛和遗憾的"无能父亲",一个对亲情充满渴望但又失望的弟兄,一个邻里乡亲无法理解的思想者,一个三换导师的高龄研究生,一个三年1095天在校园里三点一线程式化行走的孤独者,一个靠212元生活补贴维持生存却又非常满足的中年人,一个被媒体无情利用增加卖点扩大收视率的新闻人物,一个最终要被社会市场挑剔的毕业学子。三年后的今天,当在"会泽百家,至公天下"的云南大学石阶上留下最后的硕士服倩影后,昔日被各种媒体追逐的中国第一个农民研究生,今天又是一个什么样的境遇呢？让我们来真正走进成友宝的内心世界，展示一个普通的本我的农民研究生形象。

1

2001年7月18日，《扬子晚报》报道了一个颇受争议的农民书生的自学成才故事。结果，此举像一根导火线一样引发了包括报纸、电视、广播、网络在内的媒体界惯有的新闻大战。其后，《新华日报》《泰州日报》《黑龙江日报》《北京晚报》《新民晚报》等数十家报纸，《知音》《爱情婚姻家庭》等十多家杂志，江苏卫视《关注》栏目、云南电视台、中央人民广播电台、中华网、新浪网、搜狐网等多家广播电视网络媒体对此作了轮番轰炸。一时间，农民书生声名鹊起，成了实实在在的一举成名天下惊的新闻人物。这个人是谁？为什么一夜之间大江南北几十家媒体要争先恐后地报道他呢？这种全方位媒体对一个农民的瞬时报道可谓是中国新闻史上的一个壮举！

这个人就是我——成友宝，江苏省兴化市林湖乡

苗家村一个"不务正业"的另类农民。1962年2月9日的一个风雨之夜,偏执于个人世界的我很不情愿地来到了人世间,长夜中呱呱的不间断啼哭声预兆了我人生途中的坎坷与多蹇。这是一个激情似火的疯狂岁月,是让所有人迷失方向的躁动时代,是全神州年青人付出青春与热血的社会主义大建设时期。因此,与所有的同时代人一样,我是不幸运的,但与大多数与我一样出生于农村的孩子相比,我又是非常幸运的,因为我很顺畅地完成了从小学、初中到高中的求学过程。

虽然我拥有与同龄人相比较多的知识,虽然我没有"上山下乡"劳动,虽然我一直以来是老师钟爱的学生,但在那写大字报批判他人的红色岁月,我无法独立于整个大环境之外,每天起来赶到学校主要做的事不是预习当天的讲授课程,而是商量批斗哪个人,该如何写大字报,当然,有时批的是自己喜欢的老师,纵使心里有万般不愿意,但这又是所批老师自己要求的,说是要改造思想,师生平等。

就这样,我在茫然的学习生涯中度过了我的童年、少年生活，即使1977年恢复了高考，然而我还是没有高度重视这方面的事情。1979年我高中毕业，当时考虑到自己基础较差，因此放弃了这次高考。毕业后的1年中，我拼命学习，弥补各个学科的差距，跌跌撞撞地参加了1980年我人生中的第一次大考，当时英语成绩的61分与现在的学生相比肯定是属于下流水平，但在那个时候我却是全校的最高分，不过，终因总分未上线而与大学无缘。

高考失败后，我凭着较好的英语基础，来到魏庄中学任代课老师。教学中，我一直对大学生活深情依慕，于1982年再次撞击高考，以总分353分，外语76分的成绩达到外语大专录取线。正当我在欣喜若狂的期待中做着大学梦时，慢慢流逝到10月份的时间告诉我命运之神要再一次折磨我的心、我的肝。时年20岁的我经历了一次大喜大悲的创痛，但年少气盛的我没有被挫折淹没，短暂的迷茫后，我在竹泓中学、张郭中学先后任教时依然坚持自学以寻求腾飞的机会，并于1984年、1985年两次与学生们一起参加高考。两次的英语成绩分别考了95分、97分，但

这单科的全县第一并没有给我带来好运。

　　四次高考的失败，我的斗志被消弭得所剩无几了，年龄的限制使我的高考上大学梦戛然而止。1986年，我辞去了代课教师的职务，回乡做了一个地地道道的农民，但我没有陶渊明那种"采菊东篱下，悠然见南山"清恬的怡情逸志，我是一个无法脱俗的普通人，但我又无法与泥土、秧苗亲密呢喃，痛苦于与乡亲们玩牌、打麻将的生活，邻里亲戚渐渐把我疏远成一个偏于自我世界的孤独的思想者，而我的3亩责任田也就在我的思考中受尽了委屈，纵使善良如农田者，她也无法容忍我的不务正业。

　　在迷惘中送走了6年的大好时光，1991年至1994年我重拾希望走上了自考之路，并拿到了英语专科文凭。随后，又坚持英语专业本科自考，从而夯实了外语基础。在获得大专文凭时乡亲们短暂的惊奇后，"又有什么用"的言论使我再一次茫然无措。这时，曾在林湖做过知青的现南京大学新闻系教授宋新桂先生鼓励我参加研究生考试。新的目标激励我以无比坚强的毅力连续参加了1997年至2001年的四次研究生入学考试，最后终于以40岁的禁限年龄踏上了硕士研究生的末班车，于2001年9月3日如愿以偿迈入云南大学这个历史名校的大门。

2

如果有人问我这辈子最爱的人是谁，"母亲"将是我最绝然肯定的回答。母亲给予了我肉身，也给予了我斗志，是我永远不倒的精神旗帜，是我世俗生命和精神生命的活力源泉，是我终生可以为之付出的慈母，也是我这一辈子最为愧疚也最对不起的人儿。因为，当所有人都忘却我的时候，唯有世界上最伟大的母爱在点亮我生命中的明灯，当我穷困潦倒而又无以得到同情的时候，唯有这人间最伟大的母亲从自己的牙隙里节攒下最为珍贵的几元钱接济着我这个30来岁的壮年汉子，当我在酷暑寒冬里或饥渴难忍或瑟瑟发抖时，唯有我那年老体弱、满头白发、皱纹纵横、颤巍巍迈动小步的可怜的老母在时刻关心她那饱受非议的小儿子。

母亲苦了一辈子，护佑了我一辈子，为了我忍受了各方面对她的不公平的议论，但她从不抱怨什么，对我从没有什么索求，唯有的只是对不幸儿子的无限奉献，履行了天下母亲所有该尽和不该尽的职责，对我从不奢求什么，哪怕是在她病重时也从不坚持要我在春节时回家与她一起度过生命中她最后的一个春节。

那是在2002年底，一向多病的母亲终于被病魔击倒——胆结石引起的胆管癌。据医生说，如果早发现三四个月，这种病完全有希望治疗，把结石拿掉就可以延长我母亲的生命。我好悔啊，如果我不是在读书的话，如果我能够赚一点钱的话，如果我多关心一点我母亲的话，我想母亲不至于这么早就离我而去，她还要等儿子出来工作后接到大城市去享享清福呢！我可怜又可敬的母亲，你让我一辈子都无法原谅我自己，无法原谅我的粗心和自私！

我依然清晰记得母亲在电话里与我的话语："儿啊，这个春节你回来吧，娘想你呢，一年难得这么一个万家团圆的春节，你向老师请个假回家看看吧，在外读书生活困难,娘为你留了一只周年母鸡,杀了为你补补身子吧。""娘,我想这边多看点书,我基础较差,要赶上同学还得努一把力啊,何况回来一次要花很多路费,你看我就不回来了,母鸡杀了你自己好好补补身体,毕业后等我有了钱一定把你接到大城市里看看。""儿啊,你在那边要注意身体,不要苦了自己,这只老母鸡我替你留着……"

我哪想到母亲与我打电话时正忍受着病痛的折磨(这是小妹后来告诉我的),或许母亲感到自己时日不多,据家人说,她非常渴望在外的儿子回来与她过这个团圆年,然而,一向不索求的母亲终于提出的唯一要求却没有实现。

2003年7月20日母亲去世,我唯一能够弥补的机会是在她弥留之际陪伴了短暂的二十来天时间。我久久长跪在母亲的灵柩前表达一个不孝儿子的无尽哀思,即使自己腰肌劳损也在所不惜。或许,这样能稍稍缓解我的一点罪过吧,当然,我不奢求得到母亲的原谅。

3

1991年,我那未满周岁的女儿跟着她的亲生母亲和继父生活在一起。当年无法控制自己命运的我根本无暇也没有能力照顾她,谁曾想,与女儿一别竟达14年,咫尺之间却无法与之一见,到现在,我女儿也该14岁了吧?只可惜我这个无能的父亲竟没有尽到为人父的丁点责任。唯一可心宽的是她能够健康长大。

然而,我无法平衡我良心的天平。作为那个大时代出生的我的不幸是大环境给予的,我无怨无悔,并且相比同龄人我又是很幸运的,因为作为村干部子弟的我毕竟顺利读完了高中,这要感谢我那做村支书的父亲。可是,出生于90年代新时期的我的女儿,其命运却还不如出生60年代的我,甚至比我的同龄人还要糟,这的确对女儿来说是极不公平的,我想大半责任在于我身上。

女儿竟然没有读书!这是我最为痛心的。她应当拥有同龄人一样的幸福和欢乐,她本可以与其他小孩一样在窗明几净的教室里读"野旷天低树,江清月近人"等古人的优美诗篇。然而，她却不能。她只能重复我的宿命，只能与泥土和水稻在日出和日落之间依偎着。

2001年我考上研究生那年，我与家人商量想把女儿领回来自己教育，然而其继父索要的3万元抚养费却使我为难了，因为一贫如洗的我根本拿不出这么多的钱，更何况我读书需要花很多资金。于是，这事就耽搁下来，一拖又是三年。当我翱翔于知识的海洋中时，女儿却作为一个文盲饱受他人的冷眼和指责。

我想，终有一天，我要为女儿做点什么，哪怕是能在生活和经济上给予一点关心和帮助，我将会感到欣慰些。

4

1989年，四次高考失败的我迫于各方面的压力在父母的主张下与邻村一个素不交往的姑娘结婚。其实，我也想做一个好丈夫，做一个让女人自豪的强男人，做一个有责任心的慈父亲。然而，现实是残酷的，我不是一个称职的农民，尽管我在责任田里花了很多心思，但收获却是那样的微薄。于是，我又想回到书堆里去了，拿起书我就有一种莫名的振奋和愉悦，有一种忘记烦琐的超脱，有一种行云流水般的清静和无比的自信。

可是，我不能安闲于个人的世界。由于我的内向和不善沟通，邻里乡亲把我看成一个孤独的陌生者，妻子也认为嫁给我这么个人是件丢人的事，再加上我的不善农事，妻子更是借故经常回娘家，她对我们这个小家失去了信心。最后，在她的一再要求下，我们协议离婚。我唯一的要求是她必须抚养不满周岁的女儿，因为我实在没有能力也没有心思去抚育一个弱不禁风的婴儿。离婚当年，妻子就嫁给了邻村的一个农民，这是一个能干的庄稼汉。我想，道不同不相为谋，天要下雨，娘要嫁人，谁也无法阻挡，就让她去吧。

2001年我考上研究生的那年，我想是不是命运之神在垂怜我这受尽磨难的书生了，竟然有一位湘妹子主动提出要与我交朋友。她是在看了网络对我的报道后产生这个想法的，她说为我的经历深深触动，因此决定尽她的努力来抚慰我受尽凌辱的心灵，用女性的爱来做我学习和事业的坚强后盾。我是一个离过婚的人，她也是婚姻的不幸者，共同的遭遇使我们的心灵骤然拉近，很快我们就坠入了彼此筑就的爱河，我以为从此可以找到人生的归宿了。

然而，事与愿违，我的本就脆弱的情感再一次受到了摧残。我无奈地选择了再一次情感奔逃，退溃到一直给予我以力量的四方书斋，再一次沉浸在个人的偏狭世界。

5

2001年9月，我与地处彩云之南的历史名校激情相拥。在云南大学的石阶上，拾级而上一级一级地细细数到95级，我不禁遥想当年唐继尧先生精心谋划这个数字的可笑与可爱。不过，尽管他的帝王梦是注定实现不了的，但他为国家求贤的愿望却没有落空，东陆大学为国家和地方培养了大量的优秀人才，无愧于一所历史名校的盛誉。

在云南大学的三年学习生涯中，老师和同学们不断激起我智慧的火花，使我的思想和学识渐渐成熟起来。或许是我的知识不够扎实或许是我的性格有些许缺点抑或是其他的原因，我一直纳闷自己却换了三个导师，不过我非常感谢三年来一直对我谆谆教导的木霁弘先生，由于他的不拘一格教育学生才使我获得学习上的无穷动力和支持。我想，这一生不能忘却我的这一位恩师。三年来，我特珍惜这一给予我生命转机的读书机会。每天的学习已形成了一个固定的程式：早上6点30分准时起床，然后在校园里的银杏道上听一个小时的英语广播，一杯白开水再加两个馒头就可以慰藉我那无所奢求的肠胃，一天中，除了上课之外，图书馆就是我最为高兴的去处了。由于经常戴着耳机听英语广播，握着书卷念念有词，同学们又把我看成特立独行的思想者，其实我也很想与他们交流啊，或许年龄的差距所形成的代沟注定我不断延续孤独的思想者的风格了。

由于经济上的原因，再加上我不愿到外面赚钱而影响学业，所以我一直过着清苦的生活，但我非常满足这种生活，因为比起我当年的日子可算是天上人间了。虽然我未曾去过有着旅游王国之称的云南各地市景区，但我为自己能够在春城无处不飞花的地方生活了三年的时光而感到无比自豪。因为我毕竟也去过动物园、圆通寺这些我以前闻所未闻也从不敢奢望的地方。

三年时光一晃而过，像我这样的特殊大龄研究生面临的最大困难是择业。在我大量的求职书杳无音讯后，我回老家工作的雄心壮志被消磨殆尽，我想去文山师专做图书管理员的最低愿望都被无情地拒绝了。文山来回一趟使我对白白花去的300元钱心痛不已，此后，我再也不敢贸然去外地应聘职务了。

或许是命运之神再一次垂青于我，不经意间，广西一家未曾谋面的地方性高校急需民俗学专业的老师，我连面试都没参加就很快被高校聘用了。我非常感谢该校领导对我的信任，我想，借用"士为知己者而谋"来表达我此时的心情应当是较为确切的词眼了。

（本文原载于云南日报报业集团《大众消费报》2004年7月9日。）

火凤凰张斌

有险情！只见一座大仓库浓烟滚滚、火舌乱蹿……"嘎"的一声，两辆火红的消防车飞速赶到现场，只见一个身材瘦削、皮肤黝黑的"眼镜"跳下消防车立即沉着稳定地指挥队员：一组查验地下室、二组铺设水管、三组疏散人群……一切是那么快速而又秩序井然，所有队员没有任何慌乱急躁的动作。随着连续几声"报告，地下室没有火源……报告，人群已疏散……""眼镜"露出满意的笑容，瞬即各种设备及队员又复归原位，虚惊一场的人们这才知道，原来是昆明市消防支队火凤凰突击队在进行一次消防模拟训练，而"眼镜"就是队长张斌……

走进火凤凰突击队。

昆明市消防支队火凤凰突击队是一支特殊的消

防队伍，整个队伍共12人，年龄最大的32岁，最小的21岁，平均年龄24岁左右。这12人分别来自陕西、贵州、湖南、甘肃、安徽及云南本地，可谓是跨省大联合。据说，这12个队员都是从昆明市消防支队挑选出来的精英中的精英，队员们至少在部队已服役了4年，个个练就了飞檐走壁的本领，火中救人、高空灭火、地下排险是他们的拿手好戏。来自陕西汉中的小伙子王春艺1996年入伍，到现在已在云南待了3个年头，由于表现突出被选调到这个特殊的突击队。他告诉记者，队友们个个是一把尖刀，他觉得有幸加入火凤凰突击队，既是一次自我挑战也是一个向他人学习的好机会。

这到底是一支什么样的队伍？火红的消队车上"火凤凰"三个大字赫然在目。其意取自中国传说中的一种吉祥鸟，五百年在火中再生一次，这是一种不怕火的鸟，是带给人们吉祥的鸟。郭沫若先生的白话诗《凤凰涅槃》就写尽了对凤凰鸟的崇敬和赞美之情。

据昆明市消防支队特勤大队陈光华大队长说，火凤凰突击队是鉴于全国多次出现的重大火灾（如衡阳火灾）而申请成立的，突击队有特别的装备，其攻关任务主要是针对普通消防队无法进入的疑难火灾现场抢救人员，以达到零伤亡的目标。

这是全国范围内第一支以专啃硬骨头为宗旨的敢死队性质的队伍，配备了一流的人员和设备，是养兵千日、用在一时的队伍，他们是一把把令火魔胆寒的尖刀。而这队伍的灵魂人物就是那个"眼镜"——火凤凰突击队队长张斌上尉。因此，要了解"火凤凰"，我们还须走进张队长的个人世界。

1

1992年8月31日凌晨5时，随着平远地区"严打"行动公安前线指挥部总指挥刘选略的一声令下，4000多名公安干警、武警官兵从聚集地水城风驰电掣般扑向目标。

当时年仅20岁，刚入伍才一年的张斌也参加了围剿马慈林的战斗，他和战友的主要任务是扑灭大火，以把火灾造成的损失控制到最小，保护周边人民群众的生命和财产安全。

罪犯马慈林，因大宗贩毒被抓获。判处死刑后，他借机打伤看守人员，逃回平远地区，躲在自己精心建造的"迷宫"住宅，由于该"迷宫"院大庭深，里外两层夹墙给抓捕分队增加了难度，在与罪犯强烈的火力对射中，罪犯迫于抓捕队员猛烈火力，在屋内纵起大火，抓捕队员由于不明情况，在牺牲三名战士的代价下，罪犯终于被当场击毙。

这时，院内浓烟滚滚、烈火熊熊，火势呈蔓延周边之势，如不及时扑灭，则会增加不必要的财产损失。但是，虽然马慈林击毙了，他的两个儿子还不清楚在什么地方，因此随时有可能冒出来攻击灭火人员。

容不得队员多思考了，年仅20岁的张斌抢起水枪很快往起火处奔去，出于安全考虑，他顺着墙角飞速前进，并一边观察里面情况，他和另一个战友时而蹲着、时而急跑，由于庭院很大，他们有很长一段时间暴露在攻击点，假如此时有罪犯家属开枪，他们俩绝没有还手之力。据张斌讲，当时他心里还是有点怕，但是一进入庭院，他就全然不顾了，心里想的就是赶

紧把火扑灭，在借着花台做掩体的情况下，火终于被控制了。

在平远"严打"的81天中，张斌和战友们出色地完成了配合支援的各项任务。除灭火外，他们还时时下地道和臭水沟排除障碍、打捞赃物，有一次，他不顾脏臭和荆棘，下到臭水塘里把罪犯藏在里面的子弹和海洛因捞出，在多次行动中受到领导和战友的称赞。战斗结束后，张斌获得了二等功的荣誉。

远在安徽的张父当时并不知道儿子参加了这次战斗，事后才得知整个过程的凶险。张斌解释说，这主要是怕家人担心，再加上当时通信不方便，所以没有告诉家人。他说自己已做好最坏打算，万一有个闪失，也算是为国家、为家人尽一份奉献吧。

2

兼具文才武略的一代枭雄曹操1839年前在安徽亳州呱呱落地时，谁也未曾想到这是一个名垂千古的人物。曹孟德在行军打仗时总是登高而赋，"关东有义士，兴兵讨群凶"等诗句表达了自己伤时悯乱的情怀，体现了对穷苦百姓的同情之心；"山不厌高，水不厌深。周公吐哺，天下归心"更是让我们感受到一种慷慨激昂的豪情。

曹操是亳州人引以为豪的英雄。出生1972年的张斌，自小就很崇拜这个相隔1千多年的老乡，而且小小年纪就立志将来也要做英雄，他对未来充满着追求和憧憬。少年时代的张斌很要强，但不大说话，也不愿与人争辩，即使受人曲解也从未有与人打架的念头。据张父说，张斌大概八九岁时，正在读小学二年级，有一次放学回家路过菜市场逗留了一会儿，忽然有个卖菜的说被偷了东西，指着离他不远的张斌说是小偷，并拽着不放。张斌认为自己没偷东西，心里坦荡，就不管卖菜人的指责，也不辩解，心里想着的就是回家，但卖菜人硬是不松手，并且还打了张斌几下才骂骂咧咧地让他离开。受了一肚子委屈的张斌回到家在父亲面前大哭不已，后来有关部门调查出是别人偷的，认为卖菜人无故冤枉别人应当要受点惩罚，张父认为没有打伤孩子，卖菜人也不容易，觉得还是宽容点为好。

1991年，高考失败的张斌受家庭影响选择了从军这条道路，当时他心里还是愿意再高考一次，但考虑到从军也是一条成才的路，并且其哥，还有两个姐夫都出身军人，加上父亲的大力支持，张斌选择了消防部队，从此，他从安徽的最北部——亳州，走到了中国的西南边陲——云南昆明。

张父认为，让这个小儿子离家几千公里参军首先是使其在磨炼中独立成才，其次是实现自己当年参军的夙愿。张父自己18岁时曾要求参军，但单位领导不同意，说是本单位有知识的人太少，希望其留在单位培养成得力的接班人。从此，橄榄绿一直是张父梦中的希望了，而儿子的参军无疑是对父亲最佳的慰藉了。

3

谈到婚姻，张斌憨笑着说："我现在非常满足于这个小家，感谢爱神给我送来这么一个体贴、温柔、孝顺的妻子。"说起妻子和女儿，张斌特别高兴，但同时又有点内疚，他说自己没有尽到一个好丈夫和好父亲的责任。

他说，自从1998年结婚后，就没有与妻子一起去看过电影或者唱过歌，在婚前两人也只看过两次电影，可以说他的爱情和婚姻是一个非常平淡的过程。女儿4岁了还对爸爸很陌生，每次张斌回家，小姑娘总是怯怯地看着他，不敢在爸爸怀里撒娇，看着女儿这样子，张斌心里总是酸酸的，想哄哄女儿，无奈每次工作回来太累，加上他没有耐性，所以与爸爸相处很少的女儿越发把他看成一个陌生人了。

张斌说，妻子非常理解他的工作，对父母也很孝顺，他工作的动力很大部分来自妻子这个最坚强的后盾。记得有一年，张斌奉命去训练新兵，任务结束后他却闲了下来，当时他有点想不通，妻子却很豁达，说现在其他队伍还没成立，一旦有新的任务，领导随时把你调过去也是很正常的事。果然，一段时间后，他就被调到了特勤二队。在世博园沙林事件中，张斌在执行任务，而这时父母刚好来到昆明，张斌从飞机场把父母接回家后一个多星期没能见面，所有事情都是妻子在打理，陪父母聊天、逛街，妻子都做得顺顺当当，并且还不时安慰张斌安心工作。

妻子和张斌的爱情是朴实而又顺畅的。1996年，她在张斌所在驻地大院开了个小百货店，有次张斌为一个老乡买火车票在她那打电话，因此就这样相识。当时，张斌有一个老乡兼战友喜欢她，于是张斌就帮着出主意，有时他们几个人有事没事过来与她搭讪，张斌总是把话题引到他老乡身上。有一次，他们三个约去散步，走着走着张斌突然消失了，于是那个老乡借机向她表明心意，但她说两人做普通朋友可以，其他却不能了，不过当时她也没有对张斌产生特别的好感，也许是在老乡觉得强扭的瓜不甜情况下，所以也就放弃了。或许是上天有意安排，张斌最后竟然就这样不费吹灰之力把别人喜欢的女孩"参谋"成了自己的女朋友。

相处一年后，他们分别在安徽老家、安宁娘家和昆明新家举办了三次婚宴，为此，妻子最后一次婚宴结束就累倒在医院打点滴。婚前，嫂子曾劝她不要

| 220

找当兵的，因为她哥也是军人，嫁给她哥后，嫂子知道其中的苦累。但她却认为既然选择了就不要后悔，因为她从小就喜欢军人，特别喜欢张斌那直率、敢说敢做的坚强个性。

4

问到张斌参军13年来是怎么走到今天的，他说有三个关键点很有意义。

初入伍时，张斌与一个老乡在同一个班里，老乡是班长，对他还是挺关心的。由于他入伍前就喜欢运动，所以他很快适应了部队训练，除了障碍板刚达标外，其他项目都表现出色，因此很受领导看重，1995年便被提干当了排长。其中1992年平远"严打"中立下的二等功是他从军以来的第一个拐点。"严打"后，张斌还是挺想父母的，按照那时规定，立了二等功回家是有工作安排的，他当时也有了些回家工作的念头，而当时领导希望其考入云南消防指挥学校学习，这样就可以跨入部队领导者的行列。据说，为了

使儿子安心在边陲工作，张斌的父母还不远千里专程赶到昆明做儿子的思想工作。最后，张斌就在指挥学校读了一年书，出来后，他就进入特勤大队一中队任队长，这是他的第二个拐点。第三个拐点是1997年在北京、苏州等地参加特种器材培训掌握了先进的消防知识，回来后在全省开展了培训工作，并自己编了切合本省实际的小册子，才华得到更大的展示，在领导的关心下，他不断学习新知识和技能，于1999年担任了特勤队的副指导员，从此走进了磨炼个人能力的更广阔的空间。

5

2004年4月30日，自兼任火凤凰突击队队长后，张斌感觉肩上的担子更重了。他说，组织给了他最好的装备和最大的支持，信任也是一种压力，所以他每天都在思考突击队到底如何训练，他觉得群体的智慧是无穷的，于是把队员分成小组，以此为单位进行发言讨论，集体商量最佳的训练方法。

作为队长，张斌对队员的训练工作是非常严格的，作为突击队的队长，他又有温柔的一面。队员王春艺说，队长不仅鼓励他学习文化知识，而且在生活上极其关心他们，有一次，他出火警撞断了根肋骨，队长一直在医院陪着他，并料理他生活上的琐事，鼓励他要战胜苦痛，早日回到兄弟们中间。

无疑，正是由于张斌丰富的经历、熟练的业务知识再加上其对战士慈母般的关心，所以，这支全国唯一的有敢死队性质的火凤凰突击队刚一成立，张斌就成了众望所归的队长首选了。

对于目前的火凤凰突击队的情况，张斌说他们随时都在紧急待命，他们希望用自己果敢的行动来接受所有特殊任务的考验。

（本文原载于云南日报报业集团《大众消费报》2004年6月25日。）

小锤敲过一千年

她是一个村庄,但更像是贸易窗口,因为每天有数万的人群在此流连忘返;她是一个稻香地,但更像是艺术殿堂,因为休憩在水泊边的人们,每天悠闲地敲打出不同的、精致典雅的银器世界;她是一个农户散居地,但更像是市场主体,因为他们延伸自己的智慧于市场营销传播中,把手工艺品源源不断地散播到世界各地。

这就是云南省大理州鹤庆县的新华村,正是凭着自己的勤劳和智慧,"新华村银器"一夜之间成为叫响全球的知名品牌,是社会主义新农村建设中最璀璨的一朵浪花。让我们沿着她的路径,去找寻新华村手工艺文化产品营销传播的模式吧。

1

新华村是鹤庆县的一个行政村,位于县城以北凤凰山下,距县城5公里,距丽江机场12公里,全村分南翼、北翼、纲常河3个自然村,主要经济来源为个体手工艺品加工。新华村手工艺品加工制作已有一千多年的历史,目前已形成了"一村一业""一户一品"的家庭作坊生产格局。

鹤庆新华村手工艺品加工制作有一条明晰的产业链。从生产场地来看,分新华村本土和驻外店铺。新华村是制作加工的大本营,驻外店铺主要分布在西藏、丽江、香格里拉及省外其他地区,可以说有景区的地方就有新华铺子。驻外店铺是店厂合一,即所谓的前店后厂。大本营与驻外分店充分实现信息沟通、资源共享,在原材料购买、消费者需求、产品类型、工艺技术、市场拓展、产业做大等方面实行互动,有很好整合资源。

新华村每家每户都是市场主体。当然,其中有大有小,有些小户仅仅是为大户加工而已,大户形成

了自己的品牌，聘用了一定的工人。如王姓师傅，他们两家共10人从事加工制作，一年的纯收入达到15万元以上；新华民族手工艺品加工厂，其厂长寸钰昌是总工艺师、云南民间美术艺人，其一年加工的手镯有3万多个，每个加工费在10元左右，仅此一项的收入就达30多万元，而这个厂实际上也就是一个家庭手工作坊；该村最具品牌效应的家庭手工作坊是寸发标家，有10多名工人从事加工，固定工资有1000多元，而这些工人大多来自外村，并曾经单干过，现在来打工主要是规避市场风险。

在鹤庆县，除了银铜器加工制作这一市场主体外，处在该产业链上的还有从事银器加工工具生产的市场主体，这些市场主体地处新华村附近，母屯村从事铁器制作，主要生产银器加工所需的一应工具，是银器加工的上游产业，在母屯村这个产业链环的上游，其市场主体是废旧铁材料收购产业，主要是板桥村。按照母屯村114家铁器加工厂平均每家处理14吨废旧材料来计算，板桥村提供给母屯村的原材料达1596吨。

新华村有两类销售渠道，一类是作坊家庭自己的民间渠道，即通过长期的生产、销售与交流而形成的私人渠道；一类是新华旅游公司大规模销售的企业渠道，即一是通过生产地旅游景点店面的形式向游客展销手工艺品，二是公司组织市场销售人员有计划、有规模地向国内外各终端市场营销新华手工艺品。二类销售渠道又带动了鹤庆县旅游业的发展。以新华村为核心，围绕手工艺品家庭作坊加工及周边龙潭等核心景点，形成了集手工艺品展销、新华田园风光、白族浓郁风情、茶马古道驿站、酒店餐饮、瓦猫手工艺品交易等内容为一体的景区。

新华村手工艺品主要有九龙壶、九龙杯、古代十八般兵器、盔甲、净水壶、银碗、银勺、银筷、耳环、手镯、戒指、项链、胸佩、唢呐、长号、藏刀等近百类上千种产品。消费者除了国内30多个少数民族外，还包括全国各地及泰国、缅甸、印度、尼泊尔、巴基斯坦、日本、美国等国家的人们。新华村银器加工已形成了较为成熟的产业链，资源、人才、工艺、市场主体、营销、消费者等生产要素基本成型并具有一定的规模。

2

新华村现在是一村一业，一户一品。早在几百年甚至是几十年以前，该村银器的经营模式还极为简单，即挑着小炉子走村串巷地为消费者打造银器。我们称这种经营方式为游击型小炉匠，也就是没有固定的生产场所，也没有规模化的生产，当然更没有现成的产品。银器制作者顶多是储备一些金、银、铜等原材料，可以来料加工，也可以来样加工。

这种方式最大的好处在于它契合了现代整合营销传播的核心理念，以顾客为中心，以消费者的真正现实需求为中心，做到实实在在的消费者个性化需求的满足。在制作加工过程中，每个地域、每个村寨、每个民族、每个家庭、每个顾客，对银器的需求大不一样，从材料到形式，从价格到质量，从单件到套件，都有不同的形形色色的要求，这就迫使加工者不断地改进技术和生产工具，制作出消费者满意的产品。

经过百年甚至上千年的游击式小炉灶加工制作，新华村的匠人把产品一代代加以改进，在与消费者的交往中，其产品和声誉也一代代传播下去。消费者对银器加工者形成了一个良好的印象，顾客的要求得以被最大效用地满足，顾客在不断提出产品要求的过程中也达到了消费效用的最大化。

近年来，随着银器加工规模的扩大，新华村实际上是一个系统化运作的大组织。即使这样，银器加工还是保持来料、来样加工的生产模式，尽最大可能地满足消费者的个性化需求。

3

随着市场的扩大，新华村匠人开始在一些市场较大的地区建立银器生产根据地了。即建立前店后厂式的店铺，化游击型零散式生产为坐地型批量式生产。目前，新华村驻外店铺主要分布在丽江、香格里拉及省外其他地区，可以说有景区的地方就有新华铺子。

这些根据地式店铺的作用就在于守住已培育好的市场，扩展新华银器在当地的影响力，从而成为强势的生产者。分布在各地的这些店铺与新华村大本营互为犄角、遥相呼应、共享信息，从而成为一个大型的网状架构。这个网就是一个信息渠道，所有的原材料、生产、销售、消费者信息汇聚在一起，从而可以判断出某个时点新华银器在全国乃至全球消费市场上的现状。生产者从而可以据此调整生产，扩大或压缩其产品市场。

正是有了根据地式的店铺，新华村银器实现了产品市场巩固效应。用统一的信息来黏合消费者，使顾客市场波浪式推进扩展。通过根据地式店铺的建立，在规模上保证了银器产品的供应，形成了固定的美誉度，形成辐射效应向更外围的潜在消费者市场渗透新华银器的影响。根据地式店铺的建立，极大地扩大了新华村大本营的影响力，稳扎稳打地对产品市场的开拓实行波浪式的守卫和推进。

4

新华村原名石寨子，现在是家家户户从事银器加工制作，可以说，该村已成为新华银器统一品牌生产的大本营。

作为新华银器的发源地，大本营的建设是非常重要的，它就像公司企业的生产基地一样，在很大程度上保证新华银器的正常供应。如果没有这一大本营式的生产基地，新华银器也就成了无水之源、无本之木，那么，分散在全国各地的根据地新华铺子也就没有可供依托的平台和基垫，就会有一种无根的感觉。没有了大本营这一支柱，整个网络就无法架构起来，统一的品牌也就无法形成。

新华村大本营的基本架构包括：作为公司性质的新华旅游公司、较有实力的家庭生产组织（如寸发标家），以及零散的家庭作坊。新华旅游公司是按现代企业制度建立的，专门负责统一的产品收购和产品销售，它的基本运作模式是公司加农户加基地，负责监测原材料市场、产品市场的信息变化，根据顾客订

单组织农户进行生产，再把产品集中统一销售。较有实力的家庭生产组织有自己的原材料来源和产品销售渠道，当然也与公司有合作关系。零散的家庭作坊一般依附于公司，农户灵活自由地进行生产，按照公司的订单要求如数按期上交产品就行，其风险很小，大部分风险由公司承担。当然，这也有缺点，一旦原材料价格上涨，很多农户就有可能停止生产，因为公司没有足够的实力做材料储备。

作为大本营，在新华旅游公司的主导下，所有产品都贯之以"新华银器"称号，这样就给消费者传达一个明确的品牌信息，即不论是从新华村走出的产品还是新华人制作的产品，无一例外具有相同的质量保证，因为"新华银器"就是统一的标识，消费者在长期的消费习惯中，自然而然地把这一品牌加以接受，并成为一种定势心理来评判所有的银器手工艺品。

公司运用各种媒介进行广告宣传的目的只有一个，让顾客熟悉某一个品牌，从而达到认知、形象及功能的整合，顾客只要听到某一品牌，就会马上联想这一品牌的基本样式，并融会贯通该品牌的形象和功能，从而产生购买的动机并付诸行动。从认知来看，"新华银器"四个字就代表着银器行业的领军品牌；从形象来看，新华品牌给人的感觉就是做工精致、形体优美、式样繁多，是高雅和富贵的象征；从功能来看，"新华银器"是审美和实用的最佳结合体，尤其是少数民族生活、生产、娱乐中必不可少的器物。

5

企业要传递给消费者一致的产品营销信息，使消费者在一致的信息氛围中认知、熟悉、接受产品，最后付诸行动，实现购买。

新华银器所做广告并不是很多，但凡纸质、电子、户外媒体，无一例外都是同样的广告标语："小锤敲过一千年"。在一幅户外广告中，背景是新华村的高原水泊图，一艘小船漂浮在水上，湖面上点缀着水草和浮萍，岸边是两个小伙子在敲打着银器的生产图景，"小锤敲过一千年"的广告标语字号很大，横贯整个广告画面，纵观广告，颜色显得古色古香，溢露出历史的厚重和深邃,体现出一种动态的时代进程感。

"小锤敲过一千年"这一广告标语是有颇多含义的。它告诉我们,银器制作最重要的工具是小锤,生产方式主要是人工制作,一千年说明银器制作的历史很长。它是一种宏大叙事手法,叙述者从大处入手,纵横千年时空,告诉人们一个美丽而又有传奇色彩的村落故事,整个广告标语给人以无穷的遐想空间,这一千年发生多少故事任我们去猜想。整个广告标语是动态的,是一种慢悠悠的节奏,是一种休闲的步伐,体现出手工艺品加工制作的精细风格和高雅品味,显示出生产者从容不迫的闲庭散步的风范。其销售对象是那种具有浪漫情怀、有高雅品位、对手工艺品充满热烈情怀的群体,体现出准确的目标市场定位精神,针对银器产品的特定消费者传达出了最动人心弦的关于银器产品的一致信息。

新华村广告标语的目标对象是明确的,传达信息的技巧是娴熟的,用一种讲故事的宏大叙事方式告诉消费者,新华银器是有历史厚重感的,其工艺是积千年之功而成型的，其产品是无与伦比的。整体来看，它给消费者的一致信息就是产品很精美、高雅，值得去购买，最大程度地实现了产品信息传播一致的目的。

6

凡是能传播有关产品信息的媒介，不论是纸质媒体、电子媒体、网络媒体，还是广告、直销、公关及事件，抑或是产品包装、商品展示、店面促销活动；不论是人际的还是非人际的传播，只要能协助达成营销及传播目标的方法，都是整合营销传播中的有力手段。

新华村银器，人际与非人际的传播，都是其营销传播不可或缺的媒介。在大众传媒出现之前，人际媒介是新华银器营销传播的最有力手段。一是历代"小炉灶"走村串巷的人际传播媒介，手工艺品制作者通过与消费者的零距离面对面接触传播新华银器的所有信息，这种人际传播具有历史承延性，消费者的后

代通过代代相传的人际传播方式把有关新华银器的故事和传说不断传播开来。一是马帮的传播，主要是产品运输及在沿途村寨的口耳相传把新华银器给传播出去。一是官员的来往和人口的迁徙也会以人际传播的方式传达产品的信息。一是同一宗教信仰群体，由于银器作为他们宗教的祭器，也会在群体范围内发生人际传播。

大众传媒时代，人际传播与非人际传播对新华银器信息的传递发生着不同的作用。非人际传播主要包括报纸、期刊、电视、网络、新媒体、户外广告、文学作品等媒介，还有产品展销馆、地理位置等，这些媒介辐射的对象范围很大，对新华银器知名度的扩大发挥了无法替代的作用。与此同时，人际传播依然起着不可估量的作用。根据地店铺的人际传播，游客的人际传播，新华村许多工艺大师的人际传播，都发挥重要的作用。特别是作为联合国授予"民间工艺大师"称号的寸发标，其每年多次外出讲演，是最具影响力的人际传播媒介之一。

这些人际的与非人际的传播媒介，极大地传播了新华银器的知名度和美誉度,促进了产品大量畅销国内外,拓展了产品市场,敲过千年的小锤声更加美妙动听,更加韵味悠长,更加柔和亲切。

(本文原载于《网络财富》2008年4月。)

岱宗夫如何　齐鲁青未了　造化钟神秀　阴阳割昏晓　荡胸生层云　决眦入归鸟　会当凌绝顶　一览众山小

刘建华书录（唐）杜甫《望岳》

风险体验润泽云南旅游

如果说，当我们怡然品啜香茶，悠然欣赏珠峰美景时，自己只不过是一个艳羡勇士的局外者的话，那么，"红塔山激情攀越 2003 哈巴雪山登山大会"帷幕轻启将使我们的"局内人渴求"美梦成真了。这不仅仅是几个专业人士的登山探险活动，而是大众化的"风险体验"旅游新模式的开端。这不仅仅是"皇马"的表演秀，而是意味着洋人"王子"洛克之旅在延伸的起点。这不仅仅是迪庆州人民在宣扬自己没有消失的地平线，其意义还有更深远、更动人心弦的一面……

1

有人说，三江并流是大自然留给人类最后的遗产，也是人间最后一块圣洁地，矗立其中的哈巴雪山则是圣地的最高峰。在这里，哈巴不仅仅是一座雪山，她更是人间最接近天堂的地方。

这个最接近天堂的雪山，有一个能施法术的木天王，他白天睡觉，晚上在"涮金滩"的"金柜子"里挖金，然后把金子藏在虎跳峡。于是，虎跳峡北岸的哈巴雪山就有了一个美丽的名字——金子之花朵。

哈巴雪山因第四纪阿尔卑斯—喜马拉雅构造运动而生，历经亿万年的岁月却依然保持着远古的圣洁，她是藏族人民的圣山，她是当地人民的庇护神，每年的祭祀节日，她的子民都相拥而来对她顶礼膜拜。这座圣山是"世界遗产名录"中最典型的高峰针叶林保护区域，山顶覆盖着现代冰川，是我国纬度最南的海洋性温冰川。这里有参天的云南松和白松森林，有珍稀的金丝猴等圣地生物。哈巴雪山的主峰挺拔孤傲，四座小峰环立，冰湖群以黑海、圆海、黄海、双海风景最佳。

哈巴雪山是三江并流八大风景区的皇冠,因为在三江并流可以找到心灵的家园,而在哈巴雪山可以找到让普天下百姓心灵最终栖息的属地。

2

中国登山协会举办过好几届登山大会。如青海的玉珠峰,四川的四姑娘山都给登山者们铭刻了美好的记忆和憧憬。今年的登山大会该在哪里举行呢。

昆明梅里户外用品店的段建新先生在与几个山友闲谈中达成了共识,何不申请哈巴雪山作为今年登山大会的目的地呢?1995年,金飞彪为队长的四人登山队成功登顶。正是他们,凭借超人的勇气和毅力,借助自制的简陋帐篷等登山工具,为后人开辟了北坡登山传统线路。

哈巴雪山登山大会如此引得世人关注,与其说是商业运作成功的典范,不如说是其具备超过以往登山大会所有雪山的得天独厚的条件。据昆明探险旅行

社的金飞豹先生分析，哈巴雪山有非常便利的交通，可以使登山物品和登山者顺畅抵达山脚，其气候条件极其宜人，一年四季都可攀援而上，其山势平缓，不会有令人心胆俱寒的冰盖和雪崩。4000米以下的丰富植被形成了天然的氧离子区，登山者可以一气呵成前行。

于是，哈巴雪山便有了成为大众化"风险体验"旅游的可能。于是，她不可拒绝地要为钟情于她的游客所拥抱了。除了笑迎八方游客，她还能够做些什么呢？

3

1922年，约瑟夫·洛克以美国农业部特派专员的身份来到云南。一路上，西装革履的他坐着四人抬的轿子，前面有扛大炮的卫士开路，后有大队的马帮和侍从跟随，在边陲的山路上洛克的探险队伍逶迤几公里。这样的排场，弄得山里人怯怯地躲避，山里在宣扬着：边陲来了个洋人"王子"……

洛克1884年3月出生在奥地利一个大户家里，可他的父亲不是大户的主人，而是其男仆。洛克6岁时，失去了母亲，而他的父亲总是盼望儿子成为一名牧师。但洛克对外国着了迷，总想有一天能够远走高飞。于是，他来到了美国，然后又来到了中国，最后，他迷上了丽江。他定居在欧鲁肯，以植物学家、探险家、摄影家和撰稿人的几重身份开始了孜孜不倦的勤奋探索，却是一步一个闪光的脚印，开创中国西南一隅边陲与西方世界紧密联系的纽带。

洛克探察了玉龙雪山的动植物，熟悉了丽江的东巴文化，探索了古纳西王国，揭开了阿昌雪山的奥秘，可对接近天堂的地方"哈巴雪山"却涉足甚少，这不能不说是一种遗憾。然而，令人欣喜的是，或许是上苍的指引，使得西方人对云南边陲的眷恋永无止断。今年的"皇马"亚洲之行竟使"皇马"队员成了昆明的市民，不仅如此，这些市民还激情出演哈巴雪山登山大会，以他们对前人的崇敬和对圣山的膜拜延伸了洛克在云南的世纪之旅。

4

1929年至1932年的那段历史，西方资本主义正处在经济危机四伏的动荡时期，1929年10月，美国纽约票证交易所是引发这场经济危机的根源，它迅速泛滥到美国的商业、农业和工业部门；然后就像一场瘟疫一样，迅速席卷了整个资本主义世界，使得全球资本主义工业生产减少1/3；国际贸易缩减2/3。在欧洲，希特勒大搞种族主义歧视；1931年9月18日，日本军国主义发动了侵华战争。

在这样的背景下，广大劳动人民处于饥寒交迫、贫病交加的水深火热的世界动荡的环境中。英国作家希尔顿正是在这样的背景下，以洛克撰写的中国云南一隅探险系列文章和摄影作品为基础，创作了《消失的地平线》，企图逃避罪恶的动乱社会，幻想追求乌托邦式的理想世界。

几十年后的今天，香格里拉不再是可想而不可及的"消失的地平线"了，她正成为世人旅游探险的胜地。迪庆州州长齐扎拉在谈到哈巴雪山登山活动时表示，他们将每年举行这样的活动，要形成一个常规性、长期性、专门性的路线，希望有更多的痴情香格里拉的游客来到这里。因为香格里拉不是憧憬中的地平线，而是有形有色的日益国际性的旅游胜境。她有足够的能力和博大的胸怀容纳五湖四海的宾客。

5

参加登山所有队员的设备都将由红塔集团资助，每个队员的装备花费接近1万元。以中国现在的经济水平来看，并非人人都是有这样机会的幸运儿。难道这注定是富人们的特权吗？

举办活动的本意并非单纯停留在其活动本身，而是期望以此为切入点，推动其他户外活动的开展，从而促进旅游业的大发展。金飞豹认为这次活动主要是普及户外活动的理念，吸引更多人来参与。我们希望能做成一个全民的运动来开展，希望大家都加入到这样的运动中来，我们可以给爱好者提供很宝贵的经验和防护措施。

十八年前，当很多人对登山一无所知时，月薪仅80多元的金飞豹等一拨登山爱好者，凭借着执着和毅力，自己动手制作简陋的登山工具，照样能成功登顶。像登山这样的户外运动，不在于你贫贵与否，只要这个理念普及了，将会有更多的人来参加这项活动，从而将形成"风险体验"旅游新模式。

6

"都有同样的天然条件，此次登山活动开启的并不仅仅是迪庆州的旅游资源，它将是一个驱动点，带动云南各地旅游业的全面腾飞。"云南省民委李克忠认为各地州都具有丰富的旅游资源，这次活动作为一个范式将会被各地学习、引进，从而会加速旅游资源的开发和规范，最终带动整个旅游业的大发展。

这次登山活动的示范作用非同小可。他认为此次活动将带动自行车越野、划舟、漂流、丛林徒步等户外活动的兴起。而云南省是开展这些活动的天然场所，如在滇东地区，可以进行红河漂流、山坡滑翔等户外活动。这样可以吸引更多的游客来云南游览,从而促进本省旅游业的迅猛发展,真正成为一个国际性的旅游大省。

7

随着旅游业的发展,云南省与旅游相关的第三产业如酒店、宾馆、通信、交通、民族文化工艺品等行业将会随之而得以兴盛,从而全面促进第三产业的发展。

随着登山活动的开展,势必会促进迪庆州旅游业的扩大,在这样的背景下,当地的宾馆、交通等也将得到发展。随着游客的增加,当地老百姓创作的民族文化工艺品将受到更多人的青睐。当然,相关行业的发展还需要政府有关部门加强规范,引导他们得以良性发展。到那时,不仅最接近天堂的地方是一片生机盎然的景象,整个云南甚至全中国的旅游业及其相关行业将呈现出历经"非典"严冬后的美丽春天。

8

如果从更深远的意义来看，攀登哈巴雪山不仅仅是一次纯粹的户外活动，也不仅仅是旅游业发展的新驱动点，更确切地说，应当是三大产业最佳融合与相互促进的一个特殊的历史关节点。

这样的活动不是一个象征意义的东西，如果成功发展的话，将会对第二产业起到特殊的促进作用。随着户外活动的开展和普及，登山、漂流、滑翔工具的需求量将会大大增加，从而会促进第二产业中制造该产品企业的发展壮大。目前昆明从事户外用品销售的专业商店只有3家左右。这说明户外用品的市场目前还是一个空白，如果户外运动发展顺利的话，该市场商机必定无限广阔。

旅游业的发展同样对第一产业有巨大的促进作用。彭耀文副州长认为：随着旅游人数的增加，将大大拉动旅游地农产品的市场需求。需求量的增加使当地农民可以放心扩大农业生产而不用担心销售问题，由于游客增加促进农产品价格提升，从而使得农民的劳动产品价有所值，从而不会出现农产品大量贱卖的现象。

9

旅游业是一个脆弱的行业，很容易受到其他因素如战争、疾病的影响。在"非典"期间，旅游业及其相关行业暴露了其纤弱无力的一面，短短二个月的时间，旅游景区的餐饮、宾馆、交通等行业遭受的破坏极其惨重。如何增强其抗风险能力确实是各级政府部门、专家和相关人士思考的问题。

但是，我们也可以看到，旅游业康复能力也是极其迅速的。"非典"之后，来云南旅游的人越来越多，每天都达到3万人。由此可见，旅游业只要有适当的环境，并且有新的驱动点，必然有长足的发展。此次哈巴雪山登山活动更大的象征意义在于其充当了一个支点，从而带动了户外运动的发展，进而推动了旅游业的腾飞。像这样的支点，人们不必期望它是永恒不变的，每隔几年必然有另外一个驱动点来代替

和延续它。

10

"我不赞同这样的大众化登山活动。哈巴雪山是藏族人民的圣山,这么多人去攀登会损害其自然景观和人文传统。"云南社科院的一位专家如是说。开发旅游资源固然是好的,但也不要过于盲目、过于狂热,以致造成民族文化的湮灭。他认为有些自然景观不值得去开发,虽然有收益,但损失也是极其巨大的。他认为对这些景观应当要像日本保护其几百年的蜡笔画一样,只能限制参观的人数,并且要实行严密的保护措施,而不应像哈巴雪山那样让这么多人践踏。

旅游业要做到开发与保护并重,既要保护好人类最纯洁的精神家园,又要让这精神家园把福祉安康降临到百姓头上,通过对她的开发来促进本地旅游业的发展,从而也使她成为老百姓过上幸福生活的物质家园。大家认为要把哈巴雪山建设成一个"国家探险工业",借鉴国外的经验来进行开发、保护和管理,从而使其真正成为一个支点促进旅游业的快速健康发展。

（本文原载于云南日报报业集团《大众消费报》2003年8月18日。）

锦绣象牙塔

走进云南大学,优雅、憩静的校园环境让你感觉走进了世外桃源。在金蝶遍地的银杏大道上,知秋的杏叶随风追寻着学子,告诉他秋日的韵味。紧靠银杏道边名叫憩园的小茶馆,三三两两的天之骄子在读着书,偶尔品啜几口清香,消受校园这无边的清静和闲适。

校园隅落的一瞥尽可知云大的全貌,当我们陶醉在其中的时候,一个疑惑会油然而生:这一切是谁的手笔呢?

这就是云南大学后勤集团的功绩,她就像春蚕一般不断地吐丝织锦,酿造出怡人便捷的环境,装扮着云南大学,支撑着云南大学,直至整个云大科研、教学成绩的千树万树梨花盛开。

多年来，云南大学后勤集团倾力构建的服务体系、经营体系、复合体系，就像三驾马车一样驱动着集团迅猛、科学、健康地发展。

一

服务体系包括校园环境服务中心、饮食服务中心、综合服务中心、动力服务中心、通信服务中心、邮政收发服务中心等六个中心。服务体系为整个学校的运行提供了软硬件设施，像柔韧的丝网般润物无声，而又牢牢保证了教学科研工作的正常有序进行。

1

不论是谁，但凡与云南大学有过一面之缘，或许他会忘记云大的成绩、云大的人、云大的教室、云大的美食，有一点他是绝然不会忘记的，那就是云大的校园绿化环境。

云大校园面积虽不大却很精致，而这些精致就是园林规划、绿化施工、管理养护及卫生保洁工作日

积月累的结晶。那让人心神俱明的盈盈碧草、欲滴青翠，让人隐归山林的苍树低灌、曲径通幽，让人徘徊流连的方桌小凳、鹅卵小道；让人青春萌动的春之海棠，让人热情四溢的夏之月桂，让人遐思绵绵的秋之银杏，让人斗志昂扬的冬之蜡梅，无不让人为之魂牵梦萦、相思连连。

这，就是校园环境服务中心的成果，也是他们日日夜夜竭尽全力、不懈追求的境界。

中心为学校获得了全国绿化400佳、云南省绿化先进单位、昆明市首批花园式单位和爱国卫生先进单位等荣誉称号。

当有一天，你看到会泽院前面的西洋杜鹃、东侧的美女樱、西侧的茶梅在群芳争妍时，你会更强烈地感觉到会泽院的大气和热闹；当你看到我们的工人们疏草、打孔、施肥、剪草、浇水的忙碌身影时，你会更真切地感觉到他们的敬业和爱岗。

2

一眼望去，会感觉到第一食堂的热腾腾的气息，就餐的人特别多，但却不见惯有的长龙，因为打饭的窗口较多，工作人员的速度极快。不过，每个就餐的人都要端着饭盒在菜柜前徘徊徐久，无法痛下决心，生怕由于过早作了选择而错失更好的美味佳肴，因为菜的品种太多了，琳琅满目的饭菜炫耀着食堂的细致和认真。

这就是饮食中心致力的结果。经过200万元的投资改造，各食堂大厅现宽敞明亮、清洁优雅，各操作间布局合理，设计为流水线式操作流程，整体相通，人流物流明晰顺畅。

食堂尽量做到低价供应，在物价上涨的情况下保持价格不变，特别是在2006年3月，市面物价上涨，而食堂却在保质保量的情况下使饭菜价格平均下调15%。并且，食堂还有面向贫困生的特设窗口，保证一元钱吃饱，两元钱吃好。

饮食中心下设8个学生食堂、3个清真餐厅、3个接待餐厅、2个风味小吃餐厅和1个师生休闲咖啡厅，总建筑面积为24000多平方米，可同时保障2万多师生饮食供应服务。

3

2006年9月2日，是一个寻常的开学之日。这一日，是云南大学各个校区最热闹、最繁忙、最盛大的节日。但非同寻常的是，这一日最具活力的主角不是新生，而应当是后勤集团综合中心的运输部。当疲惫的新生、家长一出车站就坐上宽敞舒适的大巴时，当一辆辆中巴敏捷穿行于拥挤塞堵的车道时，当大包小包艰难行走的同学被戛然而止的小车接上车时，此时此刻，留给新生、家长的除了方便以外，更多的是激情的抑或是无声的久久的感动。

为迎接3000多名云大新学子，运输部共出动大、中、小客车43辆，往返火车站、校本部至洋浦校区免费接送新同学及家长501车次，在洋浦校区内出动云大驾校教练车59辆，往返接送学生及家长4189车次，行程6840余公里出动应急通信车2辆，创造了云南大学前所未有的迎新新局面，得到了学校领导的肯定，受到了师生、家长的倾心称赞。

综合中心的物管部分为大楼组和维修组，负责学校公用大楼的日常管理、保洁服务工作，以及公用水、电、房屋、道路的经常性维修工作和更新改革工程项目。重组以来，员工工作态度和工作面貌有了大的改观，东学楼、南学楼、洋浦校区大楼的环境为之一新，师生对其服务满意度为95%。

4

动力中心下设中心办公室、校本部水电保障组、洋浦校区水电保障组、锅炉管理组，主要负责全校2万多台电脑的运行，2万多师生生活用电用水，全校8台电梯的运行，以及洋浦校区的电能蒸饭和一食堂开水、蒸汽的供应。

目前，在洋浦校区建有3个蓄水池，总容量2600平方米，每月供水4万多吨；设有12个变压器，总容量1万2千7百千伏安，每月供电20多万度；校本部每月供水11多万吨，供电90多万度。年供水200万吨左右，供电1500多万度。

这一切的安全圆满完成，有赖于一流设备的配置。当我们看到投资330万元的配电自动化系统和

264千伏的沃尔沃发电机在库房里安静休憩时，觉得她就像温顺的绵羊，在无声无息传送着汩汩的动力。只有那些上世纪80年代安装的配电设备，才提醒着电老虎的威猛和危险。自动化系统对高压和低压线路进行全面监控，只要有问题就会马上报警；发电机可供电到学校各个部门，平常不使用，应急之时，用来保证要害部门的供电。

5

把200份左右的报刊、3万份左右的平信件加以分发并投递，对4500份左右的平信件进行收寄，这就是只有12名工作人员的、云南大学邮政收发服务中心一天最基本的工作。

近年来，邮发中心锐意创新，开设了一系列的特色服务。校本部的服务窗口针对服务对象的复杂性，适时推出除平信资费外的国际邮件四种资费，分别是空陆、空水、水陆和水运。独立开发的邮件处理软件，一定程度上满足了进入邮件的查询，挂号以上的邮件及报纸杂志的系统分离，是该中心在发展中开创的一种方式。

此外，中心根据学校发展推出不同主题的校园个性化信封，现在已是第七版，今年将以本科教学评估为主题发行首日封。中心还是全省第一家发行个性化邮册的单位。校园封和邮册受到了广大消费者的好评。

云南大学后勤集团的服务体系牢牢保证了学校教学、科学的正常有序进行，在取得极大社会效益的同时，集团还涉足经营创收领域，对校外经营业务进行了大胆的探索，逐步构建了日益完善的经营体系。

二

云南大学后勤集团的第二驾马车是劳动服务公司，下属直管部、黉正物业管理公司、银杏园林绿化公司、智燊体育场地工程公司、昊成水电安装公司共5个中心级子公司支撑经营开发体系。

这还是一个刚刚诞生的、还处在发展期的实体，她就像蚕蛹一般在厚厚的蚕茧里生长着，已由柔弱的身躯渐次变得硬朗起来，蚕茧的重围已被一层层撕

破，随着最后翼薄般丝茧的退却，羽化后的蝴蝶将迸射出最缤纷灿烂的光芒。

1

当有人问，10万平方米是多大时，或许很多人会为之迷茫。如果我们拿足球场作比的话，10万平方米大致相当于15个足球场的面积。

这15个足球场就是簧正物业保洁绿化部12名员工每天的工作量。在这个10万平方米，共1683套住房的公共区域里，保洁员每隔三天要拖洗一次，每天都要清扫。当你无意间衣服靠在栏杆上而没有沾污时，当你的物品掉在地上而没有灰尘时，当你在通畅、清洁、明亮的走廊沉思、缓行时，你才蓦然顿悟，这一切的愉悦源于簧正物业对工作一丝不苟的精神。

昆明簧正物业管理有限公司成立于2004年4月，是由云大后勤集团出资注册，经昆明市房产管理局核准的，提供正规化、专业化物业管理服务的公司。

目前，该公司管辖着云南大学西院、北院、东一院、东二院等校内物业，并且还把触角延伸到云南省计算中心职工住宅区等校外区域。由于这些物业都是老旧房子，相比新房子其维修费更高，但是公司还是按最低标准收费。今后，为了加快发展，公司还将向龙泉路住宅区、云南省出版集团等外围区域拓展业务。

2

2005年6月，玉溪峨山体育运动场建设方案甫一敲定，管理方一个电话就直接打到云南大学后勤集团智燊体育场地工程公司。于是，81.7万元的工程就花落智燊了。

这个选择是缘于智燊公司此前的业绩。2005年底，公司共承接了省内外50余座体育运动场地的施工建设，总工程量达到330万元，赢得了很好的口碑。玉溪峨山正是信服于公司此前建设的昆明司法警官学院和玉溪民族中学体育场，才毅然选中了智燊。

多年来，后勤集团匠心独用，积极整合政策资源和社会资源，在同一个实体上进行服务和经营相结合的运营，实现了社会和经济效益的双丰收，成功构建了兼容性的复合体系。

三

当岁月的车轮碾过,后勤集团这只春蚕留下的不仅仅是丝茧,更让人欣喜的是这些丝已被织成光彩夺目的壮锦,她紧逼着我们的视野绵延在神奇迷人的云岭大地上。

这就是云大后勤的第三驾马车。幼儿园、教育超市、驾驶员培训学校,这三个同时具有保障服务与开发经营功能的中心级部门为集团增添了非同寻常的活力和色彩。

1

如果你是成人,不管你动用如何的想象,都无法穷尽幼儿园在小朋友现实世界和精神世界的神奇魅力。在他们的心目中,小小的幼儿园就是整个世界,这个世界通过"走廊文化""英语走廊""昆虫乐园""文化走廊""中国城""民族村"等浇灌着小朋友的精神家园。

这就是云南大学幼儿园,她虽有50春秋,依旧童趣盎然、活泼可爱。但她心灵深处早已成熟,在不断的努力中已成为全省幼儿教育的品牌。

为了培养优质的学生,幼儿园树立了"立足于儿童的生活,关注儿童的兴趣,符合儿童的身心特点,促进儿童的全面发展"的育人思想。在创造良好育人环境的同时,该园科学设置课程,采纳了"目标导向模式",引进了阶梯英语和蒙台梭利教育——这是着重培养幼儿的规则意识、良好习惯的方法,开设了武术、书法、经典诵读、软陶制作等特色课程。

此外,该园积极发展课外教学,成立了"银杏艺术团",举办"六·一"画展、故事讲演诗歌朗诵会等活动,加强与泰国、日本、美国等国家的交流,促进孩子学习英语的兴趣。同时,幼儿园重视与家长联动办学,让家长进班上课,让孩子们接受了多元知识,增强了自豪感。

2

教育超市成立于2002年初，目前拥有5个连锁店铺，营业面积近2000平方米，员工近60人，已初具规模，显示出诱人的发展前景。

超市重视企业文化建设，要求全体员工养成团结、主动、敬业、合作、服从、创新、务实、高效、快捷的工作作风，遵从"情系师生、服务师生"的服务宗旨，做到"商店讲品牌、商品讲品质、服务讲品位"，树立了教育超市品牌，取得了很大的社会效益。

同时，超市的经济效益也令人瞩目。2006年的产值达到1100万元。仅科学馆店铺每个月的营业额就在20万元左右。超市上交集团利润成倍增加，是集团实至名归的经营排头兵。

3

大学驾培学校把考驾照作为学生选修课估计为数不少，但致力于车文化建设、致力于通过社会实践培养学生良好人生观的恐怕为数不多，云南大学驾培学校就是其中的代表，她在塑造车文化方面引领着全省乃至全国之风潮。

云大驾校的社会实践是长途教学西盟行，每次都有省市车管所及云师大、云艺等单位领导调研，并受到当地政府领导的接待，深入到贫穷地区学校献爱心。一次教学行就造就了一期"长训专刊"的诞生，这个独创的车文化现已作为云南省公安、交通部门驾培特色的代表供来宾学习交流。

六年来，后勤集团实现了经济效益和社会效益双丰收，获得了多项荣誉。

今后，集团将以迎接"评建创优"为契机，全力打造"诚信云大后勤、和谐云大后勤、效益云大后勤"，不断理顺关系、改革体制、创新机制、拓展领域，不断展现"团结、敬业、忠诚、正义、奉献"的后勤集团精神文化和云大后勤人的时代风采，努力成为学校教学、科研最坚实平台的强势后勤集团。

（本文原载于《节点与变局》云南科技出版社2008年8月。）

六点网络

对于消防部队来说,加强执政能力建设主要是通过把消防工作做好、最大限度减少人民群众生命财产损失来实现,只有做好了这些,人民群众才会信任你,也才会拥护你的消防执政,否则,一切消防执政能力建设都是空谈。为了切实加强五华消防大队的执政能力建设,他们制定了所辖区域的消防联动网络平台,动用了各个方面的力量,形成了自下而上的消防安全网络,变防火单位和个人的被动防火为主动防火,在当地政府及职能部门的领导协调下,实行消息互通,工作联动,从而有力地遏止了火患的发生。

这个众口称赞的"六点网络"到底是个什么样的平台呢?

《孙子兵法·九地篇》语云:故善用兵者,譬如率然；率然者，常山之蛇也。击其首则尾至，击其尾则首至，击其中则首尾俱至。敢问："兵可使如率然乎？"曰："可。"此话意思是说，善于指挥作战的人，能使部队自我策应如同"率然"蛇一样灵活自如首尾照应，作为一个整体，它的任何部位都能快速传递其所遇到的危险，把信息反馈到全身，从而可以求得整体协力共同应敌。

作为消防部队，对敌之时是否可以像孙子所说那样"兵可使如率然乎。"同样曰："可。"孙子又说，"是故方马埋轮，未足恃也；齐勇若一，政之道也；刚柔皆得，地之理也。故善用兵者，携手若使一人，不得已也。"此话是说，兵马缚在一起、深埋车轮这种显示死战决心的办法来稳定部队，那是靠不住的。要使部队能够齐心协力奋勇作战争如同一人，关键在于管理有方，要使优劣条件不同的士卒都能发挥作用，根本在于恰当地利用地形。所以善于用兵的人，能使全军上下携手团结如同一人，这是因为客观形势迫使部队不得不这样。

五华区消防大队开展的消防工作是对孙武子这

一军事思想的最有力实践。如果用全民皆兵来比喻五华的消防工作一点也不为过。火灾是五华区域人人所面临的第一大敌，反过来，五华人人又都是对付火灾的处于不同优劣条件的士卒，而这些不同条件的士卒之所以能协同一起对付火灾，主要是地方政府管理有方，是地方政府和消防大队宏观管理调控的结果，是五华区域人民携手如同一人共同防范的结果。当然，这也是由于火灾的不可预料性及其危害的可怕性这一客观形势迫使五华区域全民皆兵的结果。

五华区域的消防工作是如何使得全体人民携手如一人共同防范火灾的呢？五华消防大队大队长周华对此作了介绍。她说，整个五华消防工作已形成一个快速联动反应的网络，而这个网络就是为了有效应对火灾这万年编织而成无形蛛网的武器。六点网络的内容包括决策点：防委会与区政府、运营点：五华消防大队、监控点：职能部门、沟通点：片区派出所、执行点：办事处与社区、对象点：单位组织与居民六个方面。这六个方面交织联结、彼此互动，形成了一个生态系统。

如果我们把六点网络看作是相互联结起来的机械体，那明显是粗俗化了其形象，因为他是有生命的灵活体；如果我们把他比喻成常山之"率然"，那也只能部分彰显了其特征，率然只是具备击其首尾至、击其尾首至、击其中首尾俱至这三招而已，而六点网络已超越了"率然"，能够在其某点受到袭击时其他各部位都能迅速救援，整个网络布成的防御体系使火敌无隙可击。

古时有铸剑者，为使剑有灵性，对敌之时剑能随意而动，在剑铸好之时割破自己的手指，用鲜血冷却剑身，剑因而骤然有灵性，成传世宝物，据说干将、莫邪剑就是这样而铸就的。传说中的画家在龙快要画好之时，用自己的鲜血去点睛，瞬间画中之龙突现灵性，并腾空一跃金光闪耀间就无影无踪了。

如果我们用点睛之龙来比喻六点网络，既可以显出其灵动的特性，又能说明其行动的迅速，更能说明其英勇的气概。而所有这些优点又都来源于六点网络的点睛之鲜血，或者说是其精髓，没有这些精髓，六点网络最多也只不过是相互联结的机械体而已，正是

因为有了"161"工程的六个着力点成为贯穿于其中的血脉精髓，六点网络才有了实质上的动感和灵性。而基层建设、执法为民、大练兵、多种形式消防队伍建设、消防基础设施和装备建设、社会化宣传这六个着力点已经渗透在六点网络的方方面面，就像一股游动的血液在网络中周而复始的循环，因而使六点网络最终成为焕发勃勃活力的生命体，从而一跃成了金光闪耀的灵动的巨龙。

1

报警人："快！着火啦！"

消防队："在哪？"

报警人："在我家！"

消防队："在什么地方？"

报警人："厨房！"

消防队："我是说怎么去？"

报警人："你们不是有消防车吗？"

消防队："……"

顿时，现场一片哄然大笑。

又有报警声。

喂！你好，这里是"119"。

"119"吗？我们是金华社区鼓楼，房子着火了，火势很大，地址是穿山街西京北路9号，请你们快来！

顿时，裁判席上的人员都露出满意的笑容。

原来，这是五华区政府组织的一次全区消防运动会。

这是一场很有特色的运动会，其活动宗旨是检验本年度消防工作的成果，主要是消防宣传工作后整个五华区域人民对消防知识和技能的熟悉程度，以此来促进人民消防意识的提高和学会如何使用消防器材。其活动内容主要是进行报警、逃生自救、使用器材灭火以及如何救人等项目，通过这些项目的比赛评选出优秀运动员和代表队。参赛人员主要是五华区12个办事处组成的24支代表队，具体人员是社区居民和商业单位的从业者。消防队官兵及职能部门的领导是裁判员，整个五华区及区域之外的居民是观众。运动结束后当场对优秀运动员和代表队进行表彰，其目的是既

表扬了先进，又使其他参赛的运动员和观众学到了消防技能，提高了消防意识，起到了多重的宣传作用。

作为一个决策点，政府主要是起宏观调控作用，具体的措施是在消防教育宣传和消防基础设施及器材配备上进行重点投入。这是最为重要的两个着力点，消防教育是提高民众对火灾的警惕性，做到防患于未然，而消防基础设施和器材的配备是为了提高消防部队的战斗力，一旦发生火情能够迅速有效地将其扑灭，从而使损害降到最低。

消防运动会只是区政府消防宣传工作的一部分，除此之外，政府加大力量推动了消防进社区，消防进学校两个方面的消防教育工作。在消防进社区方面，教育的对象主要是居民和单位组织，为此，区政府主要从五个软件和五个硬件入手，在提高其消防意识的同时，又从基础设施上给予保证，从而大大强化了居民和单位的消防意识和操作能力。在消防进学校方面，政府主要是通过职能部门来配合大队的消防教育工作，从而在实际的演练中使大中小学青少年接受消防教育，提高其意识和技能。

2

作为消防工作的核心和主体，消防大队就是驰骋疆场指挥千军万马的将军了。他受命于最高统帅而具体全盘运营所有事务。如果把五华区政府比作最高统帅，那五华大队就是那运营一切事务的将军。他所要做的事情从消防宣传教育、基层队伍建设、大练兵到指导建设多种消防队伍尤其是执法为民，可以说是无所不包，而这些工作的根本是要保证消防部队快速有效地为民执法，最终目的是能够有力地消灭火敌保障人民的生命财产安全。

五华消防大队之所以能有条不紊地把这些工作运营好，是因为他紧紧依靠了"六点网络"的强大威力，组织并借用了职能部门、派出所、办事处等各方面的力量，在政府这座大靠山的支持下防范并挫败了火敌的进攻。为顺利达到目标，消防大队着重在自身的基层建设和大练兵上加强磨炼，以使自己成为令火敌闻风丧胆的尖刀。

五华消防大队的基层建设工作重点落在了两

个中队。第一中队历史悠久，几乎与共和国同龄，1950年建队，当时有官兵100多人，称号为武警昆明市消防支队第一中队，营房面积为2560平方米，部队编制现为50人。经过多年的作战经验积淀和部队文化传承，第一中队的官兵个个是把尖刀，其经验之丰富老到令同兵种官兵极为叹服。

庹益民上尉，一中队的指导员，来自于革命老区湖南张家界，1992年入伍，至今已有12年军龄，他相继在官渡一队、指挥学校、石林中队服过役，2002年3月任五华大队一中队指导员，作为一个军人，庹益民自言离开了灭火器、消防栓这些消防工具，他便睡不着觉。

庹益民上尉分别从理论练兵、体能练兵、技术练兵和战术练兵四方面作了介绍。尤其在战术和技术方面，一中队显示出其不同凡响之处。战术上，他们往往是通过一些实战案例来进行分析总结经验，如2003年元月9日的永昌火灾中，起火的是一栋六层居民楼，有14人被困在上五楼，一楼火势非常大，当时一中队是作为支援队，其目的是救人，这次行动很成功，事后，一中队召开全体会议对活动进行了点评，总结其最成功之处是现场的指挥调度及时准确，因而遏止了火势的扩大，从而使被困人员得以获救。

葛省昌上尉，一个言语不多但善于用关键之言和形体语言表达意思的军人，寥寥数语就能使你知道他的意义所指。这个2004年3月刚刚上任的中队长明显不具备官样作风，但已在部队待了整整10年，是从班长、排长按部就班走上领导岗位的，他带领我们专门参观了二中队的教育基地。

这是一个毫无消防意识的人一看就会震撼的地方，教育基地展示的火案实例强烈冲击参观者的思维，此时人们唯有一个意识："一定要防火！"二中队的消防教育基地始建于2003年，今年完工投入使用，短短半年时间就有3000多参观者在此接受过教育，特别是数字模拟灭火教育室，更是让参观者受益匪浅。参观者争相在留言簿上写下自己的感受，如师大附小写下了如是意见："通过消防官兵义务为我们讲解消防知识、自救知识及灭火知识，使我们明白了怎样灭火及自救，更明白了防火的重要性。"除了数字模拟教育室，教育基地依次还有法律法规篇、灭火基本方法和原理、逃生自救常识、火灾案例、生活用火、建筑室内消防设施、逃生烟道和消防装备展等项目，通过对这些项目的参观学习，消防意识和知识就源源不断地扩散到人民群众的日常生活中。

3

翠湖之畔，石屏会馆，一所古老的商会会馆，曾经是商豪名流出入的地方，清一色的木质结构建筑，上百年的风霜洗练使其褪尽了当初的稚气和冲劲，留下的是沧桑岁月之后的古朴和沉稳。几十年时光弹指一挥间，谈商论货的商会馆今天已成了普通百姓的民居。老张在石屏会馆住了大半辈子，今天照常起来生火做饭，不一会儿，袅袅青烟在老张的咳嗽声中腾起，然后向四周淡散，渐渐蔓延到整个院落，再随着空气逸出会馆跑向了湖畔，最后融入了整个宇宙。

外面有叫老张的声音，随之进来了办事处的李主任。几个很具专家风度的干部对着会馆的结构在指点谈论着，其中一个把头转过来告诉老张，他们是文化局的，并告诉老张这会馆是很有价值的文物，目前住在会馆的四五十家居民的日常生活用火对会馆构成严重威胁，需要进行整治，并对会馆进行改造加以重新利用，因此，所有用户都要搬迁。老张本来是极不情愿离开这生活了大半辈子的地方，他习惯了这里的砖瓦、栋梁和每日在窗棂上游动忙碌的小蜘蛛，很惬意每天早上那股清烟在自己的咳嗽声中升起，然后再慢慢消散。

然而，文化局工作人员的解释让老张找不到再次拒迁的理由，他是明事理的人，知道火灾的可怕及危害性。也许，正是因为契合了"爱一个地方不一定要拥有她"的至理名言，老张不愿看到心爱的会馆在火灾中消失而甘愿离开她，为的是可以经常过来看看她。

在文化局工作人员动员下，原居民很快搬迁，会馆得以更大价值的利用，改建成了优雅的餐饮场所，为了与火患彻底绝缘，厨房单独建造，并在会馆增加了消防设施。

在五华进行网络建设整改火患的过程中，这是文化局作为职能部门参与工作的一个案例，类似的在职能部门配合下做好火灾防范、教育、整改的例子还有很多。如在教育局的配合下，各中小学都积极参加了消防教育和实地演习，消防大队的工作开展得非常顺畅；还有工商局、安监局等职能部门运用本部门的行政权力督促、监控本行业单位组织的消防工作，并使其按计划、有效地开展各种消防活动。

4

崇仁派出所在一栋古老的砖木结构四合院落里办公，这座旧时达官贵人的住所为新时代政府加以利用成了为民执法的地方，也可以说是他的一个不自觉的贡献吧。这个派出所非常洁净，地方不大，有民警笑言他们内部通知信息可以不用打电话，只要站在门口喊一声，保准信息能及时准确传达。当笔者对片区警长杨成说不知有多少兄弟单位艳煞他们的办公条件时，他说你看看我们办公的地方就知道本辖区防火工作的艰巨性了，原来这一区域的民居绝大部分是砖木结构，存在极大的火灾隐患。

　　作为一个上通下达的沟通点，崇仁派出所在整改火患的工作中投入了大量的精力。顺城街区全长693米，常住人口3359人，居民院坝82个，餐饮酒店不少，房屋陈旧，住家拥挤，居民至今还在烧柴烧煤，加上整个城区基本上都是木质结构的建筑，其火患最为明显。鉴于此，派出所经常要开展消防教育宣传，并不时进行检查，以防止火患的发生，并要求顺城区进行"资源共享，平安共创"，从而创造出具有因地制宜特色的"顺城模式"。

　　作为一个沟通点，派出所首先要把上级的决策和计划传达下去，让辖区人们的消防工作有方向可循。经常与管辖区的人们进行沟通，把他们的实际困难和有关消防工作的意见反馈上去，以供决策者制定更有效的计划。派出所之间要相互联系沟通，共同把消防工作做好。更重要的是，派出所必须把工作责任到人，通过签订责任书的形式来促进工作的完成。

5

伊丽园，浓烟冲起，是在消防演习？

"不好，着火啦！"有人大喊。

很快，一群穿着并不规范的消防队员拿着灭火器、水枪冲上三楼，不一会儿，火扑灭了。

原来这是真的火灾，并不是在演习。救火的也不是正规军，而是社区游击队——义务消防巡逻队。

这是发生在餐厅场所的火灾，其原因是厨师炒菜时被老板叫去有事，忘记关煤气开关，因而出现了开头那一幕。幸好，这一初起火灾被街头巡逻的义务消防队员扑灭了，否则后果不堪设想。

顺城社区的某负责人说，像这样的初起火灾义务消防队员绝对有能力扑灭，可以说是"杀鸡不用牛刀"，消防专业部队根本用不着出动。并且，这种消防队每个社区都有，每天早晚在社区内巡逻检查，各成员组之间保持信息畅通。

如果把作为运营点的消防大队比作疆场指挥千军万马的将军，那么作为执行点的办事处与社区就是前线具体带队作战的班长、排长或连长了。这些执行点在遵循上级作战基本方针的原则下，又自成网络，通过义务消防队和巡逻队把社区所辖的单位组织和居民楼联结起来，形成一个互通有无的万维网，某点的变动立即会激起所有联结点的反应，从而把本社区的消防隐患遏止到无形。

6

　　不论是决策点、运营点、监控点抑或是沟通点和执行点，他们都有一个共同的特征，即都处在一个领导监控的地位，要管理别人，让他人按照自己的计划行事，而唯独作为对象点的单位和居民是纯粹的自主者，即自觉主动地做好自己最基本的分内消防工作。当然，也可以这样说，所有其他或多或少具有管理职能的五个点的工作最终是落在单位和居民这些对象点上，只有这样，整体的消防工作才会有价值，也才有效果。

　　昆明昆都商城有限公司运行十年来，对消防工

作非常重视。公司总部对招商进来的经营户要建立安全档案，规定开业前要进行培训，公司还成立防火领导小组，每季度要召开会议，公司还有自己专门的消防安全人员每天进行巡查以消除火患。其他有条件的单位在消防工作方面走得更远，他们有自己专门的消防队，自我拨出一定经费来维持十几人甚至几十人的消防队，不仅负责自己本单位区域消防工作，并且在其他地方发生火灾时还积极援救。他们懂得，只有自己提高主动性，常常戒备，时时防范，火敌才不会乘隙而入，自己的生命财产安全也才会得以保障。

孙子兵法云："故用兵之法，无恃其不来，恃吾有以待也；无恃其不攻，恃吾有所不可攻也。"这句话的核心就是强调有备无患、常备不懈的备战思想，用兵的原则是要有充分的准备，严阵以待，不要寄希望于敌人不会进攻，而要依靠我有不可战胜的充分准备，所守必固。

有备才能无患，能体现这一思想最典型的例子是上世纪两次世界大战时的欧洲小国瑞士。该国面积不足四万二千平方公里，人口不到六百四十万，可这个国家已有六百多年没有经历过战争，它与德国、法国、意大利、奥地利接壤，但两次世界大战都免于战祸，这就是该国有备无患的结果。一位瑞士外交家说，瑞士公民迈出右脚的时候，是一个平民，迈出左脚的时候，就是一个战士。如果问我们为什么六百年来没有战事的原因，是因为我们随时都在准备打仗。事实也的确如此。在瑞士，无论怎样小的村庄，至少有三样东西：教堂、咖啡店和打靶场，军事知识非常普及。两次世界大战中的野心家德皇威廉二世和希特勒都想入侵瑞士，但看了瑞士全民皆兵的景象，最终都改变了主意。

五华区应对火患的全民皆兵可以说不亚于瑞士的常年备战。正如孙子所说，对于万年不死之火敌，五华区政府要求各社区人民应当"无恃其不攻"，而要"恃吾有所不可攻也。"

六点网络作为实现消防执政的典范操作模式有其内在的科学规律。该网络主要是借用经济学和公共管理的科学知识来实现各个网络点的互动制约，变被动为主动，所有主体都积极参与消防工作；相反，消

防大队机关变原来的具体活动执行者为宏观决策指导者，从而真正实现全局性的消防执政工作。

消防执政最重要的是积极探索消防工作的科学规律，从而指导各个网络点有效快速地防患于未然。比如对经济学的公共利益规律的利用，就是一个最好的例子，因为人是有自私心的，看到别人在公共场所搭了个车棚，自己不占个位岂不是吃亏了吗？于是，你占一处，我也占一处，最后，公共过道越来越狭小，结果成为消防工作的严重障碍，酿成不可挽回的悲剧。于是，五华大队利用这个规律，促使人们去珍视彼此的公共利益，以避免不必要的损失。

正是因为了解消防工作的规律，"六点网络"就不是某一阶段的工作手段了，而是具有了程序化和规律化的可持续发展的消防工作模式。消防工作不会由于领导人的变更而波动，而是在一代代领导人的努力下不断积淀、更新、成熟以至达到完美。因而，由于有了六点网络这个永远的消防执政平台，强有力的消防执政也就有了制度性和科学性的保证。

（本文原载于《云南消防》2005年10月。）

"昂玛吐"的世界

哈尼族是一个没有自己文字的民族。"昂玛吐"（即寨神祭祖仪式）活动是他们口传文化形式的载体，它主要是围绕梯田农耕活动这一核心内容来传承本民族的习俗、观念。

修辞学本意为演讲的艺术。亚里士多德认为修辞学是在每一件事上发现可用的说服的手段的能力。到了二十世纪前后，修辞学从以演讲话语为主转向到了文学作品上，进而与诗学产生了难分的联系。此后，肯尼斯·博克奠定了新修辞学的基础。在博克看来，修辞因素是存在于一切话语中的，修辞学研究包括演讲和日常话语的所有象征活动。这样就扩大了修辞学的研究范围：即我们日常的话语活动都是修辞现象。

哈尼族是一个云南历史发展过程中多民族融合

而成的民族。由于长期处于封闭状态,一直没有发展出自己的文字。因而口口相传是他们传统文化的唯一传承方式。"昂玛吐"活动则是他们口传文化方式的载体。"昂玛吐"即祭寨神活动,("昂"即精神、力量;"玛"即母、主人,全意译为"村寨之精神之母,村寨灵魂之主,即寨神)。这个活动所展示的不仅是作为祭寨神的单一特别的一项节日仪式,同时也基本上反映哈尼族传统文化的全貌。

一月不到日已到,一年不到月已到,到了打埂犁田的日子啊,要动手动脚地去打埂了,要跳手跳脚地去犁田了。

热烘烘的一月到了,是挖田埂的时候了,上也埂头薄薄地挖,不要怕把土狗挖绝种,下也埂脚薄薄地铲,不要怕砍断蚯蚓的脖颈。

屋里的秧种卿卿地叫了,告诉先祖捂种之夜到了……

秧姑娘嫁人的日子到了,身上穿着好看的衣裙,棕叶来做腰带,手手脚脚洗干净。

到了出门的日子,哈尼的男人来到田里,他们深深的背箩,是秧姑娘上路的马背。

南竹玛多多地来了,大田里像赶街一样热闹,栽种的三天是不怕羞的三天,一坝的姑娘像对歌一样亲热。

日子一轮一轮数上去,薅过三道草,施过三道肥,谷子开花了,谷壳撑饱了,谷穗像马尾耷下来,百个哈尼也吃不赢!

——节选自《哈尼族古歌》

惹罗的土地合不合哈尼的心意?惹罗的山水合不合哈尼的愿望?先祖抬眼张望,高山罩在雾里,露气润着草场……

智慧的老人点着白头,赞成用惹罗做哈尼的家乡……

上头山包像斜插的手,寨头靠着交叉山冈,寨脚就建在这个地方,这里白鹇爱找食,这里箐鸡爱游荡,火神也好来歇,山神也好来唱。

选寨基是大事情,不是能人不能当,先祖推举了西斗做头人,希望献出智慧和力量,西斗拿出三颗贝壳,用来占卜凶险吉祥,一颗是子孙繁衍的预兆,

一颗代表禾苗茁壮,一颗象征六畜兴旺。

惹罗的哈尼是建寨的哈尼,一切要改过老样,惹罗高山红红绿绿,大地蘑菇遍地生长,小小蘑菇不怕风雨,美丽的样子叫人难忘……

惹罗的哈尼像蚂蚁上树结对成行,掰着指头算算,六千已经算满,二月祭树的时候,肥猪杀翻在神山上,腿快的人,只分得手指厚的一片,脚慢的人,树叶薄的一片也不……

寨里出了头人、贝玛、工匠,能人们把大事小事分掌,亲亲的兄弟姐妹们,先祖虽然去世,往事不会遗忘,哈尼好听的古今啊,像春雨播在后人心上!

——节选自《哈尼阿培聪坡坡》

这是哈尼族民歌中最经典的代表作之一《哈尼阿培聪坡坡》。在诗歌中,我们可以看到那三种"能人"运用自己的智慧去选寨、建寨、管理村寨。故事发生在村寨农田中,剧情发展的脉络是:智慧老人选寨,带领人们建寨,然后引领族人祭寨神,最后是全村寨兴旺发达。在这个幻象主题中,贯穿着要有智慧、要勤劳,这样就会有春雨降临的思想。

在趋同机制的驱动下，出于对美好生活的向往，哈尼族人对主题描绘的图景达到了无意识认同，他们产生了克服困难、甘于在农田中进行奋斗的动机，他们将每个挫折都看成一种强大的动力，于是在这些共同的幻象主题的引领下，形成了团结一致的力量。千百年来，哈尼族在梯田农耕中保持着一种永恒的修辞远景——"昂玛吐"的兴奋、激情与空幻之中。在信息传播中，一切内容都是经验的、直接的、表象的、日常的，乃至附会的。由于哈尼族没有自己的文字，先祖的事迹经过口头流传，演变为神话传说。哈尼族文化的传播以祭祀、巫术为核心内容，而且以神话传说为中介条件，这在"昂玛吐"活动中大量表现出来。在仪式活动中，展示神灵谱系是最重要的内容；这些神灵成为农田丰收的保护神和希望，先祖的奋斗史成为他们的依托和动力。

由于梯田农耕是哈尼族传统的生产手段。以"昂玛吐"为核心围绕梯田农耕的系列祭仪，是哈尼族物质活动与精神活动的综合载体，也是哈尼族口耳相传模式继承与发扬的重要渠道。活动的时间在每年农历一月或十一月进行，正值上年的农事活动基本结束，梯田进入翻耕、休耕阶段。他们根据长期对自然万物的认识、了解、探索，将世界划分为天上世界、自然世界、地下世界区域，形成了繁杂的诸神灵群体。出于对世界的不可知，长期以来形成了对鬼魂的敬畏心理。因此，活动的基本内涵是对中心神灵及系列神灵进行祈求，以期得到他们的庇护，使村寨人畜平安、五谷丰登，为人们寻求一个平静和谐的自然与社会环境。在"昂玛吐"活动中，主要祈祷仪式是围绕农耕活动进行的。每当进行祈祷活动时，往往由咪谷主持整个活动，他是该寨中最有知识的人，举行仪式时，咪谷则口述文化史诗，其内容大致包括该民族的迁徙史、奋斗史、先祖的功绩史，还有对农业丰收的展望。在咪谷的布道中，全寨人都沉浸在对祖先奋斗历史的敬仰和对将来农业丰收的幻想中，从而形成一种认同感。

哈尼人相信咪谷会预先得到天神的旨意，咪谷的言行成为族人顶礼膜拜的信条。咪谷渐渐成为权集一身、支撑天地的家族领袖，在"昂玛吐"祭祀活动中，他们往往负责引用祖辈口传的经文驱除鬼魅、占验吉凶、画符念咒。由于时代的变迁，各地不同的社会条件和文化背景使咪谷们不约而同地将自己民族古传的习俗文化进行着不同程度的更新，发展着哈尼族的巫术文化，从而成为族人永恒的精神支柱。

"昂玛吐"活动实际上是一种现象。如果我们以修辞批评模式中的幻象主题分析法来分析"昂玛吐"活动，则可以更深入地了解哈尼族文化的内涵。幻象主题分析法认为幻象主题是更大、更长、更复杂的，作为修辞远景的一部分，都是由人物、情节、场景和批准者构成。幻象主题及修辞远景可以在小组中形成一个想象键，使小组的成员在幻象主题中都能找到自己的位置。当他们对戏剧情景做出情绪激动的反应时，他们就对某一态度公开表示了认同，于是幻象主题中的情节就成了他们将来行动的动机和精神支柱。往往现世的折磨与苦难被看作对他们没有严格遵循幻象主题的惩罚。所以，那些有活力的修辞幻象能可信地解释感官见闻，那些行为戏剧化并为此感到满足的人并不为常识经验中的相反的证据所苦恼。他们

往往为梦幻中的目标和人物所鼓舞。

我们会发现一系列制约该民族发展的内在因素。在社会发展民族交流中,外来文化在遭遇哈尼族口传文化时常常显得力不从心,其内在原因正是哈尼族长期的自我保护状态所形成的民族内幻象主题对混沌与准混沌主体的强大影响。这些幻象主题使得该民族安于自己的现状,保持自己的传统,并形成整个群体日常生活的行为规范和道德约束,个体的价值不能得到发展和张扬。当然这也不利于他们对外来优秀文化的吸取借鉴,不利于民族地区的经济发展。

2013年,红河哈尼梯田被列入世界遗产名录,哈尼人以更加开放的态度加强与国内外的交流,哈尼文化日益彰显出巨大的经济价值,哈尼族的生命在新的幻象主题中得以绵延,且愈益鲜活有力。

(本文原载于《中国社会科学报》2022年6月22日,《文明》杂志全文转载。)

第三辑　辨识义理

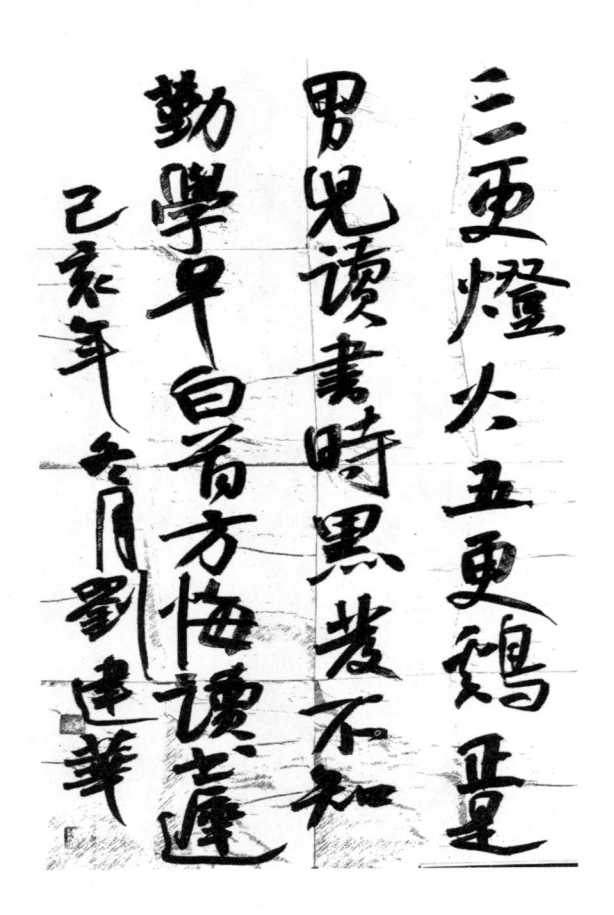

三更燈火五更雞，男兒讀書時。黑髮不知勤學早，白首方悔讀書遲。

己亥年六月 劉建華

刘建华书录（唐）颜真卿《劝学诗》

瑶溪的雪

北京又下雪了,我知道,北京的雪不属于我,我也不属于它。这个雪的世界,写满我心扉的,徒然只是异乡罢了。

在梦里漫迹于故乡丛林野径中的我,不是被北京的雪敲醒,而是被虚拟世界的刷屏催醒,真的是"先摸到刷屏的雪,才看见北京的雪"。

打开窗户,通过微信视频,我让千里之外的小儿看到了动态的雪的世界。孩子在那边欢欣雀跃,"爸爸,给我一个胡萝卜,我们去堆雪人。"

下雪仅仅是能够堆个雪人吗?绝然不是。至少,在年少的我的记忆里,故乡井冈山瑶溪的雪带给我们更多的是一种团聚,一种亲情,一种闲适,一种欢庆。

瑶溪的雪有一个久候的过程,绝然不像北京的雪，是那么突兀直愣愣地从天而降。那是一种委婉而韵味悠长的雪，需要人们去静静地等待。雪来了，一年中最快乐的时光也就到了。

忙碌且收获的浓郁秋日，绿色不再是人们的关切，而是那种金黄。绿色是一种生命，是一种希望，是一种憧憬，但是，人们会毫不留恋这绿色，而是对稻穗的泛金呵护备至——这才是一种新的生命、新的希望与新的憧憬！"黄金漫卷稻千浪，霜降降下粮满仓。"每每此时，父亲必然是最开心的。望着那遍地尽带黄金甲的晚稻，父亲选择了一个良辰吉日，带着全家，拿起早就磨得明晃晃的镰刀，收获一个农家一年的希望。

我们往往选择大清晨去拥抱希望。抬起打谷机，挑着箩筐，踩着晨曦，我们总是踏醒别人家的梦乡去汲取朝露。朝露到，收获也到，冬日也就不远了。

朝露是瑶溪雪的第一个使者。在农野忙碌的父亲，突然有一天，带着满裤脚的潮湿而归，我就知道，雪的脚步近了。袅袅炊烟中，老黄牛吃着朝露草，正是长膘的最好时节，朝露到，它的慢时光也到了，父亲对它唯一的要求就是尽情享受闲暇。我对老黄牛由怜爱到嫉妒，闲暇还得要有人陪它，我必须早晚陪它一次，朝露晚露对我而言是一种苦恼。我必拿一个小竹竿开路，既是恐吓老黄牛，免得它乱走乱吃，又是把草上的露水抖落，免得打湿裤子。晚上尚可，早晨要是湿了，上学就没有换洗的衣裤，只能用自己的体温去赶跑那些露珠了。

然而，我们又是如此地喜欢这晶莹透亮的露珠。看书累了，我总是去戏弄它们。芦苇叶是一种天然的水槽，我轻轻地托起它，一手捏着叶尖，一手抓起叶根，把一片叶子上的露珠转移到另一片叶子上，如法炮制，不断往复，这颗露珠就在那些横逸交错的芦苇叶上下跳舞，临了，要么是变成轻烟直上云霄，要么是细化银线径入地底。

明朝诗人周砥吟到，"朝露涂野草，颜色暂辉光。不知秋节去，朝露变为霜。"很快，朝露变为秋霜了。霜降时节，正是山茶籽采摘与晚稻秋收的最忙碌时刻。人们往往还在金灿灿的平坦稻田里数着那生命的种子——数以亿万计的稻谷，转瞬就到了绿油油的

陡峭的山坡上采摘那生命的果实——数以千万计的木籽。一种可以做饭,一种辅助做菜,两种植物的生命成就了人类生命的延续。露珠再也不能在叶丛中舞动了,我们往往把秋霜从泛黄的芦苇叶上刮下,当作食盐,与稻谷、木籽一起,补充我们的体力,维持我们的生命,延续我们的希望。

天气日益趋冷,生命消耗愈多。孩子们受不住饿了。母亲准备把收获的红薯做成薯片。用刨机把洗净的红薯刨成薄片,父亲在大清早把大锅水烧开,薯片倒进去,待六七成熟后捞起,在门前秋霜地上排满稻草,这时,我们小孩子的工作就是把一片片红薯分开,迎接太阳的到来。红薯干又有韧性又有甜头,整个冬天,它们就躲在我们口袋里与书包里,增强了我们生命的热度与强度。

这时,冰块入梦了。突然的一个清早,外面水桶里结了薄薄的一层冰,我们欣喜若狂,小心翼翼地把这张清凉透彻的圆饼从水桶取出,逐个参观完毕,把从天而降的胜利果实均分,一人一块,慢慢吮吸着,仿佛那不是冬日的冰块,而是炎炎夏日令我们神魂俱醉的雪糕。课间，我们依然不能抑制对薄冰的向往，跑到水田，踩着田埂和硬土块，用稻草把薄冰块串起来，一人拎着一面镜子回到教室，我们把它放在课桌里，希望它能天天照见我们的容颜，也能照出我们农家孩子那不可知的未来。

"下雪了！"父亲从外面走进来，一面抖落身上的雪花，一面拿出柴火往厨房走去。很快，火房传来噼噼啪啪的响声，青烟裹着松香，走进了家里的每一个角落。我闻着这特有的冬日韵味，一改平时赖床的习惯，跳下床，一阵风似的跑出家门，迫不及待地扎进瑶溪雪的世界。眼光所及，远山含雪，水田含雪，小溪含雪，屋舍含雪，菜园含雪，小径含雪，就连我那可爱的小狗小鸡们也含雪，只有那淘气的小猫，它不愿意含雪，趴在父亲脚边，在火塘慵懒地取暖呢。

小伙伴已经在雪的世界欢腾了！我们打了几阵雪仗，从大白菜中取出天然的圆鼓鼓的雪球，是最省事也最有力的子弹，脖子里落满了碎弹，还得取出来用嘴舔舔，甚或一口吞下，谓之为钢铁之躯，无惧枪弹。累了，滚了雪球，却从不堆雪人，因为我们从来

没有胡萝卜，也没有黑眼珠，堆不出人的样子。雪球会越滚越大，最后大孩子甚至大人上场，借助支点原理，用棍子把雪球撬着滚。南方的雪最易融化，天一放晴，三五日雪就不见了。此时，难以融化的雪球才能保持我们对雪的记忆，才能寄托我们对雪的世界永世的憧憬。

瑶溪雪是短暂的，但迎接它的到来却有一个较长的过程，必先经历朝露、秋霜、薄冰这些阶段，雪来时正好是大人小孩子最闲适的时候，大人们劳碌一秋拥着或多或少的收获过冬，孩子们度过一年紧张的学习时光可以放空大脑与父母无忧无虑的休憩。雪来临的时候，可以围着火塘烤火，可以一大家子团聚，可以听父亲讲传奇而又怪诞的故事，可以深深地感受来自亲人的爱意，可以静静地等着美妙春节的到来。

彼时的雪，不是寒冷，而是温暖。

瑶溪雪，再会不知有期？

（本文原载于《内蒙古日报》2022年5月19日，普通话、粤语朗诵版被光明网等100余家主流媒体转载。）

心中的快雪

北京的雪今年出奇地来得早,使大家一夜醒来直接挺进冬天。

蒙眬中听到对面宿舍喜哥的一声大喊,我开始意识到冷,恋着被窝不想起来。喜哥"哎呀"了一声,我疑心:是不是下雪了?可是,此前怎么没有任何征兆呢?

窗外的雪正起劲地下着,他们"却永远如粉,如沙,他们决不粘连,撒在屋上,地上,枯草上,就是这样。"这是鲁迅先生笔下的朔方的雪。今天,依然如粉,如沙。可却是撒在了屋上,地上,绿叶上,青草地上。蓬勃奋飞的沙雪旋转升腾,纵然是阴天,但却有闪烁的余光。一阵笔走龙蛇后,拥入了绿叶与青草的怀抱。快雪突临,绿叶与青草失却了往日的优雅与镇定。这奇白的雪——雨的精魂,曾经梦寐以求的

物华，是祖辈传说里的妙玉，是黄叶、光枝与枯草同仁们的甘露，是万物复苏的启迪，是春雨的前站……今天，他们穿越时空的隧道，谋面于北国的绿的世界。

与李炜兄步入漫天雪飞的绿的世界，不，应当是白的世界，冷的冬天不是主题，而是绿与白的交融。间或，绿的枝枝失去了镇静，"吱呀"一声，抱着雪团坠到地上，碰触所及的积雪扬扬直下，就更如粉如沙了，失去了优柔飘逸的美姿，但更具北国精灵的直率与豪迈。

"孩子们垒起雪人了"，博士楼的大人们对着远处的本科生谈论着，露出艳羡的神情，有人终于抑制不住汹涌的情潮，高声朗道："北国风光，千里冰封，万里雪飘……"同班的三猫也倚着身子对我说，该是作诗的时候了，并吟道："品园楼外梨花俏，书生网上论前朝。一夜快雪抚凸凹，明君盛世何足道？"

博士们终于返璞归真了，笑容犹如快雪般，抚平了大家心灵上过去的凸凹，看着雪仗中女生们凌乱的身形与灿烂的笑容，我相信，他们今后或许还有不同的凸凹，但终将都会被同样的快雪为之抚平。

李炜兄不失时机按下了快门，记录了此刻的快雪、快人、快事与快景,当然,还有我们与之在人生长河中短暂快存的倩影。我对他说,留此存照,就是历史中的一个记忆,后人必将会忆着我们,李炜兄对此存疑。希望我的这些文字能印证我的预言。

在我的第二故乡,昆明,也有快雪眷顾的。然而,她却是出奇稀有,稀有得让人们忘却了她,与她相会只有在梦中了。当春城的快雪与这个城市相拥后,失去镇静的不仅仅是这个城市的绿叶碧草,而是全城的市民了,突来的快雪大可让人们不去上班,沉浸在这短暂却又无边的美感中。春城的快雪与北京的快雪一样,带给人们以愉悦与释放,但他的快不在于时间,而在于稀有,几年之中,未见飞雪应是常事,只有到酷寒酷寒的冬日,才不经意间与人相遇,为四季如春的昆明带来冬的气息。或许,春城悠闲轻缓的生活节奏,为人们带来的更多的是暖情蜜意,心灵上的情感凸凹不很分明,所以只需几年一次的快雪足矣。

2002年甫临春城,迄今七个春秋,记忆中有过两次快雪,2002年的那次没有留下太多印象,由于老家之雪并非少见,也以为昆明下雪是常有的事,并

不稀罕。当感受到她的弥足珍贵时，那次快雪已离我远去。第二次是较为深刻的一次，那是2007年的2月1日，临近年关，我正在云南大学的斗室习书，忽然，窗外的物事朦胧了我的视线，原来是快雪骤降，细细的飞雪像鹅绒般点缀了春城的世界，雪虽不大，然而，终于有雪的韵味了。这倏忽的绒雪拉长了思索的视线，我即兴吟道：窗外，一种迷离的飞絮，勾引着我的视线，把我思索的魂灵与古今的旧人新人对接。那是学者的灵魂，借时空的穿透，托寄亘古弥新的哲理于某处，在漫天雪飞的今天，巧架于我的灵穹，那是情人的双眸，厚重的历史无法承载的深意，谁也不愿传说的情孽……睡梦中的春城疑似改变了的故乡，那是北方的叠雪大如盖，牵着我对古人诗意的憧憬，与北边师弟妹的叨念，嫁接了西南、东北和中北的距离，告诉我，他们曾在，并正在雪的世界里，与今天我的魂灵，在春城的上空缠绕，抛撒出惬意的梨花，与妩媚的柳絮，争骚于角落的昆明。告诉自己，这里有着同样的别处的天空，为心灵的皈依，厚加一个沉甸甸的理由。

故乡莲花的雪，依然是快雪，她既不是北京的快雪，也不是昆明的快雪。她没有北京快雪的如此之早、如此之快，也没有昆明快雪的如此之稀罕、如此之珍贵——因为她更多的是符号象征性的意义。故乡的雪是常见的，每年是必有的，但需要耐心等待，必得在酷冷寒冬降临不可，犹如鲁迅在《故乡》描写的那样："我于是又很盼望下雪……"因为下雪了才可以去捉鸟雀。

故乡的雪大抵也是这样，须慢慢而又充满希望地等待，快雪必至。小时候，房屋后面就是田地，收割后的稻田平整如镜，快雪总在晚上而至，醒来后，听到父亲喊了一声"下雪了"，必一咕噜跳将起来，直冲后屋田野，雪足足有两尺深，一阵闹腾后，滚雪球才是大事。小孩们各自从小拳头般的雪球滚起，这可是能力活儿，谁滚得快滚得大，其他小孩将无条件放弃自己的事业，或者跑来一起滚，或者把自己的作品贡献出来，合多为一，成为其中的一分子。平整的田地是天然的滚场，当小孩们在雪球的映衬下个子显得越来越小时，大孩们神灵活现地上阵了，他们一两

个人的力量往往使小孩们惊异不已，恨不得自己一夜长成巨人。我那时最希望自己能成为大力士，一人可滚动巨大的雪球。读书以后，稍大些，又希望能够成为轻功高强的侠士，在雪花堆积、晶莹透亮的枝梢上跳跃前行，赢得少女们的注目。

雪球有了几个大人般的体形后，更大些的青年们上阵了，长木短棍齐用，推动雪球的迅速成长，当小孩们神奇田地上急剧减少的雪时，大青年们已全部站在雪球上，庆祝伟大作品的诞生了。

饭后，雪球已被小孩抛却脑后，雪村里成了长板凳与短板凳的天下。我们小村（神泉乡大湾村文岭组）有上文岭下文岭之分，顾名思义，地形肯定不平，上文岭与下文岭之间有块狭长的山坡，其上有小径供通行。快雪降后，山坡被抚平，小孩把板凳倒放，四脚朝天，然后一屁股坐上，两脚朝后一蹬，小板凳载着人便呼啸而下，瞬间，山坡上的小板船川流不息，与今天的国际滑雪赛事无二。我家房屋就位于山坡下，一滑就可到厅堂前，往往一不留神，刹车不住，连凳带雪直冲到厅堂里屋，免不了大人的一顿笑骂。

不过，小孩也是有功劳的，滑雪过后，板凳面洗刷得雪白雪白，省得大人去洗了。

读书后，碰上快雪，老师马上停课，带着我们上山打雪仗，记得在永新师范的东华岭上，我们登上东华关，放眼禾水河，纵情于快雪遍野的青春岁月中。在我师范毕业为人之师后，延续了这种传统，神泉中学的周山之巅，曾见证了我与学生们玩雪的笑脸。面对重岭之上的皑皑白雪，我虽失意困顿与迷惑，但快雪予我的欣悦无限。雪仗之后，乘兴吟道："峰峦叠嶂溢飞雪，千山静谧万径灭。夜寻百度傲霜梅，平明忽现数点红。"

故乡的雪是从娘胎出来就浸染我肌肤与灵魂的雪，她带来的愉悦是与生命呼吸相济的，是我梦中千百度萦绕不息的心中的雪。唯有她，我才不会失却童真；唯有她，我才不会失却快乐；唯有她，我才不会失却憧憬；唯有她，我才不会失却进取；唯有她，我才不会失却爱心；唯有她，我才会把故土的、昆明的、北京的乃至全天下的雪，当作永远的心中的快雪。

（本文原载于《云南日报》2022年5月14日。）

研究院的入口

对于很多朋友来说，要想快速准确地找到中国新闻出版研究院，即使不能说比登天还难，但也的确颇费周折。哪怕你专门坐镇指挥行进路线，他们还是会一脸茫然地问："研究院的入口到底在哪？"

研究院坐落在三路居路一隅，她本就是一幢6层的小楼，又隐约在小小的三路居路一侧，周围没有可依傍的名楼名景，要想找到她，不要说陌生人，即使是作为城市向导的出租车，也未必都清楚。

近日，滴滴呼叫出租车，手机显示离研究院只有1分钟距离，可左等右等却未见出租车踪影。心想，出租车不会又找不到研究院的入口吧。果不其然，手机响了。司机问，到底在哪个位置？我告诉他，出租车考"两证"的地方往东200米就到了。司机"哦"

了一声，说"明白了"。我也安心地继续等候。很快，司机电话又来了。说是导航导到徽都大酒店的一个死胡同里，没有路了，怎么还是见不到研究院？看来连最先进的定位技术都没辙了，难道研究院还有障眼法不成，可以避开卫星的搜寻？终于看到出租车时，人家又一不小心错过研究院，冲过菜户营桥，刚折回来的。

研究院的入口之难找，我也亲自领略过。一是3年前初来研究院交应聘材料，人事处卉莲老师是一个极为细心之人，把研究院的路线图不厌其烦地告诉于我，但最后我还是在丽泽桥、丽泽路、各种大小胡同中寻寻觅觅、进进退退、曲曲绕绕，从丽泽路到研究院的直线距离也就二三百米，最后到达时却耗费近40分钟。一是有个师弟要来研究院应聘，我在电话中告知他详细路线图，可最后他竟然在50米处的河岸折腾了半小时之久。

研究院的入口之难找，切肤之感肯定不限于我。但是，入口又是何其之重要！数字技术与网络技术时代，入口已成为一种战略资源，可以决定企业的兴衰

存亡。"得入口者得天下"！当我们一度哀叹互联网市场被新浪、搜狐等综合门户网站所垄断，根本没有进入空间的时候，以 BAT 为代表的三大互联网企业却可以一夜之间令江山变色。百度掌握了搜索的入口，阿里巴巴掌握了电商的入口，腾讯掌握了社交的入口。这些互联网大佬之所以如此看重入口，是因为入口就是用户寻找信息、解决问题的方式，成为入口，即意味着大量用户的到来。通过入口，先把用户笼络在一起，搭建一个巨大的平台，再在这个庞大的用户基数上做文章，寻找盈利模式。

这让我想起了小时候掌握入口的亲身体验。一是捕鱼。井冈山老家的瑶溪山区，植被茂盛，是天然大氧吧，久居其中，固然是感受不到她的奇特，但凡在外有什么身体不适，当你对医生感到极为失望时，回到老家休息最多一周，立马病痛遁形、生龙活虎，那是由于那里有奇妙的山泉。曲溪江就是在我家门口蜿蜒走过的一条美丽小河，沁人心脾的山间清泉中，小鱼儿显得格外精神可爱、身手敏捷，要想抓到它可不是什么易事。于是，我们用石头和木头拦溪做成一个栅栏，中间留一个豁口，鱼篓放置其中，你就可以安静地坐在一旁，看着鱼儿们沿着鱼篓的入口，把鱼篓肚子填满。一是捕兔。在野径纵横的茶山上，选择小路狭窄处，挖一个洞，安放好夹子，细泥毛草一撒，路面恢复如初，只要野兔踏中机关，便会成为我们的猎物。但是，这么多的小路，如何使猎物走进我们的埋伏圈呢？就是要为其设置入口，用树枝挡住所有的岔路口，为兔儿设置类似今天各种影视节上明星们走红地毯的专道，请君入瓮，只要一走进入口，必然会走向我们的餐桌。

其实，自古以来，入口一直存在，也一直重要，只是网络时代尤其是移动互联网时代显得更突出而已。入口其实就是到达目的地的一扇大门，它决定了你的前进方向。方向的对错，也就决定了事业的成败。大到一个民族一个国家，小到一个行业一个机构一个个体，在时代的裹挟中，需要不断地寻找入口，寻找方向。我们要么被他人创造的入口所影响，要么自己创造入口去影响他人。个体、公司、组织与国家就是在影响与被影响的过程中生活、工作与发展。

三路居路毕竟是一条小街，可以说是弹丸之地，再怎么难找，我们依然可以找到研究院的入口，这是一种地理位置的概念。更重要的是，研究院要有自己的科学研究自身定位上的入口，需要找到进入为政府服务、为行业服务、为社会服务的入口；同时，又要自己去创造入口，让他人可以沿着这个入口聚集在我们旗下。这就需要我们科学地定位、高远地规划、认真地研究，创造出真正让政府、行业与社会信服的科研成果。届时，研究院即便隐迹三路居路，也会有"其身正而天下归之"的效果。

这其实就是一种品牌效应，品牌效应就是一个入口，是一个更重要、更便捷、更有效的入口！

（本文原载于《浙江日报》2022年6月12日，《宁夏日报》《甘肃日报》全文转载。）

往事如风的碎片
——父亲的葬礼

第三辑 辨识义理

李商隐的《无题·相见时难别亦难》，因父亲的葬礼，我才真正深切体会到诗人的情感，虽然诗人当时是与情人的告别，而我是与父亲遗体的告别，但是，我们所处的心境是一样的，相见再也没有机会，与父亲遗体的告别也是非常困难。在我们乡下老家特有的告别仪式上，乐队奏起了"相见时难别亦难"的音乐，父亲是我的至爱，也是我最大的精神支柱——对儿女特好，好得无法去言说的那种父亲，此时，我跪在父亲的灵柩前，沉痛的心把泪水逼得逆流在血液里。

对父亲记忆的泯失是我最大的不孝，今天，深夜，父亲逝世的时间，我坐在《相见时难别亦难》乐曲环

循缠绕的斗室，为的是把有关父亲最后时刻的记忆加以定格，我想，也许再过个四五十年，我就可以回我的祖山之阳，永远陪侍在慈父的身边了。

一、逝去

二〇〇七年二月四日下午三点（农历二〇〇六年腊月十七日），我乘坐昆明至上海的火车，往江西老家萍乡市莲花县奔去。是日，找不到卧铺票，与朋友坐在硬座上一路颠簸着回行，过年的气氛中，簇拥的人群虽然疲惫，但眼神却是充满热烈的渴望和激情，大家盼的就是这一天与家人的团聚。我也充满强烈的期待，期待回乡与老父团聚，因为我知道，这肯定是我与父亲过的最后一个年。我很懊悔先年没有回家过春节，我暗暗祈祷，老天给我一次最后的机会吧。

二月五日下午四时，由于误点，我们被撂在了萍乡火车站，回莲花县的汽车也没有了，好在我朋友的妹妹开车来接，一路疾行往我家奔赶。据我妈说，父亲每隔几分钟就问我到哪了，他是被对我行程的牵挂而一直支撑着，等着见我最后一面的。

晚上七点，我终于到家。家里有很多人，我姑妈、姑父，还有他们的儿子及我的兄弟姐妹都在，刚好那天邻居家有女儿要出嫁，他们是来参加其婚礼，并等我回家的。大家都忙着做饭，人很多，但谈不上热闹，因为缺少一种致命的东西——愉悦。我禁不住一阵心伤，往日这时，都是父亲在厨房里忙碌着。父亲是个能人，什么事都做得非常出色，做菜也是出奇地好，并特能吃苦，活再多再累，他也不愿叫我们去援一下手，再多的人，也是他一个人张罗着饭菜，我母亲是他的得力助手。不过，我母亲虽然与父亲生活几十年，厨艺却一直没有什么大的长进，我们六兄妹却得到父亲的真传，做菜方面个个是好手，尤其是我大姐，她自己还开了个小餐馆，堪称是对父亲做菜本领的发扬光大。

我一放下行李就往厨房疾奔，父亲在那烤火。因为是冬天，我们老家在南方，不像北方有暖气，加上农村的砖木结构房子不密封，空调也无用武之地，所以抗寒的工具就是柴火、煤炭火及木炭火。由于父亲生病到了晚期，加上做了胃切除的大手术，进食非常困难，更残酷的是，癌细胞已扩散至父亲的肺部和肝部。这个时候，病人往往非常厌油，荤食的气味一闻就吐，父亲只能吃些素食，热量太少，因此极其怕冷。为此，我母亲经常去弄点木材回来烤火为父亲驱寒，大哥是一个中学的校长，就把那些坏桌椅运回来。所以，火炉边成天是烟雾缭绕，父亲就是在这个常人难以待上几分钟的环境中（因为柴火烟很熏眼睛）度过他生命的最后时光的。

我进到厨房，完全为父亲的模样给惊呆了。短短三个月不见（2006月10月，我回了一趟家，父亲那时虽然很瘦，精神还是很好，当时我专程陪父亲再次去上海看医，并伴着他到广东佛山我妹妹家住了一周），父亲完全变了形，坐在木凳上，头低垂着，上面戴了个黑色呢帽，脸浮肿着，穿了厚厚的衣服，精神全无，哪里有半点昔日的影子！我喊了声父亲，问他感觉怎么样。父亲见到我，稍稍恢复了几分精神，回答说自己不行了，没有一点力气。我当时还不知道父亲已到了生命的最后时刻，安慰他说没事，过完这个年，到了春天就会好了。说了几句话，我就与几个表兄弟吃饭，那天还划拳喝酒了，现在想来，真是后悔没有与父亲多聊会儿天，关于他后事的话一句都没谈到。

当晚，大家洗漱完备，各自去睡了。我背着父亲到他卧室，这是父亲第一次也是最后一次由人背着去睡觉，之前都是由我母亲扶着。不过，这是由他小儿子背着的，他应当很满意，儿子在，他去另一个世界的路上是很安稳的。想来，这是我在父亲一生中唯一一次背他，不知道我大哥二哥他们背过父亲没有，如果没有的话，那我就很幸运了，因为我尽的这个孝他们永远没有机会了。

大约晚上近三点的时候，我被母亲叫醒，说是父亲不行了。我一跃而起，往父亲床前疾奔。此时，父亲已神志不清，只能哼哼几声，我趴在床前，大声喊着"爹爹"，想把他留住。然而父亲身体越来越冰冷，我握住他的手，不停地喊着，二姐夫在掐着他的人中，希望能把他从死亡边上扯回来。

在我的呼喊声中，父亲还是未能开口说一个字，只见他的眼角流下两滴清泪。在我的记忆中，从没看见过父亲流泪，他是个真正的硬汉，生活再艰苦，处境再艰辛，他也从不表现哪怕是一丝一点的萎顿情绪，我长到现在，父亲总是我心底深处的大山，这都是缘于长期信赖父亲的缘故。现在想来，父亲流泪，不是由于痛苦（因为他去的较为安详，没有传说中其他病人撕心裂肺般的痛苦），而是由于遗憾，他遗憾的是老天在故意作弄他，因为父亲曾说过，像他这种人不会得这种恶病的（父亲是个善恶因果论的虔诚者，他从没做过什么对不起别人的事，一直相信老天会善待他），遗憾的是未能看到儿女们更多更大的成就，遗憾的是未能亲手为自己的小儿子操办婚礼，遗憾的是无法看到自己的孙子，未能领着他们去看乡间的水稻田，告诉他们什么是大豆，什么是稗子，什么是萤火虫，什么又是大水牛……

约莫过了十来分钟，我大姑妈（父亲的姐姐）与我母亲号啕大哭起来，嘴里叫着"姊妹"，我那刚生完小孩的二姐也是哭得站不住，快要晕过去了。其间，我在电话中把这信息以最快速度告知了住在县城的大哥大姐、大嫂二嫂他们，还有我的二姑妈三姑妈、大舅二舅们。这时，本家的兄弟也都到了，他们从我们的老房子里把父亲的寿材抬来了，二哥找了铁锅跪在父亲床前一张一张地烧着纸钱，按照老家乡俗，这是在送父亲上路，烧了纸钱给他，好备路上把纸钱散给小鬼，求得个行路方便顺畅。

很快，父亲的身体变得更冰冷并硬起来了，母亲把早已准备好的寿衣寿帽寿鞋找出来，要给父亲穿上。我一直不能相信父亲就此与我别过，不停地握着他的手，并趴在他身上呼唤着他，待到要与他穿衣时，才发现父亲的手脚关节都不能随意屈伸了。于是，我站在床上（这是父亲与母亲结婚时的喜床，我们六姊妹都是在这床上出生并长大的）托着父亲的腋窝，让他直立起来，好方便母亲和姑妈给他穿衣。

不久，大哥他们回来了，大姐也是哭天抢地的，伤心得不得了。他们喊了父亲，这血脉之情好像喊醒了父亲，他似乎是微微睁了下眼，想看看他的长子和长女。姑妈在一旁喊着父亲，说是你大儿子回来了。依据老家乡俗，有儿子在床前送终是最有福的，父亲一直说自己怕是哪天去世时无人送终,令他欣慰的是,他的三个儿子都在床前依守着他,这对他恐怕是莫大的幸运了。

我们在父亲床前看着他的遗容,迟迟不愿去动他。母亲和大哥分别往他口袋里放了些钱,说是要带着钱在身上才会去得安全,不会被看作是穷人,在阴间会受到礼遇的。许久,本家兄弟们催着入棺,说是遗体发硬了入棺会有困难,影响其姿势和位置。于是,大哥抬着父亲的头,我和二哥分别抱住父亲的身子,小心翼翼地过了三个门口,往厅堂走去,大姐在旁护着父亲的身子,说是不能碰着门框和墙壁,否则会影响父亲亡灵的。父亲的寿材直放在厅堂中,头朝里脚朝外,就像一个人躺在地上一样,这样的话,就能面朝人群,受着生者对死者的跪祭。

父亲安详地躺在寿棺中,我把自己刚编的一本书放在他胸前,作为陪葬物,众人用锦缎覆盖父亲的遗体,还放上了两副扑克,说是供父亲到另一个世界没事玩的(父亲在世时喜欢去邻近的店里打牌娱乐,不过,他不喜欢赌博,说是只要输了十块钱心里就慌,与其把钱输给别人还不如自己买点好菜吃,我们为此取笑父亲,正是因为他不赌钱,弄得我和大哥都不喜欢此类事情,我甚至连牌都不愿玩,朋友们三缺一时,我就是不参加,以致他们经常对我愤愤不已)。

把父亲遗体安顿完毕,我们把父亲生前用过的东西挑了堆在路口点燃,并放了鞭炮,为的是让这些物件到另一世界与父亲相伴,另外一点是免得生者睹物伤情。望着夜空中冲天的浓黑烟柱,我心里默祷,"父亲,就此永别了,您安息吧!"

此时,天正处在黎明前最黑暗的时刻。

二、停柩

腊月十九凌晨,我们掺杂着黑暗和悲伤沉浸在夜的深处。这是山间隐归之处,六百四十三年前,我们刘氏基祖守义公迁到此处,他老人家想来也是在夜色沉沉之际,冒了风霜雨雪而来的。六百年时间,弹指一挥间,一个人竟然繁衍出几千人口,人的生命力实在是大得惊人。人之所以有历史,其实就是由生

命的相继逝去而叠加起来的，从这方面来看，我们拥有美好的记忆和梦想，都是以上一代人的离去为代价的。英国有个先哲说过，人在其成长的一生中，都是以其身边某些物事的失去为代价的，小孩长大要出去读书，就必须离开自己熟悉的家乡和朋友，成家了就要与自己的父母相分而居，然后面临父母的仙逝，兄妹的离去，伴侣的永别。所有这一切，都是人类历史形成的必然。

　　从乡间路口回家的途中，就着黑暗，我在想着，父亲怕是已与他的父母及祖辈们重聚了吧，咱们基祖是不是在那个世界另行组建了一个家族，正等着后代们一个一个增加进来呢？在人间，每逢人家有儿子诞生，必用红纸写了生辰八字，摆在祠堂祖宗灵牌前，告知祖先又添了一口人丁。不知道，另外那个世界魂灵的增加，可能就是人世间一个人逝去的结果吧。父亲虽然从阳间逝去了，但在那个世界诞生了，守义公怕是正在手捋胡须，神情愉悦地站在另一个村口，领着已逝的族人在欢迎父亲的到来呢。在我们看来，这个悲伤的事，在祖父母们的眼里何尝又不是喜事呢？

回到家里，我们三兄弟和本家一个叔叔商量着父亲的后事。这个叔叔与父亲可以说是革命战友，比父亲小八岁，是无话不谈的好兄弟。其实，父亲有个亲弟弟，即我的亲叔叔，只不过长年在外从商，由于父亲偶有批评他的缘故，竟然十几年不跟父亲来往，甚至知道父亲病重，时日无多，也不来看看他这唯一的亲哥哥，这真是应了唐朝著名诗人白居易的一句话，"商人重利轻离别"，这恐怕也是让父亲较为遗憾的一件事。

　　大概六点钟的样子，天有些蒙蒙亮，我们与本家叔叔大致商议了几件事。第一，天一亮就去找本村的一位老读书先生为父亲的落葬择好时日；第二，布置灵堂，以供族人祭拜；第三，聘请礼生（即祭司），拟写讣告，通知亲友；第四，确定操办丧事所需钱币，购置一应物品；第五，请来篾匠，为父亲编织柩床和花圈。

　　终于，太阳出来了，一个极其光艳明媚的冬日。往昔，这个时候，父亲已在厨房里忙碌完后，收拾停当，往族家宗祠或附近商店玩去了。每每此时，父亲会精神抖擞地出门去，一路上不时与村人打招呼，慢悠悠地往祠堂踱去。父亲在村里最受村人尊重，虽然他一生没有多少钱，但却以自己的勤劳、坚韧、智慧与品德赢得了村人的认同。父亲也每每以此为豪，昔日恨他整他的人，现在终于收起了爪牙，再也不敢与父亲相争。父亲也越发谦虚谨慎，积极为族人办事，替穷人声援。记得族家宗祠刚建的时候，父亲与其他几个族人屡赴他乡，不辞辛苦，寻找始祖守义公的祖地，支持族内读书之人四修族谱（这相当于地方志，我当时也参与其中，并撰写谱序）。另外有一个本家兄弟，由于家穷，其男人在一次挖煤时意外死亡，留下四十来岁的女人和两个未成年儿子，两间老房子也快要坍塌。父亲见此情状，马上张罗着为其料理后事，无偿把自家的自留地提供给他们，并亲自撰写一份报告，向乡里说明情况并请求政府给予补助，由于父亲的努力，这家人终于盖上了新房子并住了进去，父亲却从不居功，并且还不断关心帮助他们。

  然而，现在却是在料理父亲的后事了。父亲是能人，在世时所有事情是他一个人全部承担处理。我们三兄弟对于丧事一类的大事却从未经历过，由于我祖父祖母去世得早，我们要么是还未出生要么是少不更事，根本不知道丧事操办的程序和需要注意的细节，读了很多书，但就是没读懂乡下风俗这本书。大哥虽然也是奔四十的人了，并且还是一校之长，但对于这方面的事竟然所知甚少，二哥虽然在农村，并且还做过"金刚"之类的事（金刚即是乡下专门抬寿棺的人，这需要辈分高才有资格做，我家辈分很高，像我三十岁的年纪，按照辈分，很多五六十岁的族人都要叫我爷爷，举个例子，家谱三修时主事的德彦老先生，与谱名德潜的我竟然是同辈，我只能叫他族兄，但他早已去世，其孙子也近七十了），但是，二哥对这些事竟也懵然无知。至于我，虽然在一九九九年修过族谱，那时对这些事也做了些了解（如果那时没有出来读书，我现在肯定也是祭司，当然对这些事很熟悉了），可是，离乡已八年，对乡俗也是记忆不清，加上我平生也没有深刻印象的丧事（我爷爷去世时我们兄妹都没出生，奶奶去世时我只有一岁，没有任何记忆和悲伤，其他亲人和族人的丧事我都没有参加过）。所以，到这时，我们三兄弟这才真切感受到父亲的重要性，以及父亲在世时的不容易，也才体会到什么叫作父子之情。

不管懂不懂风俗规则，我们现在只有摸着石头过河，决定要给父亲办一场体面而又符合乡俗的葬礼。因为父亲生前是个好强的人，虽然前半辈子极其辛苦，但后半辈子由于儿女的争气很是受人尊敬，生活也过得幸福，因此，他一生中的最后一件事必须为他做好。这是他自己不能亲为的事情，好坏如何只有看儿子们能否从容料理，为其争得最后一份荣誉了。我们家是大家族，父亲有五兄妹，他又生有六个儿女，外甥子侄们有二十多个。用旧时的话来说，我们家是个望族，众人的眼光都在瞧着，所以我们三兄弟可以说是诚惶诚恐，压力很大，但凡有人提出这方面的建议，管他对错与否，都一一慎重对待并接受。我们本着一个原则，"礼多则不怪"。同时，大哥做了分工，他全盘主管一切事务，二哥负责葬礼的程序和细节，我则主管祭司方面。分工完备，真是如履薄冰，生怕有所差错，扰了父亲的亡灵。

吃过早饭，我精神恍惚地前往祭司家，请其为父亲择取下葬吉日。一路上，看到别人家在忙忙碌碌，有的在清洗桌椅准备过春节，有的人家在粉刷房屋，计划在过年之前住进新房，有的人家在张罗婚宴，各家都在忙着自己的喜事，真是众人皆喜我独悲啊。进到祭司家，他一一问清我父亲、母亲、大哥、二哥和我的生辰八字，经过一番比较推测，确定了两个日子：二十一与二十六，经过斟酌与商量，决定腊月二十六为父亲出殡的吉日。

十九日到二十六日，父亲的遗体需要放在家里七天。由于时间较为宽裕，我们有足够的时间做好准备工作。大家决定把父亲葬在祖父母的坟墓旁，并准备修建一个小型陵园（这其实也是个简单工程，即把所有的祖坟用一道围墙给圈起来，以防动物进去）。

我们家祖坟在一个山脊梁上，从上空俯瞰，这山梁就像一条长长的蛇脊背一般，爷爷的坟就葬在这道脊梁的最高处，旁边有一棵山峦上唯一的大树，山势蜿蜒而下，因此称作"蛇脊里"。这是我爷爷当年从一个破落地主家买的一块荒山，经过开垦，种上了

些茶树，因而就成了熟山，这也是我家唯一的祖业，从而成为亡人的安厝之所。据父亲说，当年爷爷落葬的时候，由于山势下游是外姓颜氏的祖坟，其族人觉得我家的祖坟会压了他们全族的龙气，因此，有几个老人前来阻拦，协商之下，爷爷的坟头稍微移了点位，与他们的祖坟不同向。但是，由于我家祖坟在高处，真是有"一览众山小"的感觉，后来我们兄弟读书争气，考上了大学，乡人都说是祖坟葬得好，占据了这座山的龙脉。

此后几天，二哥请人运来了砖头水泥，叫上所有表兄弟过来挑上山去（这种事只能自家亲戚和本家兄弟来做，不能出钱聘人，由于本家兄弟有事及人少，所以大部分砖头是由亲戚弄上去的）。别看砖头虽然不是特别多，但要把这七八千块红砖用肩膀运上山去还真是不容易，加上现今很少人做体力活，一天下来，也只能弄上个七八百块砖。大哥亲自带头，二哥和表兄弟们拼尽了气力做这事，我在家侍奉在父亲的灵柩前，要随时跪下回拜前来凭吊的亲朋好友和族人。

在老家，停枢期间最重大的事情是亲朋好友的吊唁了。从十九日到二十四日，陆陆续续有很多人前来祭拜。来的最早的是本家兄弟和族人，那些往日受过父亲帮助的人一跪倒就不禁痛哭起来。我们兄弟不断地回拜来人，平时跟父亲从小玩大的邻居祭奠完就抹着眼泪，我那"同年爹"苍酸的面庞也引得我多次泪流满面，无言相对。他们作为父亲的同龄人，看着老伙伴的去世，在心伤之余，也许可能想到自己的将来，禁不住落泪了。试想，动物界尚且有"兔死狐悲"之说，更何况从小一起长大的人乎？

尽管我们做了很多细致工作，还是不能尽善尽美，以致引起舅家的不高兴。由于砖头很多，大哥二哥都在亲力亲为去做这些事，二十二日，舅家来人凭吊，在乡下，这是"上司"，必须要全力礼遇，不能有一丝差错。但是，由于我们不懂乡俗，舅们来时，只有我一人跪在灵柩前回拜，从而引得其大是不满。其原因是，按照习俗，我们三兄弟都应该在家，他们来时，要老远奔去跪下，迎接其到来。所谓"无知者无罪"，然而，这却大大恼怒了部分人，并扬言出殡时不出席。大哥吓得没办法，主事的本家叔叔只好不

断打电话向其赔礼道歉。

　　由此，一切事情基本准备就绪了，此后几天，大哥的同事、朋友、下属及领导不断有人来凭吊，整日里，来我们家的车子络绎不绝，花圈也不断有人送来。父亲如若泉下有知，他必然高兴，他是爱热闹、爱面子、爱风光的，作为一介穷农，身后能受到这么多人的礼拜，当真是一生莫大的殊荣。

　　二十五日，中午一时许，姑父、大哥与本家叔叔决定上我家祖山为父亲"讨土"。所谓讨土，即是向山神讨一块落葬安厝之地。这是极有讲究的，要准备好纸钱、鞭炮及香烛之类的东西，必须由长子亲自为父讨土。是时，大哥他们上山，确定好下葬的大致方位，由大哥把着锄头在三个地方分别挖出捧土（这三个点呈三角形状），然后把锄头往脑后一丢，头也不回地径直下山去（按照乡俗，说是挖了土后不能回头看，否则会不吉利）。

　　是日晚上，乐队进驻我家，开始为父亲哭灵。一共请了两组乐队，分别由我姐姐们和姑妈们聘请过来。按照乡俗，这是出嫁女儿们的事，以显示家势威盛。我们兄妹，还有父亲的姐妹（即我的姑妈）们都跪在灵柩前，乐手们分别为儿子和儿媳妇们哭灵，以表达对父亲的最后哀思（二十六日灵柩要出殡落葬）。

在父亲遗体停柩在家的七天里，我们兄弟每天晚上都要守灵。在厅堂里睡觉，以陪伴父亲的遗体，不断为父亲的亡灵添加香灯，使长明灯永远照亮在父亲远行的征途上！

三、出殡

农历2006年12月26日，离大年三十还有三天。往年，这个时候，父亲总要买点红纸回来，催促我准备写春联了。我总是对他说，这个小问题，不要操心，大年三十写也不迟。在我们老家，写春联是个大事，一到大年三十，家家户户定然是红意盎然，端的是很有一种年的味道。我们祖辈世代贫农，祖父、曾祖、曾祖的曾祖，每逢过年时，都要夹着些红纸，跑到附近的读书人家，请帮写春联。祖父们确是可怜，目不识丁，春联拿回来，经常倒着贴，因为他们不知道上面的字何为上何为下，只要上面有黑字就行。

由于这个缘故，祖父咬咬牙，决定让父亲去读点书。上世纪四十年代，父亲的童年就是在日寇铁蹄和国内战争的硝烟中度过的。据父亲说，日军曾经在我们那个村子里扫荡过，那时他才三四岁左右，跟着奶奶和大姑妈往山里逃命，当听说有日军就在近前时，慌乱中，父亲一不小心从山顶直滚到山脚下，我奶奶吓坏了，以为这下完了，孩子没丢命也得弄个残废。父亲命大，从几百米高的斜坡上滚下来竟然没事。正是在这国家动荡、个人前途渺茫的环境中，祖父认为孩子读了书也没什么用，既不能做官又不能发财，因此让父亲退学在家帮助干点农活。父亲很爱读书，死活不肯，但也是没办法，祖父硬逼着儿子跟他一起在山上干活，说："你就是在这玩着，也甭想打读书的主意。"自此，父亲只好认命，归耕农田，准备做一个出色的农民。

父亲毕竟读了四五年书，其中有三年是旧学，因而我家终于不要去求人写春联了。父亲的字竟然写得不赖，我们家门框上年年春节都尽展了父亲的书法才能。待到我大哥读高中时，父亲就不写春联了，实现了和平、顺利、成功地接班。于是，我和二哥、小妹每年这个时候，必小心翼翼地拉平春联，候着大哥这个大家在上面挥毫泼墨。我读师范时，写春联的大任落在了我身上。此时，我的书法水平越来越好，父亲和大哥都不好意思在我面前献丑了。其实，他们的字都写得非常不错，大哥读大学时还经常参加书法大赛并得了奖，二哥的字也写得很好，但比较下来，我的书法终究还是稍胜一筹。邻居家也不断把纸拿过来，请我帮他们写春联。为此，父亲经常感叹，并略带自豪地说，往日你祖父巴巴地去求人写春联，现在是乾坤扭转了。

今天，又到了写春联的时候，但是，再也听不到父亲的这番言语了。父亲的遗体将要真正离开我们，落葬到祖山之阳了。

是日，我们早早就起了床。因为祭司把出殡的吉日定在十点半以前，入土的时间是在下午三点钟以前，如果逾越了这两个时间点，会有不吉的。于是，大厨们在忙着做早晨的大餐。在我们老家，但凡遇上

红白喜事，必定要请亲朋好友吃三顿大餐，从先天晚餐开始，到第二天中午，餐餐必定是每桌十五个菜，鱼、鸡、肉及其他一应小菜都要备齐。我们家亲朋好友较多，每餐都有百多人吃饭，特别是中午正餐，人数更多，达到三百人。因此，后勤工作非常重要，既要保证众人按时吃饭，又要做得好吃，要不然会被人骂的，主要是骂主人家太小气等等之类的话。为了把这项工作做好，大哥交代厨师，尽管去用料，只要做得好吃，花多少钱都无所谓。

二十六日，大家决定在八点钟准时开桌吃饭。本家兄弟们的基本工作就是保证饭菜及时有序供应，我那些表兄弟们也在做好准备工作，以备人手不够时他们顶上。

用餐过程中，我们三兄弟挨个向"上司"、族中"老绅"（指六十岁以上的老人）、"金刚"们下跪（依老家乡俗，下跪是儿子们的事，除非没有儿子，才轮到女儿，这样的话会被人瞧不起，因此导致老家的人都想要生个儿子，这也是风俗大环境所逼），以求得他们的同情和支持。特别是"金刚"，更要一个个下跪。

别人告诉我们，"金刚"是真正的大腕，如果礼数不周，他们会故意使坏，扰乱亡人的魂灵，尤其是在下葬时，他们会很随便地草草了事，甚至会动了祖坟的龙气，这是天大的事情，会影响后代的兴衰。

饭后，唱主角的是祭司了。首要的事情是门口祭，我们三兄弟在祭司的口令中，连续重复十六次作揖（拜）、下跪、叩头的动作。之后，是室内祭，我们三兄弟跪在父亲的灵柩前，祭司大声朗读由我亲自书写的祭父文稿。接下来，是众人绕丧，所谓绕丧即是父亲的儿女侄孙们在厅堂围着父亲的灵柩绕圈，对亡人作最后的家中祭奠。每个人都穿着白衣，戴了花圈帽，手中拿着一根柳条（柳枝在古代诗文中是表示送别的意思，几千年来，这种风俗竟然保留在民间的这种仪式中，当真是让人大为惊异），随着祭司的口令一圈圈环行。不同的身份，其穿着是不一样的，要严加区分。儿子是主要的角色，要披麻戴孝，即身上披着麻布，腰间束了根稻草绳，长长的白布条套在花圈帽下，从头上向颈背垂然而下，绝然是古代文学里面"斩衰服"的模样。其他子侄们依辈分不同也个个着

了丧服，随着孝子的行为而动。孝子总共要在灵柩前八拜八跪八叩首，绕丧当中，每次遇着孝子在灵柩正前方时，队伍就要停下来，然后在祭司的口令声中，我们三兄弟不断地重复着拜、跪、叩的动作。

在自家人祭奠完后，接下来就是舅家开祭了。祭祀这个过程按亡人亲戚人数的多少而定（都是由嫁出的女儿女婿及外甥们跪祭）。一般是家里祭一次，然后在上山的途中视人数再安排几次祭祀，每次祭祀由辈分大的人开祭。我家亲戚多，除了家中祭祀外，途中还安排了三次祭祀，第二次定在宗祠前面，这是每家都必须经历的重要程序。家中祭由我舅家开祭后，依次是大嫂二嫂的娘家拜祭（他们是下一代的舅家）。由于父亲的舅家是在另外一个省，加之很久没有来往，所以没人到场，按规定，父亲去世是由其舅家来开祭的，母亲才是由儿子舅家来开祭，这些程序非常讲究，是马虎不得的。

在我们拜祭期间，"金刚"已提前吃过饭，上山把父亲的墓穴挖好后，回来在吃第二次饭了。此时，女儿们都挨个上去把酬劳费分别送给他们（这叫作

"发白",意思是金刚们辛苦了,给他们一点酬金)。待到舅家祭拜完了,八大金刚也酒足饭饱,凶狠狠地走进厅堂,对着父亲的灵柩作了三个揖,动作麻利地用绳索把灵柩勒紧,一人一手拎着绳的一端,准备把棺木抬出去。

看着这个情景,我顿时想起父亲往日做金刚的情形。我小的时候,父亲也是金刚,我经常看到他威风凛凛地抬着棺木前行,但只是远远地看着,因为我极其害怕棺材,所以不知道在室内的情况,现在看来,父亲做金刚时大概也是这般光景吧。今天,看不到父亲矫健的身影了,而是别人在抬着他的遗体,真是世事无常,人生如花啊!

随着金刚把父亲的灵柩抬出厅堂,有两个动作麻利的本家媳妇做着驱秽工作,一个人不断朝着灵柩和金刚们撒米,一个拿着扫帚把厅堂的垃圾清理掉(这些垃圾积了七天,平时不能扫,任由散落堆积在地上)。看着大把米粒迷雾般向灵柩漫去,我泪眼模糊,心伤无比。因为从这一刻起,父亲的亡灵和我们就真正人鬼相隔了。依着乡俗,刚刚亡去的人还只是

鬼魂，没有成为仙，因而是秽气，要清扫出门外。在我看来，父亲虽死犹生，哪里会是什么鬼魂，难道他还会害自己的儿女不成？这时，我才理解有些人为什么在住宅内就地挖穴把亲人葬了，就好像天天还在这个家一样，这是因为亲情爱之极深的缘由啊！

灵柩抬到门外，金刚们用一根大木头套进绳索，木头的两端再接上可以自由活动的枷木，因而可以供八人使力抬着前行。这时，父亲的花圈已由许多十岁左右的小孩抬着游弋而出，沿着乡间小道蜿蜒缓行，情势甚是显赫。我们三兄弟扶着棺木前行，母亲早已哭得晕倒在地，被扶进去了。全村的男人女人都衣着白服，来给父亲送葬，一条长龙朝着祠堂进发。

路上，每遇到前面有桥或者沟渠，我们三兄弟便急速奔去跪下，嘴里念叨着："爹，过桥了，小心点。"据说，亡人在去另一个世界的途中，沟渠是他们最大的障碍，必须由儿子们向桥神跪下求路通行。一路上，我是眼泪迸流，大哥也是不断抹着眼睛。此时此刻，此情此景，此场此面，任谁铁石心肠也必定崩堤，我想，所谓"情难以却"确是此指也。

在三个祭拜场地，分别按不同辈分各自排序进行祭拜。比如在祠堂，祠长开祭后，分别是三个姑妈们中的老大和女儿们中的老大拜祭，三姑妈和大姐二姐们又分别请乐队为之哭灵（这是另外付费的）。一路上，不管路面是不是平整，是不是有沙砾，所有祭祀的人都要跪着，我们三兄弟作为回拜的孝子，自始至终都要跪在父亲的灵柩旁。每次祭拜都有各自的祭文，待得祭司把祭文读完后，金刚们才又抬起灵柩前行。这样，走走停停，大约一里的路程花了将近四个小时。

灵柩抬到坟山上，送别的人在最后一次祭拜后就都回家吃饭，余下的工作就是金刚的了。金刚在墓穴四周砌了砖头，并用水泥粘起来，我们兄弟看着父亲的灵柩缓缓落入墓穴，把早已准备好的雄黄、稻谷等一应物件放在遗体头部所在的方位，再在棺木上方搭起拱形的砖质结构，浇上水泥，从而为父亲筑就了一个非常结实又密不透水的墓室。在前方再树起墓碑，上面刻着父亲的名讳和生殁时间，这就是父亲身后的安居之地了。

离父亲坟墓一米之遥,是父亲的父亲的坟墓。旧坟之侧新坟初立,让人陡生一种落寞萧索的情绪。四十多年前,父亲的父亲的坟墓上,新泥初堆,站在旁边心伤的是父亲;四十多年后,父亲也依皈大地,又是新泥初堆,而站在旁边伤心欲绝的是我——父亲的儿子;四五十年后,恐怕是又是一出新泥初堆的人生大戏了。那时,会有人伤心吗?

　　我久久凝视着父亲的墓碑,泪眼迷离中,一抔黄泥化作了我心中永恒的记忆。这时,天也在哭泣,疏疏细雨轻抚着黄泥初堆的新坟……

四、余绪

　　我宁愿相信,与其遵从乡俗关于初亡魂灵还只是鬼而不是神的说法,还不如相信现实的天公——因为刚好把父亲落葬后,天就下起了毛毛细雨。事实说明,这是由于父亲变成了神灵的结果啊,要不然,早不下,晚不下,偏在父亲入土后才下雨呢?作为神的父亲,连身后的这件大事都庇荫于儿孙,试想,抬着棺木在陡斜的山坡上行走，如若一旦下雨，其难度不知有多大。从父亲逝去到入土，这整整八天都是阳光灿烂，直到最后一刻，雨才不疾不徐地来临。

二十六日傍晚时分，小雨中山村里的天空显得更是偏狭和阴沉。所有亲戚朋友也都回去了，只剩下父亲的儿女及本家的兄弟媳妇们。这时，大家收拾停当，准备"哭山"了（所谓哭山即是抬着父亲在另外那个世界所住的灵屋、箱子、砚案、纸钱及其他一应物件，上山烧了给父亲，从而像人间一样，所有生活用品都不缺）。我们给父亲造了个豪华灵屋，姐姐们买了很多纸钱，用叫作"弄"的箱子挑着（弄上分别写着"神户""车子"的字样），还有专门垫放灵屋的地箕，叠了两个包放在其上，也写着"来往""召到"的字样。大家说，要给父亲大量的钱，一下去出生起点很高，成为万亿富翁，彻底改变祖辈世代穷农的状况。

上得山来，我们点燃了所有将要送给父亲的物件（其中有三担"弄"是作为见面礼送给父亲的父母和伯母的，他们的坟墓与父亲的在一起）。火光中，

我们依次向父亲的坟墓作揖叩头。此时，雨越下越大，急促的雨柱临空坠下，仿佛是在应和我们沉痛的心怀。裹在雨中，我尽情地发泄内心的依恋，一步一回头，终于，新坟在视野中渐次模糊起来……

附注：至此，父亲的葬礼还没有结束，一直要延续到农历二〇〇七年十月。其中包括以下几个程序：第二天对父亲新坟的粉刷装饰；二〇〇七年正月二十六日的满月祭；二〇〇七年的清明节祭；二〇〇七年十月的周年祭（以上时间指的是农历）。

（本文原载于《中国文艺家》2022年第七期。）

大湾刘氏五修族谱自序

尧舜相禅，递至禹启，始有夏小正；《左传》记古事，《国语》录辞说，此皆国史也；《周官》尊世系，序昭穆，始开谱学之先河矣。

国有吏，则可辨奸恶，论贤能；家有谱，则可序昭穆，别世系，正伦理也。《史记》究天人之际，通古今之变，成一家之言，其载有《五帝系》；《尚书》为三代世表；南朝颜之推《颜氏家训》即训其子侄，教之伦理也。刘勰《文心雕龙》云："总领黎庶，则有谱籍、薄表矣。"谱学之制，兴盛于汉，五代乱而毁矣，宋欧阳永叔之《唐书》撰《宰相世系》，则尊祖敬宗孝悌又兴矣。代至今朝，盛世丰年，民心足乐，可谓达哉。然世风渐生鄙陋，人心略有涣散，当此时，谱牒之作可联宗收族、惩恶扬善、聚集人心。此皆吾族修谱之故也。

吾族神泉大湾刘氏自荣甫公十二世孙守义从永新禾川后坑迁于莲厅,算于今已六百三十七年。世代绵延,齿繁口增,旋为莲厅之望族。守义公自小才识过人,博闻强记,有诗书礼学之风。徙于大湾后,训其子孙"敦朴为人,和睦相处",所以吾族子孙不乏品学兼优之士,其相起而逐,此追彼赶,文蔚之风渐起。

自明天启四年,族内有识之士初修族谱,清雍正年间续修之。此可为首绩也。乾隆四十三年,方觉公等力揽重任,使族内人丁生没葬向得以明载。光绪二年,开珏公率凌云、锦云、德彦等贤人三修族谱,时与重修相隔九十有七年,实属不易也。民国四年,德彦公等贤人四修族谱。算于今,忽忽又八十四年矣,其中历经几朝,族内人丁生没葬向大都失考,若再屑屑视之,则吾族子孙将断代隔层而无从溯本寻源矣。

千河分流,必有其源;万枝交错,必有其本。寻本溯源,则谱之主业矣。今吾族子孙面临断层失考之秋。为避嗣孙牵连附会他宗另派,嫡系嗣孙不辱于祖,吾族江背支派嗣孙先恩翁首起倡议,族内有识之士志坚者，率根山、志清、志超、文元、天雄与潜等邀族内长公磋商五修族谱，众皆一喏百应，无违言，曰："此吾族之大事，定为之鞠躬尽瘁、勤作不息矣。"众又曰："习谱必先有家庙矣，今家庙倾颓、屋梁破败，不忍睹也，此皆吾族子孙之不肖，愧对宗祖也。悲乎哉！"呜呼，当此时，众皆涕泪泣下，跪之家庙誓曰："今之始起，将不再辱于先人，愿其冥中安息矣。"

誓后，众皆群起高呼，奔走相告重建祠宇。族内嗣孙花太、志丹、吉全、冬山等首起倡建家庙，促成建祠机构。继日会商，分派各房男丁捐献钱币，计造价四万三千余元，至公元一九九九己卯年仲夏使敦睦堂造就一新。祠宇既成，族内达孝之士捐狮送龙、献乐呈灯，热闹至极、不亦乐乎。家庙重建之时，族内嗣孙之男女老少皆踊跃投劳不遗余力，倡建之四人更是激情万丈、慷慨激昂、力排险阻。情至心至，天地可鉴。此等景况，则吾族兴旺发达可指日而待也。

家庙重建之时，吾族谱也紧锣密鼓、并驾齐驱矣，鉴于时代更替、习俗变迁，族内之招赘女丁也可按谱名入谱，此乃变祖宗成法，合时代潮流之大举也。

为寻根究源，吾族嗣孙花太、志丹、吉全、冬山等冒酷热、顶烈日，赴禾川后坑寻宗拜祖，细述建祠修谱之事，后坑诸嗣孙无不欢欣喜悦、抚掌颔首、力赞此事，旋后坑嗣孙德华、九林率众回访大湾，来贺吾族敦睦堂之造就一新，当此时，族内嗣孙皆热泪盈眶同庆刘氏家族之大团圆矣。

今之修谱，恩翁、志坚、根山及予等细究各房人丁生没葬向、功名业绩，一一记之，皆惶惶乎，唯恐有所遗漏愧对族人矣。

永新禾川后坑，吾之宗祖也。观吾之族谱，三修时即与其合梓矣。先人之作，吾等后学皆不忘也，因屡议赴后坑助其共完草牒。立秋之日，恩翁、志坚、根山及予四人，继赴后坑，与后坑嗣孙敦龙等访户询丁，详载后坑嗣孙于草牒。此等盛况，皆吾族尊祖敬宗之故也。

三修族谱序张培棠有云："大湾无后坑无以发祥于今日，后坑无大湾无以传信于将来。"观今日之境况，若三修之时耳，可谓天之巧合也。噫！两地祖宗默语于无言，两地嗣孙情系于一心，今之谱成，族之家史，绳绳以继,可代代有传矣。乐乎,岂不盛举哉!

谱至成册,吾族现昭穆序、世系别、伦理正,后之嗣孙披而阅之,即一目了然矣。此吾族真大喜也!

予悉看家谱,感宗祖之敦朴,叹族人之优杰,抚今追昔,照比前贤,则自惭不安矣。予观今之族人,建家庙、修族谱,皆众志成城、豪气干云、鞠躬尽瘁、死而后已。其心拳拳、其情殷殷、其意切切、其志灼灼。昭之日月,感之鬼神。此情此景,为异姓他族尊也。予深感于此,即提笔捉管,穷思竭想,记家事,传族人,零零落落,渐就此文。

(1999年8月于故园大湾文岭。)

一潭真心

吴官正同志的《闲来笔潭》，由人民出版社出版发行，一经问世，便风靡神州。没有官方的刻意宣传，没有无谓的摊派赠送，没有水军的推波助澜；有的是平民百姓的自发购买，有的是青年学生的励志首选，有的是专家学者的激情赞誉。但凡国家领导人之作，似乎天生难脱政治说教之嫌，不免遮盖了真实情愫与文学美感，令一些读者闻而止步。然而，吴官正同志的《闲来笔潭》，却令很多网友惊呼："此生第一次自愿购买领导人之作！"大大消解了其惯有的刻板成见。《闲来笔潭》以平实的笔调、朴素的语言、真挚的情感，毫无保留地讲述作者童年记忆、求学经历及部分工作的真实故事，令人如沐春风、如饮甘露、如临清境，让身处幻象狂舞世界的人们，触摸到满可盈潭的一片真心，为贫瘠而又冷漠的人心，找到了一处最柔软的地方，安放至善的真情。

1. 真心是一种真实

《闲来笔潭》分为"岁月难忘""静思杂记""读书随感""春水煎茶""少长闲集"五个部分，通篇是真实，事事是真实，句句是真实。这种真实，俯拾皆是。在《童年记忆与求学之路》中，母亲把别人撒在地上的肉"捡起往我嘴里塞……感到从来没有吃过这么好吃的肉"，令我有切肤之感。我虽然出生在上世纪70年代中期，但江西老家的艰难困顿也深深烙在我心上。9岁时亲戚给我6颗糖，叮嘱其中3颗留给妹妹，平生第一次吃糖的感觉犹如官正同志的吃肉，尽管嘴馋无比，还得坚持把糖留给妹妹。耐不住诱惑，一路上，只得轮番剥开糖纸，舔一舔糖块又包起来，到家后，3颗糖已被我蹂躏得不成模样。

《难忘那夜的秋雨》中，"亲戚奚落母亲说我们的家连狗都跳得过去"，作者与母亲深夜冒雨把猪赶往亲戚家，对山里馒头般坟堆的害怕，皆勾起我的

儿时记忆。7岁时，我母亲被银环蛇咬了，命悬一线，然而一些至亲却不愿援手，害怕母亲死了，借的钱追不回来。天蒙蒙亮，井冈山区露水侵骨，我跟着父母挑着自家的小猪崽去20公里外的圩场，想赶早卖个好价钱，最后不是低价甩卖就是原样挑回。看着父母黄豆般大的汗珠汩汩涌出，我心痛无比。此种经历，使我对官正同志书中的故事深信不疑。

在《少管所的春节》《面条》《路靠自己走》等篇什里，都流淌着一种令人不可抗拒的纯洁的真实。正是因为有了这种真实，才让我们看到了作者的溢潭真心。如同作者所说，"潭一般不大，深浅也无标准"，但作者的这种赤子真心、爱民真心、忠党真心，昭之日月，泣之鬼神。我以为，李白的千尺"桃花潭"，也盛不住作者俯仰天地、悲天悯人的一颗真心。真心来源于真实，真实肇始于生活。生活经历是一种私人财富，愿意把它贡献出来，与大家分享，又可见其心底无私、胸怀坦荡之浩然正气。

2. 真心是一种坦荡

坦荡就是坦然而自信。《论语·述而》曰："君子坦荡荡，小人长戚戚。"郑玄曰："坦荡荡，宽广貌。"后以"坦荡"形容胸襟开朗，心地纯洁。坦荡绝不是假装或者刻意塑造出来的，她是一种纯洁的品格，既有先天的禀赋又有后天的滋养，说到底，只有那种心底无私、真心为公的人，才具有这种发自内心的浩然之气。

官正同志乃真君子，他的坦荡体现在以下方面。

情感上的坦荡。首先是爱情上的坦荡。作者高中时就勇敢地表达了对女孩的爱慕之心，并提出和对方处对象，这让读者颇为一惊，没想到严肃古板的官正竟然有这种早恋情史。学生谈恋爱，尤其是高中生恋爱，一直被视作"不务正业"，然而作者却不以为然，足见其坦荡真心。其次，是亲情上的坦荡。作者没有刻意回避人情关系的经历。在现代中国，"一人得道、鸡犬升天"的传统文化依然根深蒂固，亲朋故旧前来要官要钱的多了去。面对这种情况，作者并非铁人，

其实也深受亲情与原则冲突之苦。二姐找他替儿子谋差，被他一口拒绝，甚至说出狠话，"我死了，你们就不活了吗？"曾经帮过他的小叔找来，他对这个叔叔"一直十分感激"，但依然干脆地回答"我做不到"，叔叔伤心地哭着离去，儿子还得做临时工。再次，是友情上的坦荡。作者与同学打架，老师罚去抬井水，并说何时和好何时就不要抬水了。作者与同伴在半路上协商和好，抬着空桶回来，弄得老师哭笑不得。中学同学趁他去北京开会，找到秘书长，说是要调到政府部门，最后被劝回去。正是心底坦荡，作者才敢于披露自己内心的矛盾与冲突，看似是一个人的短板与弱点，实质体现了其坦然自信的纯洁心灵。

工作中的坦荡。首先，是工作选择上的坦荡。作者毫不掩饰毕业选择上的真实想法。他不选择上海北京，而去武汉工作，最朴素的想法是觉得那里人才多，到时家里人的工作与户口不好解决。在山东工作时，中央主要领导问他有什么想法，回答很干脆：或者在书记岗位上再干两年，或者在人大安排个副职。这种纯粹个人化的东西，很多人唯恐影响形象，尽力去淡化或不提及，而作者却视之为吃饭穿衣般的平常事，可见其纯洁心灵与至真性情。其次，是工作奋进中的坦荡。作者最初是武汉市葛店化工厂的技术员，他"不参加'文革'活动，一心搞调查、看书"，在没有资金的情况下，解决了十几个技术难题，连做梦都是想着攻克困难。在那个年月中，还能保持这种专心实干的独立品格，足见其不为名利的坦荡胸怀。做市长期间，家里很穷，连门都无须上锁，因为无甚可盗。爱人每天要去市场扒拉剩菜，自己每天骑自行车去摊上吃早点，还被呼之为"热干面"，大雨之天竟被售货员当作乡下人赶出来，任省长时处理某地械斗问题喝止干部不当发言时，直接告诉对方"你不是主要干部，没有让你讲话"，如此等等，足见作者的真性情与坦荡心。他丝毫不包装自己的过去，"青是青、白是白"地展现一个平民子弟、亲民干部的成长历程，给人以一种平等对话的亲近与信赖，更显其坦荡无私的高贵品格。最后，是干部任用上的坦荡。作为党的高级领导干部，作者以一种坦荡之心，不拘一格起用人才。黄懋衡买不到飞机票，直接冲进省长办公室，

直指有人走关系，说"太不像话了，你们政府搞不正之风"。作者非但没怪罪她，反而觉得这是一个人才，当即向有关人员推荐她任副省长，事实证明，这个无党派人士、大学的副校长，的确是一个好干部，担任副省长后，坚持原则，是非分明，在纠正医院不正之风、发展体育事业方面，做出很大贡献。作者主张任人唯贤，公开透明选用干部，不搞暗箱操作。与之相对照，作者从不利用职权为自己亲属谋职务，至亲的人找他安排个普通工作都被一口回绝，身边的工作人员也没得到他的"特别关照"，都是"路靠自己走"。

　　赋闲后的坦荡。坊间传言，很多领导干部颇有恋槽之心，在任时，精神抖擞、雄心万丈；退休后，精神萎靡，一蹶不振，一夜间似乎老了几十岁。这种情况虽不确真，但并不鲜见。原因很多，根本原因在于缺少一种坦然自信，缺少一种平常心的浩然之气。官正同志任国家领导人才一届，年龄也不是很大时，就主动申请退下来，说六十九岁已近古稀，要让年轻人上来。"雏凤清于老凤声"不仅是他任用年轻干部的一贯主张，也是其现身说法的亲自实践。没有一种坦荡的胸怀，是很难去做到这一切的。在"退后的心态"中，作者说道，"一个人上进不容易，但退下来并很快淡化，也是需要智慧和勇气的"，"人生是一个过程，有上坡、有高峰，但最终都要落幕，这是规律"。作者退休后，依然读书看报，在夫人张锦裳的提议下，将"闲时走走、看看、想想、议议"的所得记下来，与人们分享人生感悟，足见其坦荡之心。尤其令人感佩的是，作为一个理工科学生，似乎与艺术没有相交，且唱歌都会走调，竟然在没有方家、没有专业书籍的指导下研习绘画，鸟兽鱼虫、花木瓜果、山水人物皆入其作，且很给人以艺术美感与哲理思索。所有这些，也是浩然之气、坦荡之心使然。没有这种坦荡胸怀，或者视野狭窄，或者境界不高，或者心有惧怯，或者好于颜面……，如此便影响作者的文章与画作，即便再好的东西也可能不敢示人。作者敢于展示自己的喜怒哀乐、长短优劣、是非成败，没有一种坦然自信，没有一种俯察天地的境界，没有一种悲天悯人的情怀，没有一种大彻大悟的智慧，没有一种万物精华的浩然正气，是很难做到的。我们有幸，后人有幸，时代有幸，可以一睹这部通体真性情的《闲来笔潭》。

3. 真心是一种形象

形象就是人们通过视觉、听觉、触觉、味觉等各种感觉器官在大脑中形成的关于某种事物的整体印象。在市场经济社会，形象对于企业而言，已成为一种品牌资源。好的形象可以增强企业的公信力与影响力，吸引资本、资金、人才等资源，促使企业产品的最大化销售，增强竞争能力。

真心既是一种个人形象，也是一种群体形象，甚至是一种国家形象。《闲来笔潭》洋溢着沉甸甸的真心，散发出凛然正气，彰显一位自强不息、勤奋刻苦、严苛自律，从平寒子弟成为党和国家领导人的共产党员形象。作者的艰辛与传奇经历，被视为社会的励志典型，也成为中华民族中国梦、个人中国梦的一部分。

当下，全党全国大力建设中国梦，国家富强、人民幸福、社会和谐目标的实现，既要靠广大人民群众的主体努力，又需要精英与领袖的引领，党和国家领导人的形象号召力发挥着极为重要的作用。官正同志的个人形象，实质上是国家领导人集体形象的一个窗口，是执政党形象的一种表征。美国作家詹姆斯·特拉斯洛·亚当斯在1931年写的一部历史著作《美国史诗》中界定了美国梦的内涵，就是"对这样一个国度的憧憬，在那里每个人都可以生活得更好，更富足，更充实，每个人都有依照自己的能力实现目标的机会。"实现美国梦的代表人物有富兰克林、林肯与奥巴马等，他们出身贫寒、地位卑微，但通过自己的努力，成为美国总统，向世人证明了美国梦的普众性与可行性，激励无数人投入到追求美国梦的实践中。

官正同志的经历丝毫不逊色于富兰克林、林肯与奥巴马等，他是执政党国家领导人中的代表，是实现中国梦的典型人物，是党和国家的宝贵财富，也是传播执政党与国家形象的良好载体与路径。前不久，习近平主席与奥巴马举行第一次会晤时说："中国梦要实现国家富强、民族复兴、人民幸福，是和平、发展、合作、共赢的梦，与包括美国梦在内的世界

各国人民的美好梦想相通。"官正同志的这种个体形象与中国梦实践，必将成为激励后人自强不息、按照自己能力实现目标的强大动力，如此，国家富强、人民幸福、社会和谐的中国梦也指日可待。

作为一种执政党形象，官正同志的一潭真心，之所以能引起如此大的社会反响，绝不是一种政治行为抑或是偶然事件，而有其内在的规律与价值，之所以能成为传播执政党形象的一种路径，原因如下：

发挥两面说理效应，以丰满形象获得读者认可。传播的两面说理效应认为，宣传时，既要传播正面的东西，又要传播反面的东西，这样才能使受众容易接受宣传者想要传播的主张。《闲来笔潭》既展示了作者的丰功伟绩，也披露其人性弱点、工作局限及困顿生活。这些看似"不辉煌"的东西，却正好说明作者是一个与大众一样的普通人，有喜怒哀乐、得失成败，然而，这却不损其作为实现中国梦典型代表的国家领导人形象，反而使人们更亲近他、信任他。从而，他的个人形象就会被人们移情为全体国家领导人的形象及整个执政党的良好形象。

进行炉边夜话式的创作，以"天然去雕琢"俘获人心。作者在谈到为什么取名"闲来笔潭"时说，"我写的东西不像小说，不像散文，不像游记，不像评论……又不能说什么都不像"，大致来说就是一个标准不一的潭吧。实际上，这就是一种炉边夜话式的内容。二战期间，美国在最困难的时期，罗斯福就是坐在火炉边，通过广播与人们进行交流。内容包罗万象，但又平实朴素，以一种老人聊天的方式娓娓而谈，任何困难在作者看来都是一种"乌蒙磅礴走泥丸"式的平淡，这种内容给人们以心灵无限的慰藉，带给他们一种励志而行，百折不挠的正能量。

传播者的精心策划，以畅销书实现对执政党形象的深度传播。人民出版社出版过官正同志的三部工作类书籍，有密切的交流合作，当得知张锦裳同志建议官正把闲时走走、看看、想想、议议的所得记在笔记本上，数量达四十余册后，当即约稿，把看似零散的文章整合成逻辑性很强的五大板块，别出心裁地在《静思杂记》中配了四十余幅官正同志的画作。这不仅展示出作者全面的艺术才华，更重要的是增强图

书的可读性与吸引力，给读者带来意想不到的品画启迪与人生哲理。图书是承载中华文化、实现有效传播的最佳载体之一。一方面，图书是历史最悠久的传播媒体，本身就具有其他媒体无与伦比的文化内涵与品格，以"越是民族的，就越是世界的"这种原理与规律，获得更多国内外受众的文化价值认可，实现有效传播。另一方面，从阅读方式来看，图书是一种深度阅读的媒体，对人的思想影响与报纸、电视、互联网、手机的浅阅读是截然不同的。人们要真正认知并普遍认可一种形象，必须要对其进行深入全面的认识，这就需要通过图书，通过其深邃的思想、系统的叙述、美妙的语言、生动的故事，影响并建构受众的形象认知版图，实现执政党形象的正面积极传播。

（本文原载于《中国出版传媒商报》2013年10月18日。）

实体书店通向文化空间

《新京报》一篇名唤《只靠图书完成总营收75%的西西弗，是如何走到现在的？》的文章认为，在经历了十多年前独立书店的寒冬后，书店行业又迎来了新的春天，而西西弗书店就是这个春天中叫得最响的一只报春鸟。文章列举了让人难以质疑的数据，仅2018年这一年，西西弗就营收九亿，且75%的营收完全由图书贡献。西西弗全国版图扩展很快，得益于它的标准化管理体系和精品连锁模式，它们自豪地将自己的发展历程总结为1.0、2.0与3.0时代，并对资本与选书有着自己独特的理解，西西弗的董事长认为，目前资本对西西弗不是必要的，资本会给民营书业带来致命的信任危机；选书似乎是西西弗的核心竞争力，做得非常精细，专业采购团队只需负责把书认

识好，即用一套机制，把"好"变成十几个维度的标签。新书会在称之"众神之眼"的头部区域和名为"诸神怀抱"的周边区域流转，每本书实现最大化的销售价值。

在数字技术、网络技术、移动技术、智能技术不断革新的大浪潮中，实体书店还会遭受来自方方面面力量的挤压。西西弗为我们提供了一种力量与选择，但实体书店还需要更深远的思考与谋划。那么，实体书店该如何作为，才能彰显不可替代的时代价值，拥有历久弥新的历史地位呢？

我们要正确认识阅读，正确认识阅读人群。《说文解字》认为，"阅"就是将家庭功名尽数记载于大门门板，供人观看，"阅"主要是人的视觉器官眼睛的事情。"读"是看着文字念出声来，声音既可以是自己听，也可以是他人听，但肯定不是用嘴巴吃进去，读主要是人的听觉器官耳朵（当然也包括视觉器官眼睛）的事情。医学意义上人五官中的嘴巴鼻子喉咙主要是负责物质产品的消费，眼睛与耳朵主要负责精神产品的消费。如此，阅读的概念也就清楚了，凡是用眼睛与耳朵去做的事情，都可以称之为阅读，对象包括自然景观、文字、符号、图画、动漫、影像、音频与视频等。纸质与非纸质的承载知识与信息的各种媒介形态，都是人们赖以阅读的工具。因此，阅读人群绝不只是文艺青年与城市精英，而是所有拥有视觉能力、听觉能力与触觉能力的普罗大众。西西弗正是清醒认识到这一点，注目于"广袤的金字塔底"的读书人群，才获得了较大的成功。

我们要认识实体书店在人们阅读选择中的正确地位与大致比例。在电子媒体出现之前，人们获取信息的阅读工具主要是纸质媒体，即通常说的书报。随着媒介技术的不断革新，尤其是数字技术、网络技术、移动技术、智能技术出现后，媒介形态层出不穷，广播、电影、电视等电子媒体，互联网、微博、微信、手机客户端等数字与智能媒体，为人们提供了多元阅读选择，不同媒介形态在人们获得知识与信息的占比发生较大变化，原来几乎100%依靠报刊图书获取知识与信息，现在可能占比10%左右，甚至还会更低。这个变化绝不能说是人们不阅读了，而是阅读选择的

媒介形态发生变化，目前大多是选择以手机为载体的微信、微博、客户端、移动网络等进行阅读。实体书店必须要认识到书报刊地位的变化，认识到自己在人们阅读选择中占比的大幅度压缩这个铁的事实。同时又要高度相信自己在人们深度阅读选择中不可或缺的作用，把这个较小比例的"狭长地带"做深做透，紧紧黏住所有有阅读能力的人群，一个也不能少。

我们要正确认识实体书店永恒的社会价值与人类价值，做成融通各种阅读社会心理的文化空间。人类的发展史也是一部阅读史，只要人类还需要通过视觉、听觉与触觉器官获取知识信息，阅读就不会消失，作为阅读媒介孩童时代的纸质阅读物就不会消失，作为容纳纸质阅读物的实体书店就不会消失。阅读是对知识信息的选择和文本的消费过程，必须有一个对阅读物社会客体与精神客体的双重购买决策，这个决策会受到经济与非经济因素的影响，主要是受消费者所处时代社会心理的影响。在阅读过程中，影响受众接受的个体心理机理包括新奇性趋近心理、陌生化排斥心理、偏向性理解心理、反向性误读心理、认同性因应心理、认可性兼容心理与逆反心理。正是因为这些个体心理机理的存在，内容产品的生产者与接受者往往难以实现最佳的理解沟通，或共情或同情或反情，阅读效果不大近如人意。人们在阅读选择过程中，还要受社会思维、社会影响与社会关系这三大社会心理的影响。社会思维中的自我认识、社会信念及判断、社会态度等，社会影响中的基因、文化、性别、从众、服从及说服等，社会关系中的偏见、攻击、亲密、冲突及和解等，都影响人们的阅读选择、阅读过程与阅读效果。实体书店需要进行根本上的转型，不再是图书的简单展示台与销售处，而应该是能够融通上述各种个体心理与社会心理的文化空间。在这个文化空间里，不同阶层、不同圈层、不同人口统计特征的人都能找到自己的心灵栖息地，并能在保持各自主体地位的同时，实现不同价值观的认可、认同或接受。不论你是辗转于好奇、排斥、偏向、认同、认可、逆反的旋涡中，还是喘息于不同社会思维、社会影响与社会关系的裹挟中，只要你把专属于纸质媒体10%比例的时间拿出来，就必然走进实体书店，走向书店早已准备好的个性化"好"书中，在一个同时完全属于一个人或一群人的公共平台里，在一杯杯浓稠悠长的咖啡香味中，让各自的精神世界变得更加深邃并辽阔。

（本文原载于《光明日报》2019年7月16日，《人民日报》、中国社会科学网等100多家主流媒体全文转载，人大附中等全国30多个省（区市）的数百家中学作为中考和高考语文阅读理解训练材料。）

底线是一种社会力

湖南卫视播出的《底线》一剧，以普罗大众的烟火气和先哲圣贤的陌生感，一举突破移动互联时代芜杂信息的厚茧，夺人眼球、摄人心神、动人情绪、规人行止，可谓是入眼入耳入脑入心。之所以说是烟火气是因为底线一词太普通了，人降生后的社会化伊始，就被告知做人的底线，这个底线是社会组织和个体的最低要求与最后防线；之所以说是陌生感是因为底线作为司法剧名颇悖常识，大大激发起人们进一步探究为何物的好奇心。细细品来，底线的确大有深意，我们每个行业、组织与个体都在讲底线，但真正能够有资格名之的行业有且唯有法院。法院通过调解和判案，解决人与人之间的社会矛盾，是坚守公平正义的最后防线，是最低限度的道德，是消弭利益冲突维持社会稳定的最基础力量，是一种社会生产力，促进全社会生活与生产的有序运行发展，确保人类社会的整体进步。

作为一种社会生产力，《底线》以40集篇幅、

40个案件，呈现了法院独特的职场生态，作为劳动者的法官，运用法律知识、司法程序规则及社会情商等生产资料，对民事、刑事等劳动对象进行"深耕细作"，或协调或裁决，力争使利益受损最小化，减少矛盾和冲突，使每个组织和个体拥有更多更优的体力与脑力从事社会生产，改善生活和生产环境，降低社会成本，提高社会生产力，创造更多更好产品与服务，增加全社会福利，达致长久社会心理稳定、社会关系稳定、社会生活稳定、经济稳定和政治稳定。

《底线》中的主角不是单个人，而是基于党的十八大以来人民法院司法改革的背景，塑造的一批法官群像。在对一件件纷繁复杂的案件进行调解和审判中，他们始终坚守底线、捍卫公正，不断成长、薪火相传。这个群体以高尚的职业精神、娴熟的业务能力、温暖的社会情怀，彰显出中国法官强大的生产能力。靳东饰演的方远是主要代表，不论在专业知识还是社会情商乃至职场规则方面，都表现出高超的能力。在师父张伟民这一法院智者的穿引下，围绕方远身边的同事周亦安、叶芯、宋羽霏等尽管存在一些缺点，相互甚至有摩擦冲突，但在方远这个"定海神针"的周旋下，在他的灵活变通、外圆内方、主次分明等工作方式的融通导引下，每个人在竭力贡献自己的智慧和情感中成长成熟。善于倾听、协同合议、精准裁决，所有这些，迸发出强大的司法团队生产力，用自己的青春热血抹平一个又一个社会矛盾，维护了法律的权威和尊严，赢得了人民的信任和称赞。

对于司法工作者而言，生产资料就是法律知识、程序规则、调查方法、工作惯例、个体智商与社会情商等。法院的目的是解决矛盾冲突、减少利益受损。于调解与判案而言，判案是解决矛盾冲突的最后选择。虽然调解是减少冲突双方社会成本的较佳选择，但却花费法官更多的工作成本。精湛的专业知识和浑厚的社会情商是主要工作手段，在法律规则下，如何把人的工作做好，如何帮助剑拔弩张的人握手言和，是对法官业务能力的重要考验。调解往往更能拉近老百姓与法官的距离，增加法官的烟火气，丰富法院的人文情怀，彰显司法系统的社会责任。方远的立案庭是法院的第一道关口，我们看到的不是法官随便任意

的立案，而是他们在立案前的深入了解与谨慎决策。对于一些民事案件，他们的一个原则是能调解则尽量调解，自己费时费力费钱费情感都在所不惜。当诉讼判案不可避免时，法官的十八般武器就全部上场，对卷宗的反复研读，对当事人的不断征询，对案件环境的细致甄别，对庭审控辩双方的认真倾听，对判案条件的严谨比对，都洋溢着知识的力量和司法的威严。所有这一切，又都完全遵循程序规则。每一个案件的最终宣判，都是专业的法律业务知识与严肃的司法程序规则保驾护航。在当事人对判决结果的认同和执行中，体现出法院团队及司法全行业强大的生产力。

　　法院及司法行业的劳动对象就是那些纷繁复杂的案件。只有对这些大大小小的案件进行妥善处理与正确判决，才能真正显出一个司法团队战斗力的大小。《底线》为我们展示了40多个案件，涉及民事、刑事等方方面面。这40多个案件不是排着队等着法官一个个去解决，而是相互交错在一起，法官要同时处理几个不同案件，有些可能刚开头，有些临近收尾，有些当事人正在焦灼对簿公堂。除了办案，法官还有自己的家庭矛盾和情感危机,所有这些,需要法官运用自己的智慧,凭借司法程序规则等生产资料,进行破解和收服。如果这些案件长期悬而未决,就会大大削弱人们对司法系统的信任,社会矛盾非但没有化解,反而产生新的社会矛盾,影响经济社会稳定。我们欣喜地看到,不论是雷星宇杀人案等传统刑事案件,还是"网红猝死案""餐饮网络平台强制二选一""共享钢琴案"等社会新问题案件,抑或是解决人民群众切实问题的案子,乃至众多的调解案,法官们都临变不惧、逐步推进、正确判决、妥善结案。不论多复杂多曲折的案件,只要交到这支法官团队的手中,必然会被层层剥笋、迎刃而解,法院的战斗力在一个个纷繁案件的锤炼中得以不断提升。

《底线》为我们展示了一幅法院社会生产力形成和强大的全景图,是对我国人民法院改革成果的真实写照,也是司法全行业战斗力提升的经验总结。对于全社会各行各业来说,也是一种借鉴和启迪。第一,我们在思想上要认识到,不论个体、组织还是行业,都是社会生产力的践行者。第二,我们不论是解决人与自然的矛盾还是解决人与人的矛盾，目标都是为全社会全人类谋福利，要像法院法官一样，做一个专业知识深厚行业规则熟谙智商情商兼备的劳动者。第三，要紧跟时代脚步与行业发展前沿，尤其要掌握科学技术不断革新的成果，增强自己的工作手段与方法。最后，要认真对待自己所从事的工作对象，要亲近它、了解它、驯服它，在全身心的付出和复杂问题的解决后，个体、组织与行业的成长与发展定不期而至。如此，社会矛盾冲突产生的土壤会不断压缩，法院所维系的最低要求和最后防线，将真正成为全社会的底线，悬在脚下却永不触及。

（本文原载于光明网 2022 年 9 月 30 日，《法治日报》、中国法院网等数十家主流媒体转载。）

以正向亚文化引导负向亚文化

"饭圈文化"作为一种圈子文化,其实就是一种亚文化,有其存在的历史合理性与社会空间。亚文化是一种非主流的、局部的文化现象,它不是作为主流文化的对立面而存在,而应理解为是对主流文化的补充和促进。人类社会存在很多的圈子,人种、民族、语言、性别、文化程度、兴趣爱好,乃至不同的大大小小的空间和时间,都是圈子,有圈子就有圈子文化,就有形态各异价值多元的亚文化。数字技术、网络技术、移动技术和智能技术改变了时间和空间,重置了生产、消费与流通,建构了人类新的生存方式,催生了瞬息万变复杂多样的圈层与圈子文化。"饭圈"文化也就应运而生。

然而,技术既有正向作用,也有负向作用,当

技术被作为生产者的明星和作为消费者的粉丝负向利用时，就变成了一种扭曲的行业市场。当该行业的社会生产总过程完全偏离价值规律与市场效率，社会再生产不是靠质优价美的高质量产品说话，而是被一条灰色产业链裹挟着，在无良资本、流量经济、"职黑水军"、恶意营销、无底线追星、网暴互撕的滚滚黑浪中，"饭圈"畸形发展，作为亚文化的"饭圈"文化变成了垃圾文化，污染了整个社会的正确人生观、世界观和价值观，严重伤害了青少年的健康成长和价值塑造，到了不整治不足以平民愤的地步。

对不良"饭圈"的整治政策出台以来，治理效果较为明显。

从生产者来看，畸形的明星光环不断减弱。作为生产主体的明星、导演、影视公司，因偷税漏税、阴阳合同、天价片酬、性侵骗色、吸毒嫖娼等违法犯罪问题被惩治，高高在上的明星和名导演作为一个群体被拉下神坛，畸形的光环效应不断减弱。

从消费者来看，粉丝的非理性追星有所遏制。作为明星偶像的各种粉们，不断曝光的明星丑闻，接二连三的锒铛入狱，摧垮了"饭圈"文化的信仰支柱，"三观"受到严重冲击，促使其逐渐回到正常的思维方式和正确的"三观"轨道。

从流通渠道来看，各大互联网平台纷纷加大自我管理力度。一定程度而言，不良"饭圈"之所以能够存在，作为流通渠道和接触终端的互联网平台发挥了关键作用，没有依托于一些互联网平台的社交媒体，这种畸形的"饭圈"文化及各种撕黑、买周边及打榜等问题也就没有生存土壤，一些互联网平台对于"饭圈"毒瘤负有不可推卸的责任。整治政策出台以后，各大互联网平台发布了整治"饭圈"乱象公告，特别是对诱导未成年人无底线追星行为进行重拳打击。

从行业组织来看，各文娱行业协会加强监督担当社会责任。比如吴亦凡事件发生后，中国影协、中国音协、中国视协都纷纷发声。中国影协指出，德不配位的明星如同空中泡沫，飞得再高，膨胀再大，也终会破灭；中国音协认为，健康的行业风气是音乐事业繁荣发展的重要保证；中国视协强调，所谓顶级流量、粉丝后援、外籍身份都不具备为所欲为的特权，

绝不是违法失德的护身符。最近，中国演出行业协会发布《关于加强演艺人员经纪机构自律管理的公告》。所有这些，都体现了行业协会应有的责任担当。

从社会环境来看，各种力量推动文娱领域变得不断清朗。公、检、法机关是维护文娱领域清朗环境的保障，一旦出现违法犯罪行为，都难逃法网；学校作为教育机构，在培养未成年人正确"三观"、塑造主流意识形态方面加大力度，尤其是"00后""10后"的青少年，可以明显感觉到他们对于党的领袖和革命先烈的真心爱戴；家庭作为国家和社会的最小组成单元，大力践行习近平总书记提倡的"家风建设"；社团组织在公德良俗的建设中发挥重要作用，也对青少年正确"三观"的塑造起着极为关键的作用。

今后，我们如何做，才能使文娱产业得到持续的平衡和充分的发展，生产出高质量的文娱产品以满足人们日益增长的美好精神生活需求呢？

我们在整治"饭圈"文化乱象进行"破"的同时，还要有"立"的观念。要破立并举，在打破"饭圈"文化乱象时，建立与社会主义核心价值观相协调的健康的"饭圈"文化。同时,要用亚文化理论来分析我们的"饭圈"文化建设。"饭圈"与其他圈子文化一样,作为与主流文化并存的亚文化,对主流文化的繁荣发展是有益的,有其存在的历史和现实价值,社会主义主流文化需要多元亚文化来滋养和补充,我们要建立新时代既与中国特色社会主义主流文化相通的价值和观念,又有属于自己独特价值和观念的多元亚文化。还要营造正向的亚文化。除了用主流文化去施加影响外,更有效的路径是用正向的亚文化去引导负向的亚文化。我们知道,"饭圈"亚文化,具有解构主流文化的潜质,不加以控制,就可能滑向负面。因此,需要正向的亚文化去不断引导,需要不断地巩固。当"饭圈"乱象不断消除,负向的"饭圈"亚文化也必将被正向的"饭圈"亚文化所代替。

(本文原载于《中国青年报》2021年11月9日。)

创造历史皆少年
《少年丁香说》赏析并纪念汇文一小成立150周年

"汇文始基,继而丁香。京华名校,业绩彰彰。英才辈出,乐育群芳。雄风再展,猛箭犹张。寸阴可惜,同琭荣光。虚心励志,盛誉四方。"

这是北京市汇文第一小学人人都会吟诵的《少年丁香说》,该诗以比兴的手法,使人马上联想到中国近代著名的思想家、政治家、教育家梁启超先生的《少年中国说》。该文是梁启超的代表作之一,是当时发表在《清议报》上的一篇著名文章。作者在文中描述了他心目中的少年中国画面,极力赞扬少年勇于改革的精神,鼓励人们肩负起建设少年中国的重任,表达了要求祖国繁荣富强的愿望和积极进取的精神。

作者本人把它当作自己"开文章之新体,激民所之暗潮"的代表作。

《少年中国说》是针对一个国家而言,《少年丁香说》则是针对一个小学校而言,两者的对象大小有天地之分,但本质与目标指向上是高度统一的,都是以比喻的手法、激越的情感、豪迈的胸怀、昂扬的斗志、高度的自信来塑造自己心目中的少年学生与少年中国。

《少年丁香说》虽然只有6个小节48个字,但却字字珠玑,言简意赅,故事饱满,含意深远,极富哲思,催人奋进,准确生动地体现了汇文一小的"丁香精神"——传承学校文化,心系丁香未来,忠诚教育事业,崇尚无私奉献,人人各尽己职,师生和谐发展。

第一小节"汇文始基 继而丁香",以一种宏大叙事的电影手法,让人们对汇文一小诞生、发展的百年史一目了然。今天的汇文一小开始于1871年创办的教会学校汇文书院(培源斋)这个坚实的基础,1978年改名为丁香小学,历史性地增添了"丁香"

这一文化元素，丁香花的阳光、热烈与芳香大大拓展了汇文的内涵与外延，在150年火热岁月的锤炼中，成就了今天系统科学的"丁香文化"。

第二小节"京华名校　业绩彰彰"以一种秉笔直书的春秋笔法再现了汇文一小的历史地位与社会功绩。在京华这一人才济济之地，能够脱颖而出成为举世之名校，其知名度、影响力与美誉度不是朝夕得来的，而是靠大量的时间、人力与精力付出，靠培养出众多优秀的人才，靠做出卓越的社会历史成绩而得来的。

第三小节"英才辈出　乐育群芳"以一种互为砥砺的关系结构描绘了汇文一小人才辈出、绳绳以继的薪火相传精神。汇文一小既有尚文锦、孙敬修这样的教师英才，也有贾兰坡、王大珩、启功这样的学生英才。孙敬修这些知名老师甘当"孩子王"，燃尽自己的生命蜡烛，乐于哺育贾兰坡这些群芳，是因为老师在学生的成就中获得了人生的成功与快乐，所以才会一代代地去教育这些祖国的芳菲花朵，最终在教学相长中促进了汇文一小品牌学校的形成。

第四小节"雄风再展　猛箭犹张"以一种勇士的精神与气概表达了汇文一小"时刻准备着"的战斗精神。汇文是一所百年历史名校，曾经的荣誉不是今天汇文人躺在上面睡大觉的安乐窝，而应该不断展现雄风，时时保持奋斗的精神，成为弦上待发的猛箭。不仅仅是学校，不仅仅是老师，不仅仅是学生，而是人人各尽其职，成为时代中浪尖滩头的猛箭。

第五小节"寸阴可惜　同琢荣光"以一种誓师的姿态彰显了汇文一小的学风、教风与校风。汇文一小的师生必须珍惜每一寸光阴，把点滴时间充分用好，既可以享受这百年荣光，也可以通过汇文形成的良好学习习惯，打下良好的人生基础，将来做出成绩，充实百年汇文的英才队伍，为学校增添更大的荣光。

第六小节"虚心励志　盛誉四方"以一种自信而又谦虚的精神表达了对汇文未来的展望。汇文一小不论是百年历史也好，不论是英才辈出也好，不论是雄风猛箭也好，我们都必须保持一种谦虚的态度，在这个基础上励志前行，不断发展，斩获新绩，最终成为在北京乃至全国享有很高知名度、美誉度与影响力

的品牌学校。

今年是中国共产党成立100周年,2月20日,习近平总书记在党史学习教育动员大会上强调了"学党史、悟思想、办实事、开新局"的意义与价值。我们有理由相信,作为历史的创造者与领路人,中国共产党必将是永远的青春少年,他会以高远的智慧、坚强的毅力、旺盛的生命力,带领千千万万个"丁香少年"和广大人民群众继续创造新的历史功绩,实现中华民族伟大复兴中国梦。

(刘建华、刘铭禹,本文原载于《光明日报》客户端2021年3月20日。)

少儿阅读教育是乡村发展的动力源泉

百年大计,教育为本。这个本就是强调教育在一个民族与国家发展中的基础地位。教育可以启智,教育可以明理,教育可以创新,教育的重要性不论怎么强调都不过分。古希腊哲学家、教育家柏拉图在二千多年前就向世人发出振聋发聩的警示:与其不受教育,不如不生,因为无知是不幸的根源。无独有偶,与他同时代的中国思想家、教育家孔子也痛心疾首地指出:"不患人之不己知,患不知人也。"因此,教育也是一个逐步发现自己无知的过程。

知识从哪来?我认为很重要的一个方面就是阅读教育。阅读教育的根是苦的,是向世人宣告:阅读教育需要巨大的人力、物力、财力投入,需要全社会所有人去参与、去支持、去付出。唯有毕全社会人力、

物力、财力之功，才能真正落实教育、真正发展教育、真正完善教育，才能让全社会全人类共享阅读教育果实的甘甜。

人类发展史，是一部技术革新史，也是知识创造史。有了阅读教育这个基础，知识不断被创造，技术不断被革新，生产工具不断被更替，生产力不断被提升。人类社会从而走过了一波波经济发展浪潮：农业经济到工业经济，工业经济到知识经济。农业经济的核心资源是土地，工业经济的核心资源是资本，知识经济的核心资源是知识。

知识经济是一种信息经济，它依凭于人的智慧、思想与创意。创新是知识经济发展的动力，阅读教育、文化和研究开发是知识经济的先导产业，阅读教育和研究开发是知识经济时代最主要的部门，知识和高素质的人力资源是最为重要的资源。

近年来，数字技术与网络技术特别是移动互联技术和智能技术的出现，使世界变成了真正的地球村，哪怕相对落后地区的人们也可以凭借自己的智慧与创新，实现自身与社会发展。以地处井冈山革命老区的莲花县神泉乡为例，当地人近年为普及阅读教育不断努力，如当地人创办的瑶溪教育基金会，十年来共奖励扶助了上千名师生，组织阅读传统经典活动和诗文采风活动，有力推动了当地乡村少年儿童阅读教育，为抓住知识经济的新机遇做储备。

如何在更多地区推广乡村少年儿童的阅读教育？笔者认为，这需要多方共同参与，尤其需要关心少年儿童与家乡命运的乡贤来鼎力支持。乡村是民族国家的根，历史上乡贤（乡绅）曾是官民联系的桥梁与纽带，同时是乡村社会治理的重要一极。早在2015年，中央文件就着重强调了乡贤文化建设。返乡高学历知识分子、在外从事机关事业单位工作的干部，经济大潮中搏击风浪的创业人士与成功企业家就是农村的新乡贤。

唯有关心才能进一步行动。笔者认为需以阅读教育为切入口，利用线上线下全媒体方式加大宣传，号召社会各方把更多的目光投向少年儿童的生存环境与身心发展，着力改善欠发达地区乡村民众思想启蒙教育，弘扬良好学风、家风与乡风，让下一代

的知识进步成为推动当地社会经济发展的精神动力和智慧源泉。

（本文原载于《光明日报》客户端 2020 年 6 月 3 日。）

平台型媒体上的文化名家与 Z 时代

　　文化名家纷纷入驻短视频平台，积极传播正能量，对于优质内容生态的构建发挥了较好作用。本质而言，文化名家入驻短视频平台是加强精神生产供给侧改革，提供高质量产品，传播正能量，满足人民追求美好精神生活需要的结果。

　　从平台来看，快手、抖音等组织实质上是信息生产传播机构，拥有生产、流通和消费终端环节的完整产业链，具有媒体属性，这就决定这些平台不能等同于一般工商企业，而是要按照传媒文化企业的标准要求自己，坚持以社会效益为首位的两个效益相统一，传播正能量，做一个负责任的文化企业。

　　从文化名家来看，入驻短视频平台是其利用新媒体传播手段发挥更大影响力的必然选择。新媒体时代,"受众在网上"是铁的现实,传统媒体融合转型的目的就是挺进互联网主战场,莫言、王立群、成龙、刘德华等文化文艺界名家是通过图书、报刊、音像、电影、广播电视等传统媒体成长起来并走向千家万户的,当人们的消费空间都在网络上的时候,短视频因其强大传播效果而广为受众欢迎的时候,作为生产的重要主体"文化名家"自然不应"置身网外"了。

  从消费者来看,短短几年内,快手、抖音之所以能够迅速成长为互联网头部平台,拥有如此广泛的受众,是有其生存逻辑的。它们把信息传播的真实性、接近性、陌生化原理发挥到了极致。视听图像让人亲眼所见亲耳所闻,让消费者相信没有比这更真实的了;短视频的拍摄者跟消费者属于同类人,拍摄的内容就是日常中的家长里短,让人充满亲切感;短视频内容同时又是消费者个体所未亲历过的,异域风情、众生万相和千态百业又让人充满陌生感。消费者在充分感受这些短视频带来的快感时,一个严峻的问题必须引起重视,饭圈乱象、流量网红、"耽改"泛娱乐化也利用这些平台影响和侵蚀不设防的消费者。对于消费者而言，尤其是对于青少年而言，在"三观"塑造和保持的过程中，既要有"下里巴人"的俗文化，也要有"阳春白雪"的雅文化，雅文化和俗文化都以大众文化的面目出现，发挥各自的作用。文化名家作为雅文化的代表，通过短视频大众文化进入互联网主战场，也是满足消费者日益增长的美好精神生活需要的结果。

最近，中央网信办公布的《互联网新闻稿源单位名单》首次将公众号和应用程序列入其中，标志这两种新业态的媒体身份地位。快手、抖音虽然不是新闻媒体，但媒体属性是无疑的，是一种平台型媒体，发挥强大的信息传播和娱乐功能。在正能量文化名家和Z时代的交流中，它们要充分利用自身的平台优势，做好以下工作。

深入研究，严格把关，做好文化名家入驻战略规划。文化名家不该是一窝蜂地入驻，而是要分期分批分类分层地引进。针对目前青少年被网红、青春偶像的颜值、一夜成功等因素长期影响的现状，平台应该重点引进既有颜值，又有公认成就，更有长期奋斗

的文艺界名家，如有演艺劳模之称的刘德华、爱国艺人典范成龙等。在经过一段时间的价值观转向后，适时推出能跨越不同圈层的大众文化名家，如莫言、王立群等，再依次推出严肃型文化名家及各学科文化名家，这就有可能让Z时代在与文化名家循序渐进的交流中，身心得以健康发展，成为有正确"三观"的新时代人才。

进行议题设置，催发文化名家和Z时代的交流热点。Z时代是网络原住民，互联网是其基本生存方式，他们富有想象力、充满激情、往往倾向于解构。长期的网络学习、生活和生产，使他们少了一些线下烟火和泥土气息，而这又正是文化名家的成长成名沃土。因此，在最初的新奇之后，文化名家和Z时代可能会因为这个不同而渐行渐远，这就需要平台为他们找到交集，设置话题热点，如青春爱情、成长烦恼、科幻世界、生态环境、志愿服务等通适性价值主题，在共通的话语空间交流中，让作为Z时代"知己"的文化名家发挥"清道夫"和"奠基人"的作用。

从传播者中心转换为用户中心，在人际传播与大众传播叠加作用的互动中营造健康的短视频文化生态。文化名家都是在各个领域成名多年的"巨擘"，习惯了被仰视和尊崇，而Z时代又是习惯解构的群体，"这又怎么样"有可能令他们一言不合一拍两散，甚至会利用新媒体手段对文化名家极尽抹黑侮辱之能事，让名家们有可能"晚节不保"，而心有惧焉。这就需要把短视频生产的中心交给用户，让Z时代等全体用户参与生产，以适销对路的高质量内容在即时互动中，发挥最佳的人际传播和大众传播效果，实现良性社会再生产，构建新媒体时代短视频内容生产传播的健康文化生态。

（本文原载于《中国青年报》2022年2月。）

资源与创意齐飞

当代中国,"文化越来越成为民族凝聚力和创造力的重要源泉,越来越成为综合国力竞争的重要因素,越来越成为经济社会发展的重要支撑"。文化是民族的血脉,是人民的精神家园。"没有文化的积极引领,没有人民精神世界的极大丰富,没有全民族精神力量的充分发挥,一个国家、一个民族不可能屹立于世界民族之林"。党的十八大对社会主义文化事业繁荣与文化产业发展作了深入详细部署。2013年的全国宣传工作会议,习近平总书记强调,要继续推进文化体制改革、推动文化事业全面繁荣和文化产业快速发展、建设社会主义文化强国。

人类社会历经农业经济、工业经济,已进入知识经济时代,相比农业经济的土地、工业经济的资本,知识经济时代的核心资源就是文化知识。农业经济与工业经济是以物质为基础，而知识经济则是以知识、智力等无形资产为基础，知识经济是促进人与自然协调、持续发展的经济。

文化产业作为知识经济的具体形态，为世界各国所倚重，是国家重点发展的战略性产业。国际竞争已从硬实力之争过渡到"软实力"之争，而文化产业就是"软实力"之争的重要支点。文化产业关乎一个国家的共同思想基础，关乎社会主流价值观的塑造，关乎全民创造力的激发，关乎国家文化安全，关乎民族国家国际合法性存在的地位。大力发展文化产业，建设社会主义文化强国，也就成为我国的必然选择。

与其他产业一样，文化产业需要在政策、资金与技术等方面大力扶持，然而，更重要的发展要素在于资源与创意。中华五千年文明史，文化资源非常丰富，如何把文化资源优势转化为产业优势，是文化产业管理者、实践者与研究者迫切需要解决的课题。

现实情况是：文化资源丰富的地方，文化产业并不一定强势，甚至处在落后位置。譬如河南、陕西等

省区，拥有极为丰富的文化资源，他们是中原文化的代表，也是中华文化传承的中心区域，然而其文化产业大大弱于上海、广州等文化资源并不丰富的地区，与曾被认为是"文化沙漠"的深圳相比，更是令当地人沮丧。此外，云南、贵州等少数民族文化极为丰富的省区，文化产业发展也差强人意。有学者因此认为，文化产业发展强弱与文化资源多寡是不相关的，甚至认为文化资源并不能成为区域文化产业发展的优势，文化资源犹如公地一般，但凡需要，谁都可以自由取用，当前文化产业发展，缺的不是资源，而是创意。

诚然，创意对于文化产业而言的确是重中之重，但文化资源也是不可或缺的。深圳之所以能成为文化产业强市，并不是说他跟文化资源无关，恰恰是拥有了丰富的文化资源：一是吸引了来自全国各地的拥有不同文化资源背景的人才，二是深圳也是中华文化的传承地，优秀的中华传统文化也必然是他所拥有的文化资源。

有了文化资源，再加上好的文化创意，才能生产出有市场影响力的文化产品，也才能促进文化产业大发展。

罗登宜先生很好地实践了此两者，他的《刘淑贞史话》一书既为我们增添了优质的文化资源，又通过他的才能与灵感，为我们提供了优秀的创意，创作出《刘淑贞史话》这部文化作品。更重要的是，这部作品同时又成为一种新的文化资源，供他人进行挖掘、开采、利用与再生产，催生新的更多的创意，后人在其绘制的文化资源版图上，可以自由地拉伸与扩张，生产出丰富多彩的文化产品。

《刘淑贞史话》有三个鲜明的特色：一是史料翔实。作者披阅了大量的地方史志，拨开故纸堆中的繁杂记载，围绕刘淑贞这个历史人物，通过解剖一个地方土司家族史，令人信服地展现了元末明初边地贵州水西经济、文化、社会发展的图景。二是语言质朴。全文不着一个华丽的辞藻，但却有着一种清新流畅的艺术美感。作者并没有刻意设计出出人意料的、故弄玄虚的迷幻般的故事情节，却凭借山间清泉般的白描，让现代社会深受各种"神剧"轰炸的人们，有了一种神清气爽的舒畅。"史话"如同老人的炉边夜

话,给那些被现代文明涂抹多重油污的孩童,洗却了对人类昨天、今天与明天的迷惘,涤荡出人类本就质朴的一颗真心。三是故事极具张力。《刘淑贞史话》仅仅是"水东文化"资源延展的一个开端,绝不是完结。作者极具匠心地为当地人及所有读者勾勒出"水东文化"的基本脉络,从而成为一个有张力的文化生态系统:首先,通过对刘淑贞这个伟大女性的刻画,丰富了中国历史上的优秀女性文化,为人们耳熟能详的历史人物将不仅仅是花木兰、武则天、李清照等,而应该还有刘淑贞与奢香。其次,与刘淑贞相关的历史人物,如其夫宋钦归顺明朝的故事,其祖宋永高、宋隆济、宋阿重的故事,其后裔宋万化、宋嗣殷参与"奢安之乱"的故事,元末明初边地战事及边民政治生活故事等,都成为有待深入挖掘的文化资源。最后,《史话》的极具张力是把历史与目前国家的民族团结、政治稳定与社会和谐主题联结起来,穿越千年历史厚重,与现代生活息息相通,具有很强的当下观照与现实价值。

　　罗登宜先生以正确的史学观、严谨的考据作风、扎实的文学功底、强烈的民族情结，不辞年迈之身、不惮志史枯燥、不问前路艰辛，为我们奉献出一部"资源与创意齐飞、真实与艺术一色"的文学力作，增加了贵州文化乃至中华文化的深度与厚度。相信，发端于它的影视等文化产品的兴盛，定在不久的将来。

（本文原载于《出版参考》2014年12期。）

刘建华书录（清）孙髯《大观楼长联》

修辞在网络社会中的传播价值

修辞学本意为演讲的艺术,现代意义上指包括言语在内的一切象征和文化活动与人的关系。其经历了古典主义修辞学、新亚里士多德主义修辞学和新修辞学等几个阶段。古典主义修辞学的主要代表亚里士多德主张实用主义的修辞观,认为修辞就是在某一事件上发现可作说服的能力。从传播学的观点看,他的修辞学就是效果学,也就是要达到规劝改变态度的目的。怎样达到这个目的呢?亚里士多德提出了三种依据:理念、人品和情感。理念方面是指在辩论中能阐释或提示事物的理念或本质;人品方面是说演说者的人品是极其重要的,如果一个人没有什么可信度,就没有什么说服力;情感方面则要求演讲者了解观众对辩论问题的情感和态度,并善于掌握、调动、有时迎

合那些情感和态度。对这三种依据的运用可使演说具有很强的说服力。到了二十世纪前后，修辞学从以演讲话语为主转向到了文学作品上，进而与诗学产生了难分的联系。此后，肯尼斯·博克奠定了新修辞学的基础。在博克看来，修辞因素是存在于一切话语中的，修辞学研究包括演讲和日常话语的所有象征活动。这样就扩大了修辞学的研究范围，即我们日常的话语活动都是修辞现象。这样就脱离了新亚里士多德主义把修辞现象限定在演讲这一象征活动的束缚。从而使得修辞学者可以运用修辞批评模式更全面、更深刻地去研究人类所有的话语象征活动。

狄杰克认为，网络社会是由各种不同网络交织所形成，而网络也决定了社会的走向与目标，影响的层次包括个人、组织以及社会。网络社会是一种全新的社会结构，这一社会结构源于社会组织、社会变化以及由数字信息和通信技术所构成的一个技术模式之间的相互作用。当代世界著名社会学家卡斯特尔在《网络社会的崛起》一书中认为，"网络社会既是一种新的社会形态，也是一种新的社会模式"。网络社会是一个高度动态的、开放的社会系统，社会生产关系不再是一种实际存在，信息是核心资源，在数字技术与网络技术的驱动下，人们更多的是运用信息化手段参与生产和工作。

马克思在分析社会的本质时，提出了"社会是人们交互作用的产物"的理论命题。即社会是人们相互交往的结果，是人们之间普遍联系的表现，无论社会表现为何种形式，它的这种本质不会改变。网络社会依然是这种本质属性，只是人们的交互作用空间有了拓展，既有现实空间又有虚拟空间，更有线下线上互动作用的综合空间。网络社会依然是人们交互作用的产物，只是人们日常的话语活动表现出超越地理空间限制而具有即时、便捷、互动、个性化、移动性等新的特征。这种信息传播的趋势，既能带给人们极大的利好，也会由于某个信息误传而造成难以管控的巨大破坏。

网络社会把世界变成了地球村，对于原来分隔两地只能用书信和文章进行交流的人们而言，现在真正变成了日常的话语活动，交互作用就是一个名副其实的全民修辞。不论以语言、音视频、文字、图像、图示、数字等何种符号进行交流，因其传播的交互性、

便捷性与移动性，都要讲究修辞，修辞到位能够实现良好的传播效果，反之，可能会带来误会与矛盾，甚至冲突与暴力。

网络社会其实就是一个日常话语活动的社会。过去，我们在书面交流中有较充分的时间去讲究修辞，现在可能就没有这么从容的氛围。如果需要在网络交流中获得较好的传播效果，就必须掌握更高的修辞技巧，这样才能在这个竞争激烈的信息社会把握主动、赢得人脉、获取成功。

修辞既是一门学问，又是一种可以经过训练掌握的技巧，这既需要有渊博的见识，又需要有专门的修辞素养，就后者而言，对经典修辞案例的分析、理解与模仿是一条较为有效的捷径，朱钦舜先生编著的《中外名家各类比喻赏析辞典》为我们提供了一把非常有用的抓手。

朱先生的《中外名家各类比喻赏析辞典》，乃60余万言皇皇巨制，实令人不敢相信出自一个退休乡村教师之手。惊叹之余，陡生肃然敬意。朱先生此举，不仅是吾邑教师中的典范，也是全国教育界的楷模。教学之余，著书立说，把毕生从教的实践经验梳理归纳总结，奉献给全社会，是对"天底下最光辉职业"的完善诠释，也是"吾生也有涯，而知也无涯"人生追求的一个生动力证。

《中外名家各类比喻赏析辞典》一书，主要有以下特点。

内容丰富全面。辞典是主要用来解释词语的意义、概念、用法的工具书，广义的辞典包括语文辞典及各种以词语为收录单位的工具书。辞典一般分历时性的和共时性的，规定性的和描写性的，语文性的和百科性的，通用的和专科性的等类。《中外名家各类比喻赏析辞典》应该是属于语文性、描写性的辞典。作为工具书，最主要的功能是为使用者提供实用的学习参考，这就要求对该领域的内容必须穷尽，才能达到满足大多数读者需求的目的。该书梳理出40种比喻类型，如互喻、双喻、引喻、讽喻、扩喻、约喻、博喻、弱喻、等喻等，每一类比喻又细分为多种类型，譬如，变喻又分为人变、物变、喻体变，讽喻可分为引述式、编写式与调侃式等，可谓是种类繁多，对一些读者来说甚至有些闻所未闻，这大大拓展了人们训练修辞技巧的路径与手段。作者在古今中外名家名作中选取了各种语例4000余个，内容之丰富、格局之全面、主题之多元，估计在目前既有的比喻辞书中是屈指可数的。

赏析新颖精准。本书结构严格遵循辞典编写的基本要求，但又有所创新，每一类型大体按照定义、作用、分类、例句、赏析来谋篇布局，具有一定的创新性，最鲜明的创新是赏析部分，新颖而精准，既具操作应用价值，又兼富艺术理论价值。譬如"今早我起来，整个世界简直成了冰窟一座。……待我进早膳时，艳美的阳光把雪染作绯红。餐室窗户早已幻作一幅迷人的东洋布。（[英]约翰·波以顿·普里斯特利《初雪》）"一例，赏析认为："'冰窟'之喻，生动地表现了冰天雪地、天气奇寒，后文的'东洋布'之喻则更形象地表现红装素裹的绚丽多彩。"再如"读书的女人，书就是她的化妆品。（纳兰泽芸《百岁因书驻青春》）"，赏析认为："对读书的女人而言，因为书能陶冶情操，让她的心灵更趋纯洁，心形于色，则往往会表露出一种'去粉饰'的天然美，真是不用化妆胜似化妆。"诸如此类的妙词精句，俯拾皆是，美不胜收，让人真正享受到比喻的饕餮大餐。

时代特色浓郁。一是作者敢于突破传统，根据自己多年的教学心得，创造了4种新的比喻类型。二是所选例子既有古代名家的，也有近代名家的，还有当代时尚作家的，如韩寒、蒋方舟、阿来等"80后""85后"的作品，甚至还选用了莲花本土作者的作品。三是编写立脚点与目的具有强烈的时代特色，作者是立足于数字技术与网络技术形成的网络社会，直面新媒体尤其是移动手机带来的人类交互作用空间巨大变革的时代背景，通过自己的作品，意在为网络社会培养更多的美辞家，提高传播技巧，获得最佳传播效果，促进美美与共和谐社会的形成。

作者以正确的典学观、严谨的考据作风、扎实的文学功底、强烈的育人情怀，不辞年迈之身、不惮辞句之枯燥、不问前路之艰辛，为我们奉献出一部网络社会迫切需要的实用比喻辞典力作。相信该书的问世，定然会对全民修辞网络社会的崛起发挥重大的推进作用。

（本文原载于《传媒》2016年第十四期。）

奔向文明之光

有史以来，突发性公共灾难事件不可避免会带给人们惊恐与慌乱。但是，我们有理由相信，只要大家团结一心、勇敢面对，社会必将走出困境，战胜灾难。历史不断证明，科技与制度在对阵邪恶事物中定立不败之地，文明之光永绽耀眼光芒。美好生活需要依靠文明的力量，需要我们以广博的知识文化与创新的科学技术作武器，结束面临的各种灾难，改善我们的生活，去迎接灿烂的明天。

《文明之光》是2014年由人民邮电出版社出版、吴军编写的有关历史的图书，该书第一册讲述了从人类文明开始到近代航海等八个专题，第二册讲述了从近代科学兴起到原子能应用等八个专题。我详细阅读了第一册，里面阐述的古埃及文明、美索不达米亚的文明、中国的农业文明等篇章，让我知道了文明的基本内涵。实际上，文明就是人类的社会行为和自然行为的集合，具体是指为绝大多数人认可和接受的人文精神、发明创造与公序良俗。《文明之光》主要侧重对发明创造的梳理与解析，比如蒸汽机、电力和核能的发明等，都为人类文明带来巨大的变革。阅读此书，我仿佛做了一次极其美妙而又瞬息万变的时空穿行，那一个个伟大的新技术与新发明，凝结了人类最灿烂的智慧，令我心潮澎湃，掩卷叹息，陷入无边的思索中。

该书史料丰富，体现出了作者广博的学识。比如古埃及文明这一章，他从古埃及文明的伟大发现写起，1798年，拿破仑·波拿巴占领了埃及，他的一个部下无意中发现了一块石碑，便把它交给了随军的科学家让·约瑟夫·马塞尔，由此开启了这个重大的考古发现。接着，作者用简练的语言对这个最古老文明的发展历史作了精确而又生动的勾勒，读了令人视野开阔、浮想联翩。同样，作者对金字塔及其相关艺术，分别运用了数学与艺术理论知识进行了专业而又

独到的描述分析，令人耳目一新、受益无穷。

　　震撼于人类的伟大文明。该书为我们徐徐展开了人类文明的美丽画卷，人类的诞生与进化、古埃及艺术、楔形文字、汉谟拉比法典、毕达哥斯与托勒密、罗马法、宋代青瓷、文艺复兴、大航海与地理大发现，每一个文明都让我受到了空前的震撼，那种惊涛骇浪的心情久久难以平复，将会萦绕在我此后学习的生涯中。我尤其感慨于中国的文明，譬如科举选拔人才，譬如选官制度，譬如垄耕种植法，譬如《清明上河图》，譬如《韩熙载夜宴图》，如此等等，不一而足。人们经常听说但不一定了解的郑国渠，据说是在战国末期，韩国听说秦国要兴兵，就派了一个叫郑国的水利专家游说秦国建一条从泾水到洛水长达300多里的引水渠，想破坏秦国的东进计划，水渠修到一半，秦王就识破了阴谋，然而郑国早就想好了应对之策，让秦王相信水渠修好了确实对秦国有好处。这个工程使秦国丰产，也因此富强，最终吞并了六国，秦国人把这条渠命名为郑国渠，让人震撼此渠丰富文化的同时又感受到了历史的幽默。

文明可以让我们拥有更好的生活。有了铁，我们的生活得以方便许多；有了火药，我们的生产力得以提升很大；有了指南针，我们可以辨别方向探索新世界；有了蒸汽机，我们拥有了18世纪那个划时代的工业革命；有了电子技术，我们可以通过电视观看大千世界；有了移动互联网，我们可以实现随时随地的互动交流；有了5G技术，我们的工作有了高效率、低消耗与强稳定性，并实现世界的全连接。当下，我们尽管面临或这样或那样的困难，但我相信，有了人类几千的丰富文明作后盾，依靠科技的力量，一定能够护佑人民奔向文明之光，享受蓝天白云下、青山绿水间的自由自在的美好生活。

《文明之光》一书，让我们深深明白，只要拥有丰富的文化知识，只要永葆科研创新之心，我们就一定能够拥有战胜各种困难的路径与方法。

（刘铭禹、刘建华，本文原载于《中国出版传媒商报》2020年8月。）

一种乡村社会治理的《资治通鉴》

在人类社会历史中，农耕文明于中国而言是一个特别悠久的文明，古代中国实际上是乡村的中国。王权稳定最重要的基础就是普天治下的丰衣足食。一方面，要通过乡村获得赋税以维持各级政府机器的正常运转；另一方面，要把朝廷触角深入乡村实现社会、经济、军事和政治稳定。历史上的文景之治、贞观之治和康乾盛世等治世，主要得益于老百姓的休养生息、粮食丰产。中国共产党领导的土地革命和新民主主义革命，也是着力于解决农民的吃饭问题，作为改革开放先声的小岗村包产到户实践，也是旨在吃饱肚子。所有这些，都是切中了中国社会的最根本问题，抓住了乡村这个最核心领域，扭住了农业农村农民这三个最关键命脉。我们可以负责任地说，乡村社会治理好了，乡村振兴也就指日可待，中华民族伟大复兴的中国梦也就一定能够实现。

2017年，习近平总书记在十九大报告中指出，"农业农村农民问题是关系国计民生的根本性问题，必须始终把解决好'三农'问题作为全党工作的重中之重，实施乡村振兴战略。"2020年，中国共产党第十九届五中全会提出，要"优先发展农业农村，全面推进乡村振兴。坚持把解决好'三农'问题作为全党工作重中之重，走中国特色社会主义乡村振兴道路，全面实施乡村振兴战略。"中国特色社会主义乡村振兴道路怎么走？党的十九大提出了七条"之路"，即必须重塑城乡关系，走城乡融合发展之路；必须巩固和完善农村基本经营制度，走共同富裕之路；必须深化农业供给侧结构性改革，走质量兴农之路；必须坚持人与自然和谐共生，走乡村绿色发展之路；必须传承发展提升农耕文明，走乡村文化兴盛之路；必须创新乡村治理体系，走乡村善治之路；必须打好精准脱贫攻坚战，走中国特色减贫之路。

在这个七条"之路"中，乡村善治之路是所有

路径中的"牛鼻子",2019年中共中央办公厅和国务院印发的《关于加强和改进乡村治理的指导意见》再次强调了这点。抓住了乡村治理体系这个关键,就能使政府、企业、老百姓各识其责、各担其职、各履其任、各彰其绩,在现代乡村治理体系的规约下,整合社会各界资源,充分发挥政策、制度、技术、资本、人才和土地的潜能,使乡村社会走上适合自己的产业发展道路,彻底摆脱贫困,共同走向富裕,确保经济社会稳定发展。

我国幅员辽阔,全国有2800多个县41600多个乡镇,各个乡镇的风土人情与现实情况千差万别,尽管可以有大致相同的治理体系架构,但是在治理能力、治理方法方面却因经济、文化、民族、历史习惯的不同,很难有大一统的标准做法,这就需要乡镇管理者在具体工作中根据情况进行不断调适、不断摸索、不断总结,使乡村社会治理能够达到预期目标。在我国这么多的乡镇干部当中,尤其是乡镇党委书记、乡长这些关键少数的具体实践中,他们会接触到经济、政治、文化、社会、生态文明等几乎所有问题。

可以说，这些乡镇党委书记就是在管理一个个的"袖珍国家"，他们治下的乡村社会，会因主要"一把手"的执政理念和治理能力的不同而异彩纷呈，有些甚至大相径庭。在这些优秀的乡镇治理者当中，涌现出很多德才兼备且具有较高理论水平的同志，他们具有别人所难以企及的治理经验，在执政之余，会不断思考，对丰富的实践材料进行总结提升，加以学术化、理论化，成为乡村社会治理的理论性普遍规律和实践性操作指南。这些乡镇"一把手"的理论总结和探索，是乡村社会治理理论体系的重要构成，对党中央提出的乡村振兴发展战略将会起到重大推动作用。

晓林就是这众多乡镇"一把手"中善于思考的典型代表。他数十年在这个岗位上默默奉献，不求高迁，不求闻达，不求发财，不求享乐，而是以清正廉洁、一心为民的"初心"致力于乡村经济社会发展，带领老百姓致富，做一个让群众满意的党的好干部。多年来，他在江西省莲花县荷塘、闪石、神泉等乡镇的一线工作实践中，笔耕不辍，推出工作总结、考察报告、学习心得、理论征文等各类文章，形成洋洋洒

洒 20 多万字的《林下晓拾》文集。这部文集以他自己姓名中的晓林两字拆开命名,"林下"大概是指其大部分的工作是在乡下林间,亦明其不忘乡村不忘农民之志;"晓拾"点明了晓林同志的勤勉进取精神和为百姓服务的起早贪黑作风,当然,"拾"字又征喻其不疾不徐、闲适悠然的人生观和不阿谀奉承、钻营官场的一种傲骨。纵观《林下晓拾》文集,主要有以下鲜明特色。

其一,实践气息浓郁。在《乡镇偶感》《一线偶思》《阜外偶拾》《报刊偶记》等篇什里,无一不是晓林同志亲身实践的经历和总结。有党建和思想政治工作的实践,有产业发展的实践,有扶贫工作的实践,有出差学习调研的实践,有与村干部交往的实践。在《把准脉搏、对症下药 做实做活农村思想政治工作》一文中,作者对荷塘乡党委抓农村思想政治工作的做法进行了总结提炼,从加强自身建设提高工作方法、顺应民心抓好廉洁、强化宗旨意识为群众办好事办实事、壮大经济减轻农民负担展开论述,文中提到的村民用春联反映干群紧张关系、拖欠工资、干部要求调离、企业建设和产业发展等，都真实可信，展示了一种思想政治工作方法的新路径。在《感受上海》一文中，作者把在上海参观学习的所知所感所想全面表达出来："深入社区，走访科室，列席会议，积极参与街道工作，学习上海基层运作；查文件、读报刊、看电视、了解上海及'长三角'信息；广交朋友、建立友好关系；听讲座，同教授、专家面对面；看展览，与科技零接触。登东方明珠、看浦江巨变；走外滩长廊，观洋场灯火，行南北高架，望摩天"丛林"，游青浦古镇，探水乡文化……我贪婪地呼吸上海的空气，抓住一切机会阅读上海，感受上海。"作者把上海比作一本书，认为自己在三个月的时间内不可能读完这本书，但却急迫地自问："我将从上海学些什么？带回些什么？"字里行间跳跃出一个随时随地都要融入实践了解实践解剖实践的实干家形象。

其二，涉及领域广泛。《林下晓拾》涉及的区域、行业、部门、题材十分广泛，看似各自独立成章互不相关，但却有内在的逻辑关系。这些文章都归聚于作者为人民服务这一思想旗帜麾下。正是基于这种强烈的责任感,作者在不同乡镇和部门的工作中,都会以一种主体性的责任去观察、思考工作中的得失,不论什么领域的问题和现象,他衡量的标准是:是否有利于经济社会发展,是否有利于人民幸福,是否对得起自己作为党的基层干部所肩负的使命。有了这个精神主线,他的实践总结与理论思考就都有了逻辑关联,共同构筑其关于乡村社会治理的基本理论思考。有关于种植业的,如《着力做好神泉果业发展文章》;有关于煤矿产业的,如《关于加快莲花县煤炭产业安全发展的思考》;有关于财税工作的,如《浅析乡镇财税征管中存在的问题及对策》;有关于户籍工作的,如《关于当前户籍制度改革对社会抚养费征收工作的影响及对策》;有关于卫生工作的,如《莲花县乡镇卫生事业发展现状、存在的问题、原因分析及建议》;有关于招商工作的,如《莲花县为外来企业创造宽松环境》;有关于扶贫工作的,如《莲花县健康扶贫变"拖贫"为"脱贫"》;此外,还有更多关于全县工作、关于域外省区县先进工作经验的总结介绍。可以说,《林下晓拾》为我们生动展现了一位乡镇"一把手"

多方面的实践经历和心路历程,是不可多得的资政资料。

其三,理论思考深远。纵观文集,尽管都是实践工作的梳理总结分析,但几乎每篇文章都有严肃而深远的理论思考。在多年的工作实践中,作者似乎不甘于做一般的领导干部,似乎不甘于仅仅撰写纯粹工作总结式的文字材料,而是不断地钻研中央精神政策,不断地学习马克思主义理论,有意识地在其文章中尽量体现学术高度与理论厚度。在《如何让党旗在农村高高飘扬——神泉乡农村基层党组织建设的困惑与探索》一文中,他与众不同地指出:"改革开放以来,一大批先进乡(镇)、村的辉煌业绩振奋人心,他们的成功经验可以总结出十条、百条,但最可贵的一条是把党建工作和经济建设有机结合起来。"接着,他不流于书写成功经验和做法,而是把一些实践中的问题与困惑展示出来。而后,他认为"该乡党组织建设中存在的这些问题,究其原因,既有历史的,也有现实的,既有主观的,也有客观的,既有外部的,也有内部的"。在此基础上,他提出了解决问题的三个建议。这些建议思考既有深厚的理论源泉，又有自己的个性特色，有利于实际工作的解决和改进。在《莲花县产业转型初探》一文中，作者以富有前瞻性的理论视角指出："资源问题也就成为制约发展的最大瓶颈，莲花的发展也渐显后劲乏力的迹象。同时，受国家宏观政策趋紧的影响，对年产 3 万吨以下的煤矿予以关闭，关井压产造成了大量农民工失业，并导致经济出现短暂萧条，各类矛盾纠纷也随之而起，这就要求我们重新审视县情，探索出一条更符合县情和民情的发展道路。加快产业转型，调优产业结构，走科学发展道路势在必行。"文集中类似的理论思考光芒随处可见，不一一赘述。

作为一部基层领导干部实际工作与理论思考的工作文集，《林下晓拾》能够为全国乡镇领导干部在乡村社会治理实践工作中发挥"鉴于往事，有资于治道"之作用，故以《资治通鉴》寄望。

（本文原载于《光明日报》客户端 2021 年 1 月 19 日，光明网、澎湃新闻等数十家主流媒体转载。）

一种新的乡村发展推力

瑶溪（井冈山）发展基金会所在的莲花县神泉乡，是一个贫困乡，坐落在罗霄山脉棋盘山上，陈毅、曾山、项英、谭余保等曾在这里战斗过，经济落后，人口不足万人，乡镇撤并后，唯一的官方组织就是神泉中小学。

瑶溪基金会主要立足革命老区及西部经济欠发达地区的农村，我通过"学者发起、圈子建雏、产政主体、全员驱动"的平民自聚模式创办基金，旨在塑造"一种新的发展推力"。基金会以"联合力量、聚集资源、促进发展、服务社会"为宗旨，以"聚沙成塔、积水成渊"为工作方法，以教育文化为切入口，以奖教奖学为运作形式，以年青学生为帮扶对象，着力于经济欠发达地区乡村民众思想启蒙教育，改变学风、

家风与乡风，实现乡村教育文化经济社会的大发展。

"学者发起"是指由有一定见识与名望的学者倡议成立基金会。"圈子建雏"是指在没有较多支持者的情况下，学者首先要在一个较有影响力的小圈子（如同学圈、朋友圈、宗亲圈）中酝酿这个话题，达成共识，募集小额资金成立基金会的雏形，如瑶溪基金会是通过学者所在的初中同学圈，借同学聚会的契机，募集6000元的原始资金。"产政主体"是指立足于基金会雏形，通过人际传播，影响商界与政界较有名望的成功人士，获得同情与支持，瑶溪发展基金会通过与某企业家沟通，获得2.1万元首期捐款，以此为宣传焦点，大力传播，形成"领头羊"效应，把商界与政界的爱心点燃，实现较大范围的集中性捐款。"全员驱动"重在思想与精神上的作用，希望形成人人行善的风气，爱心款不论多少，只要参与，就达到了基金会社会公益入耳入心的效果，全民公益理念得以形成。"平民自聚"是指基金会的资金主要来源于全体普通老百姓的爱心，与大企业家的巨资相区别。

瑶溪基金会创办的动因是什么呢？

经过三十年改革开放，整个国家的经济、文化、教育与社会发展都取得了巨大进步，人们生活得到极大改善。但是，对于像井冈山革命老区及西部经济欠发达地区农村而言，经济水平依然低下，乡村教育与思想观念极为落后。20年前，95%以上的学生完成初中阶段教育后，便过早走向社会打工谋生；20年后，下一代依然是95%以上的学生读完初中就走向社会。教育没有丝毫变化，"知识改变命运"似乎与他们绝缘。农村年青人去沿海城市打工，留守老人与儿童上演着一代代贫困与无知的命运。大片农田山林抛荒，大多村庄实成为空心村。人们小农自私意识浓厚，即使有人来承包土地山林，老百姓宁愿抛荒也不愿租给别人。个人成功评判标准就是金钱，却不管这个钱是盗抢还是出卖色相而得。读书上大学使家庭致贫，农村大学生毕业找不到工作，家庭贫困状态没有根本扭转，招致更多的嘲笑与对知识的鄙薄。农村淳朴善良的学风、家风、乡风受到极大破坏，读书人与读书家庭大为受挫。正由于此，瑶溪基金会希望通过奖教奖

学的形式，以教育为切入口，塑造知识致富典范，鼓励人们通过知识改变命运，打造一种新的乡村发展推力。

"三农"问题一直是党和政府致力解决的问题，全国像神泉这样的乡村非常多，当这些经济欠发达乡村还未获得外来大企业家关注的情况下，如何通过自身力量谋发展，是一个急迫而又现实的国家发展问题。瑶溪基金会开创的"学者发起、圈子建雏、产政主体、全员驱动"的平民自聚模式，经过四年实践，被证明是一种科学有效的乡村发展模式，把这种模式在全国进行推广，也是瑶溪基金会发起的主要动因之一。

瑶溪基金会创办以来，主要解决了以下社会问题。着力于经济欠发达地区乡村民众思想启蒙教育，改变学风、家风与乡风，为乡村发展形成了共识，知识改变命运深入人心。通过奖教奖学，稳定了经济欠发达地区教师队伍，解决了部分贫困学生上学难的问题，有利于为乡村社会塑造一个知识精英团体，推进了乡村经济社会发展。通过为乡村创业能人提供信息与技术指导，注入创业启动资金，促进了农村种养殖经济的发展，盘活了农村资源，促进了农民工回流，充实了农村劳动力，推动了乡村社会的快速发展。"学者发起、圈子建雏、产政主体、全员驱动"的平民自聚模式解决了广大经济欠发达地区农村自救发展的问题，提供了科学有效切实可行的农村发展新路径，成为一种新的乡村发展推力。

十年来，从瑶溪基金会获得直接或间接利益的对象非常广泛。瑶溪基金会从实施以来，共奖励师生800余人，为困难家庭提供了有效的经济帮助。瑶溪基金会通过对考上二本以上大学，尤其是考上名牌重点大学的学生进行奖励与宣传，使其家庭获得了巨大的社会荣誉。基金会作为一个品牌组织，其对学生及其家庭社会地位的赋予，大大促进了该家庭在乡村社会的影响力与权威度，以一种马太效应促进本家族与本地方对知识的尊重与追求，文蔚之风浓厚。乡村创业能人获得及时可靠的经济信息与技术指导，使其规避了经济风险，有利于形成专业种养殖户的集聚，促进了农村经济社会的大发展。基金会对所在乡村的历

史文化资源、红色文化资源、宗教文化资源、工业文化资源与自然生态文化资源进行梳理挖掘并宣传，提出"瑶溪三江"文化旅游产业发展战略，为社会资本找到了投资方向与利润平台，最终促进了当地人民生活水平的提高。

瑶溪基金会主要有哪些创新呢？从模式创新来看，瑶溪基金会科学性地提出了"学者发起、圈子建雏、产政主体、全员驱动"的平民自聚模式。这为基金会同业提供了一个新路径与新模本，解决了经济欠发达地区农村在没有外来大企业家介入的情况下，如何通过自身力量创办基金会的问题。从理论创新来看，瑶溪基金会旨在构建"一种新的乡村发展推力"经济欠发达农村发展理论体系。与传统的政府、金融机构、外来大企业家外力推动不同，"一种新的乡村发展推力"是一种软力量，借助公益的力量，唤起当地民众的主体性，通过公益入耳入心，实现全员驱动，以平民自聚的绵绵不断的内生活力，推动乡村经济社会发展。从实践创新来看，瑶溪基金会提供了可复制的基金会建设的完整解决方案。基金会以"联合力量、聚集资源、促进发展、服务社会"为宗旨,以"聚沙成塔、积水成渊"为工作方法,以教育文化为切入口,以奖教奖学为运作形式,以青年学生为帮扶对象,着力于经济欠发达地区乡村民众思想启蒙教育,改变学风、家风与乡风,按照教育、文化、旅游、乡村经济、乡村道德路径逐步推进,最终实现乡村教育文化经济社会的大发展。从传播创新来看,基金会综合运用多媒体平台,通过博客、微博、微信等数字媒体进行主题式人际传播,把乡村熟人社会场搬到了网络虚拟空间,再现各个村落、宗族、家庭、同学、朋友、个人之间的关系,把现实关系延伸到虚拟社会,各个圈子或者群体在网络空间进行争论辩驳,每个群体与个人的主体性得到充分展示。基金会公益活动入耳入心,权威性与公信力很高,在乡村社会各项重大活动决策中发挥不可估量的主导作用。同时,基金会也发挥传统媒体的作用进行传播,譬如第四届颁奖大会,邀请县委书记亲临现场讲话,基金会组织了《中国教育报》《大公报》《中国社会组织》等全国性主流媒体进行报道,地方电视台也配合宣传。博客、微信等又对传

统媒体的报道进行转载传播，有效扩大了基金会的全国知名度与影响力。从筹资创新来看，基金会主体筹资模式是"积水成渊、聚沙成塔"，利用公益入耳入心的办法实现全员驱动的平民自聚模式，捐款金额既没有上限，也不设置下限，5元至几万元数额不等的善款都得到同等尊重。筹资过程中，中国台湾的一位爱心人士黄特新先生，以小额善款的形式，连续捐款9次，捐款总额7000元左右，总量似乎并不引人注目，但这种持续的力量却大大唤醒人们的爱心，发挥无可估量的激励作用。同时，基金会实施年度专项奖，以个人冠名的形式，给予充分的社会荣誉，吸引机构与个人对年度奖金进行全额赞助，如"瑶溪基金第四届奖教奖学刘松青年度奖"就是一个成功的尝试，示范作用很大，会后，有很多个人和组织竞相申请下一年的年度专项奖赞助资格。专项奖捐资者范畴较广，包括个人、家庭、同学圈、朋友圈、亲友圈、宗祠、企业、村委会、寺庙等。

　　瑶溪基金会模式的本质是"一种新的乡村发展推力"。这对于像井冈山革命老区及西部经济欠发达地区的农村而言，在没有外来大企业家介入的情况下，提供了一个依靠自身力量发展的新思路，即"学者发起、圈子建雏、产政主体、全员驱动"的平民自聚模式。瑶溪基金会在推动地方传承优良学风、发掘历史民俗、转变思想观念、开发文化旅游方面提出了一系列建议，为打造神泉乡的自然生态、红色革命、印钞工业等文化发展板块积极出谋划策、宣传加油。瑶溪基金会通过四年实践，已进入稳定运行状态，成为全县的第一品牌社会团体，其运作模式为地方政府与社会组织高度认可与赞赏，已在安徽、广东、贵州等省进行了复制，催生了"广东潭山中学壹基金"等公益组织。

（本文原载于《中国企业公益文化传播力研究报告》云南大学出版社 2015 年 3 月。）

致所有

天工开物城：江西分宜

影响有影响力的人！谁去影响有影响力的人？当然是媒介！

谁是这个有影响力的媒介：报刊？广电？图书？微信微博客户端？更新的新媒体？……

NO！众里寻他千百度，蓦然回首那媒却在集会处，是我们最传统的载体：会议，是我们的县级融媒体舆论引导能力建设会议本身。

这不是原初的那种会议，而是更高 N 级阶段螺旋式上升的、打通线上线下、融实体生存方式与网络生存方式为一体的会议。

他的魅力是无穷的，任何高尖端技术都永远无法媲及她、改变她、代替她。她是永恒的无上媒介：影响一切传统媒体与新兴媒体；影响一切媒体从业精英；影响一切科研学术灵魂；影响一切政商学产决策者；影响一切社会用户。

会议，特别是行业年会，把人际传播、组织传播、群体传播、大众传播的各自核心效果发挥到了极致，实现了无远弗届的最佳传播效应，对政府管理者、业界操盘手、学术勤耕牛，都是重大利好。相信，县级融媒体中心舆论引导能力建设年会也必然如此。

时间匆匆，任何长时间的缠绵都抵不了分别刹那的撞击！这个年会从我和袁晓峰主任的接触酝酿到落地成型有两年时间，从邀请嘉宾到高朋满座有两月时间，从盛大开启到成功闭幕有两天时间。所有这些，在离别的一刹那，显得又是如此的短暂与无力。幸好，会议的精神光芒永在，会议的情感关切常在，会议的合作纽带常在！

春江绕双流：成都双流

我们用 4 个字来概括年会，如果首届全国县级融媒体中心能力建设年会是"超乎想象"，那么第二届就是"排山倒海"。

我们的参会热情排山倒海。今年，疫情依然反复无常，某些地方呈集中式暴发，甚至在开会前一天成都出现一例确诊，但这些都丝毫不影响大家的参会决心和赴约脚步，在排山倒海的四方利箭下，病毒无处遁形，双流安然无恙。

我们的现场交流排山倒海。在无数的会议转为线上的时候，我们依然坚持线下开会，我一直强调，再怎么技术革新（包括当下风口的元宇宙），都不能与人际传播效果相媲美，甚至不及其之万一。会议是最有影响力的媒介，是能够发挥人际传播、圈子传播、大众传播的综合叠加效应的无与伦比的媒介。座无虚席的会议大厅，节奏有序明快的讲话讲演，如痴如醉听到晚上近 7 点、中午近 1 点的忘我境界，力证了"属于融媒体中心人"自己年会的广阔群众基础和历史民心所向。

我们的会议传播排山倒海。成都是中国媒体重镇，融媒体中心年会是2021年为数不多的全国性媒体年会（甚至是唯一的），两天会议的内容丰富多彩、观点新颖透彻、案例典型鲜活，为饥渴的媒体同仁提供了十分难得的新闻大料，从中央、省区到市县，从纸媒、电媒到数媒，从西部、中部到东部，排山倒海的宣传报道席卷了大江南北，声震云霄。

美好的相聚总是短暂的，不舍的分别注定是历史的。朋友们对我们的年会给予了不吝辞藻的肯定和称赞，我们知道自己还有很多不足，希望在将来能够不断地改进。

感谢部里和研究院领导的大力支持，感谢成都和双流领导的大力支持，感谢各位演讲嘉宾，感谢参会的融媒体中心"家人"，感谢年会组委会参与服务工作的全体小伙伴。

以待来年，相约明年。

（2020年12月、2021年12月于江西分宜、成都双流。）

附录 刘建华近期诗歌

春城無處不飛花,寒食東風御柳斜。日暮漢宮傳蠟燭,輕煙散入五侯家。

刘建华书录（唐）韩翃《寒食日即事》

新古体诗

岁月留痕——怀父组诗

祭父诗篇

物华依旧人未存，青山云海觅仙踪。

惜叹舐犊情千古，北天南望尽朦胧。

从来伟绩一线牵，此去断筝乡愁浓。

清明时节家严祭，吾梦常卧父音容。

于 2007 年清明节

秋夜怀父

愿效割肉为目莲，耻闻天子乞汤羹。

父慈子孝春秋事，树静风止宁不肯？

秋暮夕月团圆分，吴刚弃酒使冥城。

尽斫蟾宫桂婆娑，清光万里照莹艮。

于 2007 年中秋夜

数九重阳

客在异乡非异客,曾经沧海难为水。
边音杳杳梦金盔,壮心拳拳落尘堆。
重九双阳欲登高,茱萸失色月失辉。
桑梓愁丝天天浓,祖山擎香能几回?

于 2007 年重阳节

一味香灯伴婵娟

去岁今夕父弥留,恨煞婵娟儿催归。
万里川行颜一顾,千古黄泉土几堆?
年年笙箫年年吹,朝朝香灯朝朝对。
无须杜康神已醉,徒然梦里空落泪。

于 2008 年清明节

清明赴

一春四季炫慧眼,三子骤然下人间。
众神纷问仆我前,孝在故里清明天。

于 2012 年 3 月

无题

父去几度梦离魂,七载清明独牵坟。
樊笼身卧志腾腾,神落尘土泪纷纷。
啼鹃问我情归处,鹧鸪山里上千层。
儿女细细话山色,文章经国不经人。

于 2013 年清明节

清明忆父

题记:今天,曹冠东博士给我讲了件令人动容的事。晚上,他服侍完92岁高龄的老父亲休息后,自己亦不胜岁月之衰,气喘吁吁。半睡半醒中,被子掉在地上,他也无力去拾。此时,老父亲拖着病躯,颤巍巍蹭到床前,竟然帮他把被子盖上。这让我无限羡慕,多么渴望自己也能享受一回这种舐犊之情!在我而立之年,68岁的老父就已仙去,迄今八春秋。清明之际,诗一首,志之。

而立父已成不朽,忽忽去我八春秋。
羡观路人扶老秀,感听耄耋夜犊裘。

春雨春花春清明，孝子孝孙孝祖丘。

追风马疾踏闪电，直上云霄侍星宿。

于 2014 年清明节

乙未清明祭祖梦乡贤

祖上果然是乡贤，虎观奇才知府匾。

后祖潦潦困长工，刘母雄雄踞山巅。

杜鹃花开又清明，千里枝叶聚堂前。

也无雨来也无风，奠酒一樽幸福年。

于 2015 年清明节

父去十周年祭·文岭

父去音容在，相思成年灾。

春雨迎归客，清明祭花海。

青鸟声依旧，童伴颜新裁。

千秋文岭台，又有人父埋。

于 2016 清明节

清明南岳禅寺

晨暮钟声响，两界祭清明。
百鸟奏春乐，万竹携笋听。
僧语小童痴，蜂舞显佛灵。
青天照白月，跳丸大挪移。

于 2016 年清明节

京华快雪

　　题记：2009年冬，中国遭遇近40年来的罕见寒潮，一股冷空气突然来袭，11月1日，北京突扬大雪，这是我来到中国人民大学求学的第三个月。久处昆明，不见雪久矣，见此美景，欣喜异常，不顾及自己已过了而立之年。李贽论道，但凡创作，童心是不可缺的，童心是创作的最深的源泉。其实，社会人生何尝不是如此，童心不是幼稚，而是一种对生活的态度，是一种空灵，一种飘逸，一种洒脱，一种真实。人大校园的白雪地上，碧绿的青草还隐约可见，大龄的博士男生女生们像儿童般嬉戏其间，纵情不遮，开怀快畅，有何不可呢？这就是童心的表现。我们所在的品园楼外雪花纷飞，学子们

虽不出门，却可以在网络上纵论天下，虽别于古时书生的拥炉清谈，却也另有一番韵致。诗一首，志之。

品园楼外梨花俏，书生网上论前朝①。
一夜快雪②抚凸凹③，明君盛世④何足道。

于 2009 年 11 月

注释：①前朝：指的是过去的历史，泛指当下之前的事情。②快雪：迅捷但又给人以愉悦的飞雪。③凸凹：指不平的地面，意指社会生活中伤悲与快乐之事。④明君盛世：意指人类历史上所谓的丰功伟绩。此句意指，人类不必自足于所取得的进步，其实，在大自然面前，我们还是非常弱小的。借此句表达了对大自然的赞美之情，同时又警示人类要依从大自然的规律行事，否则就会受到惩罚。

肖章洪先生二十年前励信之感

师恩难相忘，一语值千金。
岁月纵无情，魂灵牵古今。

于 2010 年 11 月

与宋婧戏谑病腱鞘

此痛不属人间有，有时亦应归散仙。
可怜刘某偶得之，跌破九天仆佛前。

于 2011 年 3 月

咏扬花

京华三月莫测天，桃李百花自竞妍。
不为拥趸增一鲜，故作飞絮乱人眼。

于 2012 年 4 月

题井冈龙潭

题记：2012 年 4 月 6 日，正值清明佳节，回乡扫墓。这是 1999 年离开故土后 13 年来的第一次清明祖山擎香。艳阳高照，山花烂漫，真正是阳春三月好一派江南风情。暇余，赴永新县与师范同学小聚，这是继 2004 年本班同学聚会后时隔 8 年与部分同学的友情重温。夜色漫漫，趁着酒兴与尹嫦娥、尹玉蓉、左寒卜、尹小奎、李晓军、马军华、贺庚云等再上东华岭。虽然母校已不是自己的母校，但我真切地闻到当年师范的生态气息，令我惆怅感怀，却无神思作文记之。次日，借余兴纵游了井冈山之黄洋界、万竹园等景区，杜鹃花开的革命圣地使我心旷神怡，然对龙潭印象独钟。碧玉潭、金锁潭、珍珠潭、黑龙潭、仙女潭之自然美景及遍布其间的石刻咏吟，令我极为欣悦，故友赖贻开的盛情更让我感动。诗一首，以记余永新师范旧地重历与37岁井冈首游。

已届不惑才识君，龙潭笑我井冈人①。
清明时节英魂祭，花落杜鹃②泪涔涔。
五龙飞瀑叠千丈，万碧一潭雾中横。
携来仙女揽险境，功业莫贪天自成。

于 2012 年 4 月

注释：①笑我井冈人：指我经常对外人自说来自井冈山脚下，然快到不惑之年才第一次上井冈山，是故龙潭笑我枉为井冈山人。②花落杜鹃：一是指泪落似若井冈山上的杜鹃花纷飞；二是指心伤似杜鹃啼鸣。

陌路人大——调寄友人小三博士

题记：7月6日，送走了最后一个同学更喜博士，晚上，百无聊赖，沿着昏黄的路灯在人大作最后纪行。世纪馆的交谊舞是如此的优美，一勺池的三江水是如此的纯静，运动场上的脚步声是如此的动听，汇贤府的大彩灯是如此的和熙，吴玉章路的核桃树是如此的厚实，图书馆的孔子像是如此的肃穆。一切的一切，在毫无章序地从我眼前掠过。当科研楼前的淑女唱着《十年》之歌对我嫣然而笑、疏疏细雨开始捉弄着我的视线时，那"实事求是"的大顽石却依然是如此的生硬。不论我如何地左右绕行，视线尽头，却总是明显地只有"离别"二字。因为，他不断地提醒我，从此陌路人大，相逢不知年了。诗一首，志之。

　　酒绿灯红六月天，顽石尽头是离别。
　　老友郁郁千愁厚，细雨疏疏薄我颜。
　　淑女十载踏歌去，君子一夜魂归田。
　　从来晓风残月生，陌路人大不知年？

　　　　　　　　　于2012年7月6日23时

无题——之石林长湖

题记：2012年11月21日，玛雅预言第四个"太阳纪"的毁灭日，意义深远，值得一生回味，诗一首，志之。

十载东陆变幻间，京都问我愿为贤？
志士生当走四方，孝子死可归故田。
自古谁不恋婉约，长湖如梦骨如铁。
伯乐一曲歌石林，马虽千里任弦牵。

于 2012 年 12 月

咏南海子

南苑五代皇狩地，一朝百姓揽胜天。
银杏戏开春秋叶，碧水遥想杨柳风。
公爵无意救麋鹿，商贾有心成笑谈。
千年兴衰人归去，黄土频频换新颜。

于 2013 年 4 月

注释：南海子曾经是辽金元明清五代的皇家猎场，辽称"春捺钵"，金称"春水"，元称"飞放泊"，明称"南海子"，清称"南苑"，一脉相承。

咏广丰

群峰争春碧海荡，一注丰溪尽淘浪①。
木艺钩沉古意淌，明镜为心容千江②。
人才百万走四方，莲花骄子独下广。
八方通衢立门户③，枢密文化源流长④。

于 2013 年 5 月

注释：①丰溪河在县城中心形成一个平如明镜的湖，故有尽淘浪、明镜一说。②广丰人口 100 多万，遍布世界各地，有江西的"犹太人"之说，擅长红木经营，其雕刻艺术据说是全国之宗。③上饶是八方通衢之地，广丰界于三省，自立一要塞门户。④广丰历史上的名人做过宋朝枢密使，相当于宰相地位。

题弥勒寺

题记：2014年2月6日（正月初七），全家与友人李玲、陈航夫妇前往红河州弥勒寺进香。弥勒寺位于弥勒县西三镇锦屏山之上，始建于南北朝时期，兴盛于明、清两朝。据史料记载，弥勒寺建成后，一时间僧侣云集，香火旺盛，成为当时中国西南一个规模宏大、名声卓著的寺院群体，其中尤以一尊露天木雕弥勒大佛引人注目。今天的弥勒佛实际上是一座大建筑物，外观是露天的弥勒布袋相，大佛肚子里是供奉神佛的殿堂。弥勒县以弥勒佛名之，该县与锦屏山也因弥勒大佛而出名。弥勒县极不简单，著名的云南红酒业与红云红河烟业都在该县，经济占了全州的半壁江山。是日，感受了湖泉的三亚沙滩之美，品味了云南红的醇厚之史，然独喜弥勒寺，小儿拾级而上，摘拣万级石阶旁的松果，撒播一路的孩童趣乐，令我颇为开心。诗一首，志之。

县以佛名佛名山，登高问仙谁凭栏。
小儿拾级松果笑，梯田歇脚归客盼。

于2014年2月

悼昆明 3.1 血案

题记：3月1日，29条无辜生命怨愤离去，140多人平添伤害，多少个家族破碎悲伤。这一切，发生在我的第二故乡昆明。这块给予我书读、给予我工作、给予我妻儿的彩云之南，遭此重创，令我心痛。那块神奇迷人土地上的父老乡亲，我的心永远与你们在一起。诗一首，志之。

雾霾压城心无间，人生苦短思故滇。
常得飞翼临碧海，偶失一机报恩典。
黑天如梦怨魂众，民心铸剑正义显。
阎罗不招自收鬼，千秋相继话英贤。

于 2014 年 3 月

咏瑶溪刺莓

题记：今天，在瑶溪天下人QQ群中看到乡友传上的故乡美味图片，勾起了我美好的童年记忆，希望这些山珍能够有一天实现产业化，走向市场，产生经济效益，成为瑶溪经济发展的一个增长点。诗一首，志之。

瑶溪山间四月天,艳阳催生美味鲜。
罔顾荆棘蜂蚁舞,一年一度瞬时仙。

于 2014 年 3 月

咏江西大余诗三首

咏杨梅古城

梅国梅岭梅关开,扬鞭却向杨梅来。
卵石路断三槐第,青砖楼进八面风。
一本堂外千家生,古井壁内索未腾。
玉带跳珠绕城去,山歌不语兴衰梦。

注释:杨梅古城位于赣州大余县,梅岭是陈毅《梅岭三章》诞生处,梅关是古代海上丝绸之路的一段陆路,该县是汤显祖《牡丹亭》中南安府牡丹亭所在地。

咏梅关

古今盛传状元祖,无人拾级戴自拜。
石丸望断南粤路,梅关渴求暴客来。

注释：清乾隆戴衢亨状元祖坟高居梅关驿道，被赞"日受千人拜，夜观万家灯"；梅关作为古道关口，上有对联为"梅止行人渴，关防暴客来"，暴客现指暴涨的游客。

咏丫山灵岩寺

八百野火欲何图，铁树丫山燃香烛。
层岩浴佛泉为炉，片石云飞任我游。

于 2014 年 6 月

注释：灵岩寺有两棵千年铁树，长成"丫山"两字。2008 年一场大火烧到灵岩寺方圆一百米处，竟戛然而止，实为奇事。方丈可踏着片石驾着祥云买来热豆腐，却被徒弟窥见致使法术失灵。

甲午中秋寄诸友

人生忽过四十秋，惑与不惑欲可休。
静若处子读寒窗，动如狡兔点兵秋。
光怪陆离弃繁城，故山乡水近节忧。
千载不逝智者孤，沽名钓誉谁能留？

于 2014 年 9 月

甲午闰九月初三帝京霾去纪事

黄金甲去乌金来,何处人民究可哀?
神州漫起北进潮,魂魄聚伏首丘台。
苍苍史书有可鉴,芸芸众生无黑白。
一夜清风抚凸凹,前恨相忘竟情才。

于 2014 年 10 月

回家偶书

创家异乡六载多,舍妻离子历烽火。
魂牵井冈春城易,心向莲花莲池落。
相见竟无久别意,相处却生纵横国。
小儿频频呼和睦,圆圆一曲弄秋波。

于 2014 年 11 月

瓦塔中秋

题记：每逢中秋佳节，地处井冈山脚下的江西莲花老家有用瓦片垒火塔的习俗，用木柴和稻谷壳烧得通红，欢庆当年收获及期待来年丰收。我的童年就是跟着父亲在这美妙的活动中度过。2006年，正当我而立之年，父亲离我而去，于今已10个春秋。2015年又是一个中秋佳节，纪念与父亲在一起的美好岁月，志之。

瓦塔谷壳烧童年，三十一梦父已先。
十载中秋心挂月，万般思念成青烟。
人生处处有春天，乡关时时招人嫌。
扬鞭庙堂回望处，初心早埋水云间。

于 2015 年 9 月

登黄鹤楼

黄鹤楼上无黄鹤，千古后人话昔人。
无边高楼压楚天，几多烟波了无痕。

万木泛金秋意起,捷报频生却锁眉。
禅境不见有钟声,红楼辛亥落新尘。

于 2015 年 9 月

亲人

面朝黄土不知年,兰芝香飘艳阳天。
才高当世惊朝殿,血浓于水醉申贤。

于 2015 年 10 月

赠正觉寺学辉方丈

文昌桥头赛文章,千古盛景抚河谙。
余光尚照临川笔,众惑频踏学辉槛。
蛤蟆菩萨惊千佛,庐陵后学迷神话。
文化崛起有正觉,补天何须烦女娲?

于 2015 年 10 月

忆瑶溪南岳禅寺祭孔开光

之一

瑶溪楚天话青山,神泉吴地孔丘来。

人声鼎沸涧鱼跳,圣像安然小儿猜。

子欲成风化乡人,常忧积飞没英才。

忠骨不愿遗他处,魂灵可安棂星台。

之二

儒释道合一佛堂,众生向善千江长。

学辉洪钟荡碧空,仙家清乐漫古巷。

春雨才洒吴楚乡,霞光又照凡心上。

古树喋喋说往事,青烟几缕自在淌。

于 2016 年 3 月

赠南北两少女

题记:五四青年节将临之际,诗两首美赞南北两少女,愿五四的花朵永远青春美丽。

赠瑶溪少女吴敏霞

身起阡陌间,志在环宇前。

华锦妆素莲,青稻照吴娴。

神泉多敏心,瑶山飞霞仙。

物因人美显,画成万万年。

于 2016 年 5 月

赠喜都少女常嘉林

白山黑水间,彩凤夺目前。

春光羞无边,桃花恨常见。

辽东有嘉木,长春无林纤。

人美不可言,盈盈南北天。

于 2022 年 4 月

立秋辞家有感

晨光山风秋声响,村居老娘送远方。

蝉鸣猛浪犹恋夏,大蜂轻舞唱芬芳。

岁岁朝朝是他乡，老父坟头不在场。
瘟疫催人匆匆去，一舠泉水一路伤。

于 2021 年立秋日

秧苗初栽

夏日才栽往年春，老娘田头话黄昏。
山风走过几多轮，禾下苍苍万古云。

于 2020 年 6 月

劫后余生·田园

时蔬竞秀文岭新，老娘术后田园行。
一眼望尽冲天绿，四围拥来排山情。
曾与峥嵘搏豪气，也向神佛问美景。
又得一次好生命，还报细细耕山林。

于 2020 年 6 月

题老宅新院

小雪庭院新，初日照高林。

女墙裹红缨，阔地履轻盈。

双亲拓疆勤，一夜风相侵。

历来人与事，文字乾坤馨。

于 2020 年 7 月

晴雨故园

蓝天极目晴方好，黑云排空雨亦奇。

青竹尽书皆山水，美言妙语难相宜。

于 2020 年 8 月

无题

时疫如坠九重天，乡情可慰观家宴。

最是一年春好处，逢君有待青山前。

于 2021 年 2 月

宿嘉陵江·阆中

胜日也来嘉陵宿,南津关畔演旧曲。
张飞祠前泯恩仇,金戈铁马江上浮。
春月峰立白塔瘦,千帆远影嘉陵休。
江声钟声何处有,阆苑仙境连峰楼。

于 2021 年 7 月

现代诗

颜斗佬

颜斗佬是一个老人的名字
以井冈邻居的名义给了我一个封印
无论去家长短远近
始终是我念兹在兹的符形

时光贯穿了他的首底
没有人认为他已然老极
唯有死亡
才能带走他的坚毅

路上的石子

磨砺出他满脚掌的肉茧

却也只是变成了他脚下滑亮的青铜镜

映出了乡村姑娘俊秀的笑意

山上的荆棘

划拉出他满躯身的血痕

却也只是变成了他身上如影的挠痒器

柔软了乡下汉子粗犷的胸心

空中的黄蜂

折断了蜂族如林的毒针

却也只是通透了他周遭如铁的络经

提升了阡陌少年失落的自信

宇宙的日月

斑驳了亘古万年的巨石

却也只是馈赠了他薄若蝉翼的甲衣

武装了神州百姓脱贫的蛮力

颜斗佬是一个硬如铁的人
以神的名义给了我一个撞击
无论他肉身是否存迹
我永远记着他光身赤脚纵横山野的如虹气势

瑶溪十八坊

我们的祖先

喜欢安详

来到了这个人间天堂

弯弯的小路拉长了悠远的征途

绵延的群山容纳了千年的苦楚

潺潺的溪水传唱着亘古的幸福

我们这一代

喜欢梦想

走出了瑶溪十八坊

高楼大厦回味于矮屋土墙

钢筋水泥沉思于棋盘山岗

嘈杂浮躁归心于神泉潭上

瑶溪十八坊

浪漫而惬意的地方

瑶溪十八坊

爱国护民的土壤

瑶溪十八坊

举子辈出的古巷

瑶溪十八坊

印钞文化的一厢

我是瑶溪的老黄牛

居瑶溪之地则忧其途

立江湖之远则忧其乡

仰望四方

皆为棋盘

风光旖旎百鸟歌唱

放眼天下我拼搏的战场

大湾十八弯

异乡的朋友问我

大湾是一个大大的港湾

其实

她只是神泉湖源头的小滩

异乡的朋友问我

大湾是台湾

其实

她只是我小时候不敢高语的呐喊

大湾是大山里的大山

大湾是遥远中的遥远

大湾是令人心悸的梦魇

大湾是牵肠挂肚的愁烦

大湾是狼突不已的狭岸

大湾是万世首丘的仙丹

大湾是心脏失速的开关

大湾是心灵依归的神龛

大湾是我的故土十八弯

一弯是山弯

绵延的山峰弯成我们不屈的脊梁

二弯是水弯

涓涓的滋溪弯成我们沐浴的汗汤

三弯是天弯

锅盖的苍穹弯成我们安身的屋场

四弯是地弯

梯次的农舍弯成我们落差的力量

五弯是田弯

起伏的田埂弯成我们难窥尽头的野旷

六弯是稻弯

金灿灿的谷穗弯成我们莫名厚重的希望

七弯是桥弯

水蜈蚣的古桥弯成了我们对话祖先的天堂

八弯是墙弯

篱笆墙的影子弯成了我们唯一多彩的梦想

九弯是雨弯

经冬历春的山雨弯成了我们犁白黑土的蓑裳

十弯是路弯

山路弯弯弯成了我们奋斗古今的坚强

十八弯是人弯

淳朴敦厚弯成了我们进退茫然的忧伤

映山红·清明

映山红是故乡的健康

她叫九九花

灿烂着所有孩童的脸庞

映山红是他乡的罗盘

她叫山踯躅

指引着游子首丘的方向

映山红是村野的风尚

她叫杜鹃花

装扮着全体少女的梦想

映山红是小溪的乐章

她叫满江红

浇灌着古今少年的远方

映山红是稻田的太阳

她叫一厢情

催熟了处处金黄的希望

映山红是火塘的精灵

她叫万颗心

滋润了代代生息的土壤

映山红是我的第一束花王

告诉我祖祖辈辈绵衍的力量

映山红是我的第一次口粮

让我成了远离烟火的尊上

映山红是母亲的青春

她的容颜因你而不忘

映山红是父亲的归路

他的岁月由你来陪伴

映山红是严冬的终结者

始终不变春的领航

映山红是清明的百花仙

骄艳的花瓣再也难敌泪滴的绝响

雪的春城与别处的天

窗外

一种迷离的飞絮

勾引着我的视线

把我思索的魂灵与

古今的旧人新人对接

那是学者的灵魂

借时空的穿透

托寄亘古弥新的哲理于某处

在漫天雪飞的今天

巧架于我的灵穹

那是情人的双眸

厚重的历史无法承载的深意

谁也不愿传说的情孽

太多的光的火的热的牵挂

被春城的

同样的光的火的热的

温情所重围

附录 刘建华近期诗歌

借雪的今天

重现

那是故乡南方的

酷寒的季冬

薄弱的冰块

覆盖了收获的水稻田

学童的热诚和乡土的好奇

融化了冰的碎块

甜香的棒冰

梦化成

醒后屋檐瓦楞间的冰锥

竹竿的调皮声中

一个个冰锥温情于

滑雪杖的回声中

睡梦中的春城

疑似改变了的故乡

那是北方的叠雪大如盖

牵着我对古人诗意的憧憬

与北边师弟妹的叨念

嫁接了西南、东北与中北的距离

告诉我

他们曾在

并正在雪的世界里

与今天我的魂灵

在春城的上空缠绕

抛撒出惬意的梨花

与妩媚的柳絮

争骚于角落的昆明

告诉自己

这里有着同样的

别处的天空

为心灵的依皈

厚加

一个沉甸甸的理由

逆生

我是一条山间的小龙

却执意要回祖先光荣

祖先厌倦了礼规

甘愿修炼成散漫老农

我离弃大山雄伟

缴械成为蠕动蚁虫

一路上，知识鼓起了我虚幻的征航

飘摇前行却摆不脱河床

一路上，憧憬勾引我可笑的冲动

气势如盖却一切成空

一路上，都市消蚀我滋美的故乡

霓虹醉人却永为客人

爱情难觅，众生百度却诬我情种

亲情无常，肆意挥霍却永远不懂

友情易得，半夜把酒却无人可唱

一种烦忧，三处情伤

万里皓月，寄我心穹

线性与梯性——致顽顽的第 6 个儿童节

假如我的小学生涯是线性

我就可以永葆非优生的姿态

虚度我的初中时光

进入迷离的社会

以我迷离的视野

判断并选择我的爱情、婚姻及人生

复制父辈的程规

像井冈山间竹虫一般

自生自灭地度过简单无知的一生

这样

至少可以让你骑在水牛背上

在布谷鸟的歌唱中犁开春的吹面杨柳风

这样

至少可以让你卧在豆秧架下

在知了的睡梦中感受夏的汗滴禾下土

这样

至少可以让你踩在软泥土里

在稻穗的金浪中收获秋的露从今夜白
这样
至少可以让你坐在篝火旁边
在泥瓦匠的故事中饱尝冬的亲情与温暖
然而
我的人生呈现了梯性
九十度的梯性
让我可以上岸穿鞋
失去了赤脚做农民的资格

假如我的乡村教书生涯是线性
我就可以永葆孩子王的姿态
燃尽我生命的蜡烛
进入漠然的耕教传家群体
以我漠然的视野
把一批批乡村的孩子流转成壮硕的劳动力
以一代代鲜活青春的生命彰显祖先的存在
这样
至少可以让你见证父亲的卑微人生

这样

至少可以让你氤氲故乡的千年滋养

这样

至少可以让你享受祖父的娇惯宠爱

这样

至少可以让你和我一样有着对那片土地深沉的爱

然而

我的人生呈现了梯性

九十度的梯性

让我可以游学于江南诸城

失去了卷裤做乡村教师的资格

假如我的大学教书生涯是线性

我就可以永葆象牙塔精神引路人的姿态

躲进小楼成一统

穷经皓首于无极限的人文哲思中

以我无极限的视野

对话于那些自由无羁的坏小子们

挑战我的局促不安甚或汗流身心

这样

至少可以在你的生命孕育中

有我的亲吻与呢喃

这样

至少可以在你的咿呀学语与蹒跚学步中

有我的见证与分享

这样

至少可以在你成长的2190个日日夜夜中

有我的训斥与打骂

这样

至少可以在你的幼稚园时光中

有我的不安与喘息

然而

我的人生呈现了梯性

九十度的梯性

让我由西南边陲北上

失去了做大学教师的资格

我的人生不知还有多少次梯性

我的前行不知道还有多少个九十度

我审视了很多的新生与死亡

却不知道未知在何处

然而

我可以确切地知道

在你生命孕育与成长的道路上

有一段很重要的历程

我是缺席的

你以无数次的婆娑眼泪与对话拒绝

使我在缺席的负重中一次次麻木自己

麻木得近乎忘了为人夫为人父的角色

我想

待到真忘了这些重要角色时

可能我已经在另外一个空间

彼时

你是原谅还是记恨我呢？

香樟树

我爱家乡的香樟树
爱她在百花竞放春天中的一点绿
爱她在酷热难耐夏天中的一片绿
爱她在硕果争羡秋天中的一抹绿
爱她在万木凋零冬天中的一方绿
因为
绿是她的本色
历亘古时空却一丝不变

我爱白衣天使
爱她在日常工作中的洁白
爱她在不被理解中的柔白
爱她在污血斑驳中的雪白
爱她在病毒狰狞中的冷白
因为
白是她的本色
历万千劫难亦不改其色

每次回到故乡

我都会围着香樟树走几圈

香樟木那好闻的芳香

谁也不会知道

她背后付出的多少努力

在医务人员的防护衣下

谁也不会知道

他们背后流下的多少眼泪和汗水

香樟那粗糙的树皮

让人看着并不顺眼

但你的芳香却令人难忘

虽然我不知道白衣天使的名字

但你的样子

却永在我心里

坐在灯下

看着带回北京的香樟木

眼前浮现的是医务人员舍身忘死的动人画面

他们挥向病毒的白色兵刃

淬化为万众期盼的绿色希望

(刘铭禹、刘建华)